ふたり狂い

真梨幸子

目　次

ふたり狂い

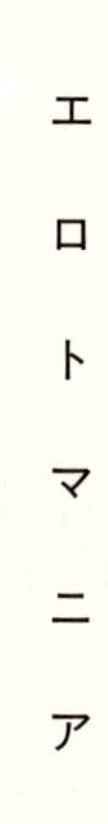

エロトマニア

【エロトマニア】熱情精神病、あるいは恋愛妄想。ほとんど接触がない相手に一方的な恋愛感情を抱き、自分も愛されているという妄想が全生活を縛りつける症状。有名人やアイドルがその対象になることが多い。

〈二〇〇六（平成十八）年　秋〉

ファクスが届いたようだ。

ミサキは受信音に全神経を集中させた。音を消したテレビにはお気に入りのお笑い芸人。いつものあの番組。ということは、もうとっくに零時を過ぎている？　確認するように、ファクスの表示部を見てみる。一時十六分。

一時十六分！

うんざりだ。もう、本当にうんざり！

いったいなんだというのよ、どうして私を苦しめるの？

ミサキは、吐き出される寸前のファクス用紙を、無理やり引き抜いた。

なんなの？　なんのつもり！

*

麻衣子（まいこ）は、その話を聞いたとき、「まさか、そんな」と笑い飛ばしてしまった。今では深く後悔している。榛名（はるな）ミサキは、その二日後、刺されたのだ。幸い、致命傷とはならずに済んだが、精神的な落ち込みがひどく、二カ月の入院は必要だろうということだった。

　その二カ月も過ぎようとしている今日、被告人の初公判が行われる。麻衣子は裁判を傍聴しようかどうしようかギリギリまで悩んだが、結局、地下鉄に乗ってしまった。

　霞ヶ関駅A1出口。地上に出ると、生温かい湿った風が麻衣子のスカートの中にもぐりこんできた。手で押さえる間もなく、あてを失ったティッシュのようにそれはふわりと舞い上がった。振り返ってみる。人はいない。ただ、下に落ちていく階段があるだけだ。ほっと息を吐く。大丈夫、大丈夫だから。心臓あたりに両手を添えて、言い聞かせてみる。

　だが、国際空港並みのセキュリティチェックには少し驚かされた。引き返そうかと、弱気になる。

「ダメよ。ここまで来たんだから」

　チェックを抜けると、足早に受付に向かう。カウンターに投げ出されている公判スケジュール表を拾うと、目的の事件を探す。四二一号法廷／十三時三十分／殺人未遂／川上孝一（かわかみこういち）／新。これだ。時間は？　あと十分もない。急がなくちゃ。

　しかし、四二一号法廷には、人はそれほどいなかった。数えるまでもない、六人。マスコミやファンでごった返しているかと思ったのに。麻衣子は、後ろから二番目の座席に、そっと腰を収めた。たぶん、被告人は向かって右側の席に座るはずだ。前に見たドラマではそうだった。よし、この角度ならバッチリだ。被告人席がよく見える。被告人の表情を、いちいち確認してみなくては。彼は、どんな顔で事件を振り返るのか。

「しまった。左だ」

刑務官ふたりに挟まれて、手錠に腰縄の被告人が入廷してくる。

ああ、左だ。麻衣子が落胆の声をもてあましていると、中央の壇上に三人の裁判官が現れた。「起立」の声がかかる。号令に従って軽く頭を下げ、着席のタイミングを狙(ねら)って、麻衣子は右側の席に体を移動させた。ここだ。ここがベストポジションだ。

麻衣子は、そっと視線を上げた。被告人席に焦点を絞る。

川上孝一。丸坊主の頭に、モスグリーンのジャージーの上下。拘置所でぎゅうぎゅうにやられたのか、頬は削げ、目の下はえぐれ、唇は乾き、無精ひげだけが生きている証拠のように黒々としていた。

麻衣子は、ナイフが握られていただろうと思われるその右手に注目した。すでに手錠ははずされていたが、男の右手は手錠の痛みに耐えるように、しっかりと握られていた。裁判長が、被告人を証言台に呼ぶ。川上孝一は、ゆっくりと、その体を中央の台に運んだ。

人定質問、起訴状の朗読と続き、罪状認否で、川上孝一は「間違いありません」と、小さく答えた。

麻衣子の膝が、まるで別の生き物のようにかくかく震える。

そして、検察側の冒頭陳述がはじまった。事件のあらましが、次々と説明されていく。

川上孝一、二十六歳。半年前の平成十八年三月頃、職場の人に勧められて、榛名ミサキ作の『あなたの愛へ』という連載小説を読んでみた。読みはじめて、彼は、なんともいえない居心地の悪さを感じる。まず、小説のヒロインの名前が、作者と同じだった。まあ、そういうことはあるだろう。それだけでは驚かない。しかし、ヒロインに思いを寄せる男性の名前が自分と同じだったのには、驚いた。こういうことは、あまりない。いや、はじめてだ。偶然にしても、あまり気持ちがいいものではない。それでも続きが気になり、ページを捲り続けた。読み進めていくうちに、「これは、もしかしたら自分のことではないか」とぼんやりと思うようになった。読み終わって、「これは自分だ」と確信した。それでもまだ信じられなくて、榛名ミサキの他の作品を読んでみた。すると、どの作品にも、自分を象徴する人物がでてくる。しかも、必ずといっていいほど、愛のメッセージが込められている。自分は榛名ミサキという作家をそれまで知らなかったが、榛名ミサキは自分のことを知っているのかもしれない。さらに彼女は自分のことを愛していて、それを小説という媒体を通して伝えようとしているのかもしれない。馬鹿馬鹿しいことだと思ったが、彼女の作品やエッセイを読めば読むほど、それは否定できないと思えた。どういうことなのだろう？　どうして、彼女は自分のことをこんなによく知っているのだろうか。本人に直接会って、確認してみなくては。

「しかし、出版社に連絡しても、冷たくあしらわれるだけで、榛名ミサキに取り次いではくれませんでした」

尋問で、川上孝一は、うつむきながら答えた。弱々しく情けない声だったが、悪くはないと、麻衣子は思った。それどころか、こんな声で泣き言を言われたら、どんな無謀な願いでも聞き入れてしまうかもしれない。この声質は、彼の美点のひとつだろう。美点は他にもあった。やつれはて、ジャージーの上下は毛玉だらけの安っぽいものであったが、それをはぎとれば、素晴らしい肉体が現れるに違いない。その顔だって悪くはない。最悪な場面で最悪なコンディションであるにもかかわらず、この法廷の中にいる誰よりも、人の目を引く端正さを持っていた。この惨めな姿のまま切り取って渋谷の交差点あたりに置いてみたとしても、十人に八人は目を留めるかもしれない。

もったいない。

麻衣子は、思った。容姿に恵まれていて、才能もあったのに。順風満帆な人生を選択できる立場にありながら、どうして、この男は、最悪な選択肢に○をつけてしまったのだろう。榛名ミサキという、面識もない女流作家に執着し、犯罪に至った。榛名ミサキが、女優と見紛う美女ならばまだ理解もしやすい。しかし、彼女は、どう贔屓目に見ても、「美女」とは言いがたい。カメラマンが苦心して作り上げた著者近影のきらびやかな場面を再現して渋谷の交差点に置いてみたとしたら、意地悪な誰かが散々に落書きするか、それとも心優しい善意の人が巣鴨あたりに移動させるだろう。

検察官が、念を押すように質問する。あなたは、榛名ミサキさんに愛されていたと今でも思っていますか？

「はい。わたしは、榛名ミサキさんに愛されていました。間違いありません」

被告人は、力強く、答えた。

半月後の第二回公判、麻衣子は、初公判と同じ席に陣取って、そわそわと、膝を震わせていた。今日は、証人が二人呼ばれている。

一人は榛名ミサキの担当編集者。検察側が用意した証人で、被告人・川上孝一の異常な行動を裏付けるために呼ばれたようだった。

もう一人は、被告人のアルバイト先の上司。被告人の善良さを証明するために呼ばれた証人で、これは弁護側が用意した。弁護人は、被告人の理性が「恋」という衝動によって狂わされたと証明することにより、情状酌量を狙っているようだった。対して検察側は、被告人の身勝手で一方的な邪恋を強調することで川上孝一の実刑を勝ち取ろうとしているようだった。

「彼の攻撃は、ひどいものでした」

検察側証人は、検事の質問に答える形で次々と、被告人の異常を証言していった。その内容に、傍聴席から時折、ため息が漏れる。「ひどすぎる」「やりすぎだ」「なんでこんなことに」という、好奇と恐れの入り交じった困惑のため息だ。今日は、少しばかり傍聴人が増えている。初公判の記事が、週刊誌に小さく紹介されたせいかもしれない。

榛名ミサキの担当編集者、田中という男の証言は続く。

*

「田中でございますか？　田中は——」

受話器に耳を当てながら、アルバイト嬢の視線がぐるりとめぐる。それは、田中の前で止まった。心拍数が、途端に上がる。

「また、あいつ？」

田中は、口の形だけで言葉を作り、恐る恐るそう訊いた。アルバイト嬢の唇が、意地悪く歪（ゆが）む。「田中は——」

おい、頼むよ、いないと言ってくれ、こんなときには〝正直〞なんていうのは必要ないんだよ、俺は、いない、まったくいない、そもそもこの世にも存在しない。

なのに、アルバイト嬢は保留ボタンを押した。

「マジかよ！」心拍数が、最大限に上がる。チェック途中の校正紙（ゲラ）が、膝めがけて崩れ落ちた。

「田中さーん、お電話です。2番です」

アルバイト嬢の陽気な声が響く。

こいつ、俺の狼狽（ろうばい）を楽しんでやがる。でるかよ、そんな電話、絶対でない。だって、あいつに決まっている。昨日は五十六回、今日はまだ昼過ぎだというのに二十一回目だ。この調子だと軽く昨日の記録を抜くだろう。無視だ、無視。田中は、点滅する2番ボタンを見つめた。

「榛名さんからです」

榛名……ミサキ？　なんだ。

はぁぁ。体の力を抜いた途端、膝上の校正紙（ゲラ）が、ぱらぱらと床に落ちた。

その様子を眺めていたアルバイト嬢は、最後ににやりと笑うと、何事もなかったように、自分の仕事に戻っていった。

やっぱり、あいつ、おもしろがっている。榛名ミサキからの電話なら、はじめからそう言えばいいんだ。ちきしょう。田中は受話器をとると、乱暴にボタンを押した。

「あ、お世話になっておりますぅ」

「いやだ〜。相変わらず、オカマっぽい〜」

榛名ミサキの無邪気な声が、耳をくすぐる。そもそもだ。あなたの異常なファン、のおかげで、俺はノイローゼ寸前だ。いや、ノイローゼ真っ只中だ。電話のベルが鳴るたびに、俺の心臓はフル回転だ。

「そんなにカマっぽいですかぁ？」しかし、田中は、不平不満はこれっぽっちもないというように、慎重に返した。「いやんなっちゃうな〜、僕はノーマルですよぉ」

少しやりすぎだと思うこともあるが、これが自分のキャラだと納得している。特に女性と向き合うときは、このキャラは大いに役立つ。百六十五センチの貧弱な体格、髪も薄い、なのにそのほかは異様に毛深い。眉毛は手に負えないほどげじげじで、朝剃っても夕方には泥棒ひげが青々と口のまわりを覆う。受話器を持つ手は、墨汁を垂らして不用意に擦ったように黒々としている。この容姿のおかげで、随分と女性には警戒されたものだ。しかし、〝おねえ〟キャラを手に入れてから事がスムーズに運ぶようになった。特に、榛名ミサキのような女流作家と接するときは、このキャラは必要不可欠だ。どういうわけか、女流は、「オカマ」とか「ゲイ」には寛容だ。すぐに打ち解けてくれる。全員が全員そうとは限らないかもしれないが、少なくとも、田中が今まで接してきた女流は、すべてそうだった。

「ところで、今日、会えないかな？　相談したいことがあるんだけど」

「相談って——」田中は、鼻の頭にたまった脂気の多い汗を、指で削ぎ落とした。「何かありましたかぁ？」もしかして、あの男から、何か？

「うん……」

榛名ミサキは、意味ありげに口ごもった。

「やだ。まさか、榛名さんの自宅に何か？」

田中の心拍数が再び上がった。

異常なファンから作家を守るのも編集者の務めだ。完全に守れるはずもないが、最低限、作家の自宅を突き止められないように配慮する、それが役目なのだ。

「う……ん。深夜にね、一時十六分頃、ファクスがね、来たの」

ファクス！　田中の心臓が、ドクンと、大きくうねった。

なんていうことだ。あの気のふれた男は、とうとう、作家本人に攻撃をはじめたのか。しかも、ファクスだと？　爆弾か！

田中は、歯をがたつかせた。ファクス爆弾。送信側の原稿をファクスに挿入したあと前と後ろの端をテープなどで止める。その状態で送信すると、原稿はくるくる回り、同じ内容のものを無限に送信することができるのだ。受信した側は、次から次へと送られてくるファクスに、右往左往するしかない。最初にやられたのは一カ月前の連休。休暇明けに目にしたオフィスは、まさに紙の洪水だった。Eメールが主流になる前のイヤガラセの古典だが、これが結構効く。あの男はそれからもたびたび爆弾を送り付けてきて、業務をそのたびにフリーズさせた。その攻撃が、榛名ミサキ本人に？

「分かりました。今から、お宅に伺います！」

幸い、今日は急ぎの校正も入稿もない。榛名ミサキの事務所兼自宅も中央線特別快速で三十分、そう遠くはない。ついでに、次の作品の催促もしてこよう。

田中は、ホワイトボードに『榛名ミサキ氏と打ち合わせ↓直帰』と殴り書きすると、足早にオフィスを出た。

ああ、まったく、なんていう狂人だ。中央線に揺られながら、田中は、きりきりと歯を擦り合わせた。——うちになんか攻撃しないで、H社に絞ればいいんだ。榛名ミサキはH社からデビューしているし、刊行点数もあちらのほうが多い。田中は、いまだ上がり続けている心拍数にぜえぜえと息を荒立てた。

「いやー、ついに、おたくのところまで？」

先日会ったH社の編集者は、ご愁傷様とばかりに、誠意のない同情を示した。

「うちなんか、電話番のアルバイト君がノイローゼになっちゃって。なにしろ、一日五十回を超える無言電話。しかも、決まって、午前中か夜中。たまらないですよね。手紙とかも来ませんか？」

ああ、来ているよ、毎日のようにね。手紙というか、あれは、小包だ。

「訳の分からないことがびっしり書かれたノートとか、付箋だらけの本とか雑誌とか」

はいはい、そうです、それです。

「はじめは、常識的な手紙だったんですけどね。あ、この人はまともだって、思った。イカれた人っていうのは、なんとなく、分かるんですよ。まず、その文章。やたらと〝！〟を多用する。一見して、〝！〟が多い文章を見たら、要注意だね。根拠はないけど、長い経験から、これは確かだ。あと、余白が少ないとか、イラスト満載とか、絵文字とか記号が目立つのも、ヤバい感じがするよね。でも、彼からの手紙はそういうことはなくて、本当に普通の手紙だったんだけど、はじめは。なんだか、段々エスカレートしてきて。ま、イカれたストーカー的ファンは、無視するのが一番ですよ。下手に騒いで、作家に知られてはいけません。作家というのは、ちょっとしたことに過剰反応しますから。しかし、今は、ネットがあるからな。うちらがどんなに防御しても、ネットを使って、やつらは作家に直接攻撃してきますからね。そういう点では、例の男は、古典的だよね。何か懐かしい香りすらする」

あんなイカレポンチな男にノスタルジーなんか感じている場合かよ。

「まあ、相手にしないことですね。ああいうやつらは、下手に相手するとますます悪質になりますから。前に、僕の担当していた作家が、やっぱり熱狂的なファンにロックオンされちゃいまして。強く抗議したら、勝手に婚姻届を出されちゃって、まあ、大変な騒ぎになったわけです」

婚姻届を？　そこまでやるのか。くわばらくわばら。

「ま、いずれにしても、うちのところに攻撃してくる分には、まだ安全圏ですよ。危ないのは、作家本人に――」

そう、もう安全圏ではないのだ。あの男は、榛名ミサキに辿(たど)り着いてしまった。


榛名ミサキは、いかにも憔悴(しょうすい)していた。まだ三十歳を二つばかり過ぎただけだというのに、そうとう老け込んで見えた。でも、化粧は相変わらず濃い。手土産のフルーツケーキをそっと、テーブルに置いてみる。しかし、榛名ミサキは「ありがとう」と小さく笑っただけだった。

次の作品、大丈夫かな？　田中は、まず、仕事のことを思った。榛名ミサキは、まさに今が旬だ。デビューして五年、恋愛青春小説の若き旗手として、着実に成長してきている。書評家たちにも定評があり、固定ファンも多い。目を見張る大ベストセラーはまだないものの、単行本を出せば二万部は確実にはける。今のご時世、二万部は大きい。各種文学賞にも何度かノミネートされていて、そろそろかといわれている。できたら、自分が担当する作品で、何か賞を獲ってもらいたい、是非、次の作品で。

しかし、新作の話は切り出せそうにもないなと、田中は思った。榛名ミサキは、ファクスの件で、ひどく気分を沈めていた。ま、そりゃそうだろうな。田中は、うなだれたきり顔を上げない榛名ミサキのつむじを眺めた。はじめてあいつからファクスが送られてきたときは、自分だって怖かった。

しかし、この世界にいれば、珍しくもないことだ。読者が一方的な思い込みで、『自分のことを書いている』と被害妄想を抱く。出版社に勤めて十年になるが、この類(たぐ)いの苦情は、日常茶飯事といっていいほど、ある。しかし、あの男は、度が過ぎている。はじめて電話があったのは三カ月前、そのときは軽くあしらったものの、その翌日からはじまった電話攻撃は、実に一日平均五十回、どこで調べたのか、メールも来るようになった。その数、一日平均二百通。そして、あの、ファクス爆弾だ。

「本当に、いやんなっちゃう。でも、なんで、榛名さんの自宅ファクスに？　まさか、電話も？　メールは？」

田中は、榛名ミサキの目をのぞき込んだ。いつもは勝気な視線で返してくれるが、さすがに、今日は、それも弱々しい。

女流というと、我儘（わがまま）、自己中心、女王様、扱いにくい、浮世離れしているというイメージが一般的にあるようだが、実際にはそんなことはない。彼女たちはいたって常識的で、社会的だ。確かに、一部には不思議ちゃんといわれるあっちの世界の住人はいるだろうが、しかし、それはどの世界にもいるもんだ。

だが、この榛名ミサキは、作家という点を除けば、普通の女性だ。ノーマルすぎて、物足りないと思うときもある。が、その普通感覚こそが彼女の長所であり、その普通感覚が生み出す繊細でリアリティある心理描写に、読者は共感するのだ。でも、やっぱり、物足りないが。いっそのこと、今回の経験を機に、壊れた世界に挑戦してみてくれないだろうか。彼女の描写力なら、必ず成功するはずだ。できたら、次の作品で。自分が担当する作品で。

だめだ、とても言えない。榛名ミサキはうつむいたきり、地蔵のように固まっている。

そうだよな、たまらないよな。田中は、改めて同情の念で胸をいっぱいにした。自分だって、電話とファクスの攻撃が続いてかなりのダメージを受けている。とはいえ、ターゲットは自分ではないという安心感もあった。いってみれば、他人事（ひとごと）なのだ。

一方、榛名ミサキは、当事者なのである。ふるふると、握り締めた手を震わせる彼女の恐怖は、計り知れない。

「これは、もう、警察に相談したほうがいいんじゃないかしら」

田中が言うと、榛名ミサキは、涙をためた目を、ゆっくりと上げた。

「でも、明日は、テレビのお仕事があるの」

ああ、そうか。お昼の定番、『お昼は笑っていただきますテレビ』か。

「だから、警察は……」

＊

「でもぉ、やっぱりぃ、警察に相談しといたほうがよかったかなぁって。そうすればぁ、もしかしたらぁ、こんなことにはぁ……って、後悔してるんですよぉ」

検察側と弁護側の質問はそれぞれ一時間にも及び、傍聴席には、小さな疲労があちこちで浮き沈みしていた。

疲れさせたのは、言うまでもなく証言の内容だった。被告人の異常なストーカーぶりに、誰もがうんざりしていたのだ。どんなに容姿端麗でも、こんな人は真っ平ごめんだ。被告人席に向かって、そんな視線があちこちから伸びていた。しかし、疲労の原因は、証人そのものにもあった。あの、ところどころ癇に障る、作りこんだ裏声はどうにかならないものか。深刻な内容であればあるほど、ねちっこい語尾がいらつく。これが法廷の外だったら「おもしろい人」で笑いのひとつや二つは提供するだろうが、この場所では、まったくの逆効果だ。空気を読めない中学生の執拗な物真似以上に、証人は場をしらけさせていた。早く終わればいいのに。麻衣子は、小さく、背中の筋を伸ばしてみた。

口直しとばかりに、やっと次の証人が呼ばれた。

被告人のアルバイト先の上司であったという、渡辺という青年だった。見るからに、爽やかな好青年だ。話し方もまともだ。いまだ耳に残る田中のねちっこい声を払うように頭を軽く振ると、麻衣子は、渡辺の証言に耳を傾けた。

彼は、職場における被告人の変化を、克明に証言していった。

*

「ったくさ。今年の求人倍率、十三年ぶりに一・〇〇倍を回復だってさ」

渡辺は、気まずいほどに無口な川上孝一をほぐすために、あまり話題にしたくないことを口にした。

有効求人倍率回復。今朝、このニュースを新聞で見かけたとき、なんともいえない理不尽さに胸が潰れそうになった。今も、どことなく、心臓が重い。たった三年前までは、とても一倍には届かなかった。五十社回ってようやく手に入れた内定、すでに四年生になっていた。もう、どこでもよかった。お袋の「内定は？　内定は？」の攻撃からも逃れたかった。とにかく、ゆっくりと眠りたかった。だからといって、今までの人生で一度も考えたこともなかったような職種に就くことはなかったんじゃないかと、毎日、思う。面接のときは、「これが僕の目指していた業界だったのです」と心にもないことを言い、「そうだ、これが、天職なんだ」と、自分に言い聞かせてみた。あれから三年。〝店長〟という肩書きをもらって店舗を任されてはいるが、これが自分の目指していた道とはやっぱり思えない。「天職。天職」と呪文のように呟き、「この会社はこれから伸びる、それに、自分は店長だ、社長からも期待されている、自分は勝ち組だ」と暗示をかけてみても、どうしても、朝目覚めると、「やっぱり違う」と、落胆してしまうのだ。「また、今日も、メンチカツを揚げるだけの一日か」

白衣から、酸っぱい油の臭いが立ち込める。午前中だけで、二百個のメンチカツを揚げた。

「あと三年遅く生まれたら、もっと違う人生があったかな？」

後ろ向きな考えは好きではない。だが、この川上孝一といると、つい、そんなことを吐き出してしまう。歳が近いせいか、本音が出てしまうのだ。

川上孝一が、H市の〈北海道屋〉Gデパート店にやってきたのは、二年前だった。最初は週三回のアルバイト、半年前からはフルタイムで働いてもらっている。

〈北海道屋〉は、サラダや揚げ物を中心に扱っている手作り惣菜チェーン店で、女性に人気のブランドだ。手作りというのが受けているらしいのだが、朝、工場から届けられたパックを開けて皿に盛っているだけだ。実演で名物メンチカツを揚げてはいるが、これだって、工場で九十パーセント出来上がっているものを、マニュアルに従って軽く揚げているだけだ。

「っていうか、聞いてる？」

川上孝一が、相変わらずだんまりを決めているので、渡辺は口調を強めた。

「え？」川上孝一が、ようやく、意識を戻した。「もう、休憩、終わりですか？」

「まだ、席に着いたばかりだろ」

渡辺は、食べかけの肉うどんに、唐辛子をさらにふりかけた。川上孝一のトレーに載っているカレーは、まだ一匙（さじ）も口に運ばれていない。カレーの表面に、みるみる膜が張る。

従業員食堂、ここのメニューはどれもこれもパッとしない。味わう前に勢いで飲み込むのが秘訣だ。そう言ったのは川上孝一で、あるとき、皿を高く掲げてカレーを飲み込んで見せた。川上孝一は、イケメンのくせに、罰ゲームのような痛い芸を自ら進んで披露することが多かった。それが、女性店員たちを大いに喜ばせ、彼は、あっというまにおばちゃんたちのアイドルとなった。

しかし、最近、こいつはおかしい。

変なことを言うなとはじめに思ったのは、三カ月ほど前だった。メンチカツを揚げながら、川上孝一は言った。

「例えば、小説に、自分のことが書かれていたら、どうしますか？」

いつになく深刻な口調に、渡辺は、返す言葉を探した。冗談かな？　だとしたら、ここはボケたほうがいいのか、それとも突っ込んだほうがいいのか。

「小説に、自分のことを書いてもらえるなんて、光栄じゃない」

しかし、渡辺は無難な答えを返した。

「光栄……ですか？」

「なんか、偉人伝みたいじゃん」

川上孝一は、焦点の定まらない視線で、なおも訊く。「でも、自分のことですよ？　自分のことを、名指しであれこれと」

「そうですか？」

川上孝一のおしゃべりはおさまらなかった。これが休憩時間なら、彼のおしゃべりを許していただろう。だが、店長という立場上、職場での私語は咎（とが）めなければならない。

「仕事に集中しろよ！」

渡辺は、きつく言った。はじめてのことだ。川上孝一は、休憩時間はハジけるが、仕事中はいたって真面目だ。メリハリをちゃんと心得ている男なのだ。

「自分のプライベートが次から次へと暴露されちゃうんですよ？」

しかし、この日の川上孝一は引き下がらなかった。午後の休憩のとき、なおも渡辺に食い下がった。

「なんか、監視されているようなんですよ。たぶん、うちに、カメラとかしかけられているんじゃないかな。盗聴器かもしれないけど。前にも、同じようなことがあったんです。ある女の子からプレゼントをもらったんですが、その中に盗聴器が……。もしかして、今も、この話、聞かれているかもしれません」

川上孝一は、接触するかしないかの距離まで渡辺に近づくと、言った。「それとも、店員の中に、スパイがいるのかもしれない」

川上孝一の異常の兆しは、女子店員にもすぐに知れ渡った。その原因を作ったのは自分かもしれないと、売り場のポスレジを担当しているデパート社員が、あるとき渡辺に打ち明けた。

「〝フレンジー〟ってファッション雑誌に、『あなたの愛へ』という小説が連載されているんだけど。その登場人物が、川上さんと同じ名前だったもんで、見せてみたのよ。そしたら、次の日からなんかおかしなことを言い出して。あれが、原因なのかもしれない」

　言われて、『あなたの愛へ』という小説を渡辺も読んでみた。それは恋愛小説で、確かに、川上孝一と同姓同名の登場人物が出てくる。

「自分と同じ名前ってことで、神経質になっちゃったのかしら」

　自分のせいかもしれないと気に病むレジ打ち嬢に、「気にすることないよ」と、渡辺は、いつもの無難なセリフで慰めた。

「でも、川上さん、どこか繊細なところあるじゃない。ミステリアスな雰囲気というか。なにか、危険な感じがするんだよね」

　危険？　へー。女性にはそんな印象を与えるんだ。男性の自分から見たら、ただのノリのいい色男だ。いつでも、場を笑いで和ませてくれる。

「そこが、危ないのよ。なにか、無理している感じがするの。ものすごい挫折とコンプレックスを経験して、それを癒すために、悪ふざけを繰り返しているっていう感じ。精神的自傷行為というか」

　それは、いくらなんでも考えすぎではないだろうか。渡辺は思ったが、レジ打ち嬢は続けた。

「川上さん、自分のプライベートとか絶対しゃべらないじゃない。友達のこととか家族のことか話題にでても、決して自分のことは言わない。それどころか、おちゃらけた話題を持ち出して、話を無理矢理終わらせようとする。あれは、絶対、何か隠しているんだよ。だって、川上さんのこと、何か知っている？」

いや、そういえば。履歴書に書かれたこと以外は、何ひとつ知らない。履歴書。そうだ、川上孝一の履歴書はどんなだっただろう。アルバイトとして採用するとき、ちゃんと見たはずなんだけど。

それと。はじめは週三日の半日勤務だったのに、どうして途中から週五日のフルタイム勤務を希望したのだろう。人手不足だったから深く考えもしないで、その希望を二つ返事で承諾したが。

渡辺は、毎日メンチカツを一緒に揚げている男が、急に得体の知れない人物に思えてきた。

それでも、奇妙な言動を除けば、川上孝一はまともで、仕事もそつなくこなしていた。メンチカツを揚げる彼の横顔は、相変わらず端正で、同性の渡辺にもうっとりとする瞬間を与えてくれる。

性格も悪くないし、おしゃべりも上手だし、なにしろこの容姿だ。もったいないなと、渡辺は思った。もっと相応(ふさわ)しいステージがあるのではないか。それとも、彼自身に、その意思がないのか。

そうなのかもしれない。今の生活に満足しているのだ。必要最低限の収入で、細く長くまったりと生きていく。そういう人生を、川上孝一は選んでいるのだ。

渡辺は、鉄道マニアの叔父の姿を重ね合わせた。叔父は五十歳を過ぎても定職に就かず、日雇いの仕事で細々と暮らしている。収入のほとんどは趣味の鉄道模型につぎ込まれ、親戚からは疎まれているが、渡辺の目から見れば生き生きと輝いている。人生をかけた趣味というものに恵まれた叔父はなんて幸せ者なのだろう、そう思うこともある。したくもない仕事をあれこれと言い訳しながらこなし、家に帰ればコンビニで買った缶ビールを空けて万年床にひっくり返る。そんな毎日よりは、よほど、有意義な人生ではないか。

川上孝一も、叔父と同じ種類の人間なのかもしれない。趣味に生活と人生を捧げていて、労働は、生命維持に必要な最低限の収入を得るためのものだと割り切っているのだ。では、その趣味というのは。

榛名ミサキ？

ああ、そうか。これが、信者といわれている熱狂的なファンの姿なのだ。渡辺は、隣の川上孝一の横顔をちらちら盗み見ながら、ひとり、納得した。

それにしてもだ。

小説家に入れ込むのは分かる。作品が発表されれば読書用、観賞用、保存用と三冊は必ず購入し、同じ作品でも文庫本が出れば買う。単行本を持っていてもだ。もちろん、三冊。エッセイやコラム、インタビュー記事が載れば、その雑誌ももちろん三冊揃える。ファンサイトなんかも持っているのかもしれない。他のサイトもくまなく巡回しているはずだ。その小説家の悪口を見つけたら、すかさず攻撃。

分かる、分かる。そこまでは分かる。

しかし「小説に自分のことが書かれている」と思い込むのはどういうことなんだろうか？　ファンの度が過ぎると、そんなことを言い出すようになるのだろうか？　確かに、好きな女の子とふと視線が合ったりしたら「もしかして気があるのか？」と、都合のいい夢想に浸ることはある。相手の何気ない仕草や言葉に意味を見出して、「これは間違いなく自分に気があるのだ」と有頂天になることもある。それは分かる。でも、それはあくまで、対象が身近な場合だ。接触もない相手に対して、そんなことは考えない。だって、相手は自分を知らないわけだから。

でも、ファンの度が過ぎると、そんなことを思うようになるのだろうか？

渡辺は、一見まともな好青年の中にめらめらと燃え上がる狂気の炎を見たような気がして、せっかく揚げたメンチカツのひとつを床に落とした。

「しかし、彼の思いは、僕の想像をはるかに超えるものでした」

渡辺という名の青年の証言は続いた。もう二時間半を過ぎている。編集者田中よりも明らかに長い。事件発生の直前まで被告人と行動をともにしていたのが原因だろう。渡辺は、事件当日の被告人の心の変化を目撃している、ただひとりの証人なのだ。

「その日、川上くんは遅番で、十一時から二十時までの勤務でした。しかし、彼は遅刻しました。出勤してきたのは十二時を過ぎた頃だと思います。連絡がなかったので、僕は、リフレッシュルームに呼び出して彼に注意しました」

＊

渡辺は、軽くテーブルを叩いた。だが川上孝一は、言い訳もせず、ただ、ぼんやりと、視線を宙に遊ばせている。

渡辺は、川上孝一が仕事を辞めると言い出さないか、期待した。店長という肩書きはもらっているものの、人事のごたごたは苦手だ。できれば、今のうちに相手のほうからその決意を示してもらいたい。そうすれば、査定にもそうは響かないだろう。避けたいのは、川上孝一がなにかやらかして、それが本社に伝わることだ。そうなったら、店長の監督不行き届きというマイナス点がつく。この業種にはやりがいも生きがいも見出せないままだが、それでも、順調に出世したいとは思っている。一日も早く本社に戻って、企画部か広告部あたりに潜り込めれば……というのが渡辺のささやかな野望だ。野望達成のためにも、とにかく、ごたごたは避けたい。

なのに、川上孝一は、心ここにあらず状態で、まったく関係ないところに視線を固定させたままだった。渡辺は、その視線を追ってみた。

なんだ、テレビか。

っていうか、人がこんなに真剣に注意しているのに、テレビかよ。バカにすんなよ。

渡辺は、怒りも新たに、テーブルを再度叩いた。と、同時に、「榛名ミサキ」という紹介の声が聞こえた。テレビからだ。

テレビには、いつものバラエティが映し出されていた。生放送のお昼の定番だ。

「今日は、作家榛名ミサキさんのこだわりの場所に来ています。この場所で、いろいろとお話を伺ってみたいと思います――」

女が大映しになった。これが、榛名ミサキか。へー。これが。っていうか、その場所、すぐ近くじゃん。あの何の変哲もない児童公園が、こだわりの場所？　渡辺は怒りも忘れ、テレビに集中した。そのせいで、川上孝一の視線の変化に気づかずにいた。気がついたときは遅かった。川上孝一は、「ちくしょう」と小さく唸(うな)ったと思ったら、止めるまもなく、リフレッシュルームを出て行ってしまった。

＊

「まさか、彼がそのまま撮影現場に向かって、榛名ミサキさんを刺すだなんて、思ってもみませんでした」

証人は、声を震わせた。

「しかし、命に別状がなくてよかったと思います。川上くんは、榛名ミサキ以外のことでは、本当に正常でまともな好青年です。ファン心理が高じて、このような事件を起こしてしまったことが、本当に残念でなりません」

証言が終わると、証人は、被告人席を見た。川上孝一の頬に、涙が流れた。それを目撃した麻衣子の瞼(まぶた)も震えだした。麻衣子の中に、小さな決意が生まれた。

それからさらに半月後。第三回公判、麻衣子は情状証人として、証言台に立った。まず、被告人との関係を質問された。

「妻です」

麻衣子は、背筋をぴんと伸ばして、応えた。もう、逃げも隠れもしない。事件を知ったときは、あまりの情けなさに絶望し、今度こそ彼を棄てようとも思った。だが、彼を救えるのは自分しかいないと、今は覚悟を決めている。私は、この男と一生をともにするのだ。

弁護人が、いくつか質問する。麻衣子は、それに答える形で、川上孝一の善良さを証明し、彼の人柄の素晴らしさを語った。そして、最後に、

「今後は二度とこんなことが起きないように、私の人生をかけてきちんと監督します」

と、裁判官に情で訴える。これが、弁護人から言い渡されたシナリオだ。だが、麻衣子は、それを言う代わりに、一枚の用紙をカバンから取り出した。

＊

愛しのコウたんへ☆ どうして分からないのかな〜？（おしおきしちゃうぞ♪） コウたんと私の愛は、運命なのだ!! だから、誰にも止められないんだぞー、もちろん、コウたんにもねっ!! コウたんに手紙を送ってもメールを出しても無視するからさぁ、小説に書いちゃったのだ!!!（きゃー） コウたん、私のことが気になって気になって仕方ないでしょ？（間違いない……って古っ） コウたん、編集部にクレーム攻撃してるんだって？ 私ったら、

そんなに愛されているの？（ちょっと嬉しい☆）　でも、編集部に迷惑かけちゃだめだぞっ（って、お前が言うな）　だったら、私のところに直接攻撃するのだ!!!　命令だぞっ！（偉そう）　ファクス番号、教えておくねん。必ず、返事ちょうだいねん!!!

＊

「なんなんですか、これは？」

　裁判官が、目を丸くして、麻衣子に質問した。

「主人に送られてきたメールです」

「被告人に？」

「はい。私、主人を代理して、ホームページを管理しているんです。――あ、主人、本業はお笑いピン芸人なんです。冒頭陳述ではほとんど触れてませんでしたけど。ま、仕方ありませんね、無名の駆け出しですから。でも、深夜のお笑いバトル番組とかに出演したりして、なかなか人気だったんです。バラエティ番組の前説も結構やっていて、主人目当てに、スタジオ観覧に来ていたファンも少なからずいました。でも、今は、いろいろあってお笑いは休んでいますが、……女性問題が原因で……っていっても、主人はちっとも悪くはなくて、熱狂的なファンのストーカー的攻撃に、神経をやられてしまったんです。主人、とても繊細なんです。だから、今は、休ませてあげているんです」

「話は、短く、簡潔にお願いします」

「はい、すみません。で、今は休んでいますが、いつでも復帰できるように、ホームページを立ち上げたんです。そのホームページに載せてあるメールアドレス宛てに、主人のファンだという人たちから毎日のようにメールが届きます。メールを管理しているのも私です。ファンの中にはおかしなことを言ってくる人もいますので、そういうのはなるべく主人には見せないように、ふるいにかけていました。そして、事件の二日前、今提出したメールが届いたのです。榛名ミサキからです。だから、私、彼女が書いてきた番号宛てに、ファクスを送ったんです」

「その内容は？」

「うざい。消えろ」

「あなたが、書いて、送った？」

「はい」

「榛名ミサキに？」

「はい」

「では、榛名ミサキにファクスを送ったのは川上孝一ではなく、あなただったと？」

「はい」

「つまり、――どういうことなんでしょう？」

「要するに、夫の言っていたことは、正しかったんです。榛名ミサキは、主人のおっかけをやっていて、自分の小説やエッセイに主人のことを書いて、自分の思いをぶつけていたんです。それを主人は気にして、編集部に電話したり、手紙を出したり、ファクスしたりして、やめるように再三訴えたんだと思います。しかし、誰も相手にしてくれなくて、生来神経質な主人は、本当に神経をやられてしまって、訴えがエスカレートしてしまったんです。榛名ミサキを刺してしまったのも、ノイローゼの果ての行動だと思うんです。榛名ミサキったら、主人のアルバイト先近くの児童公園までやってきて、『この近くに初恋の人が働いているんです』なんてテレビでやったものですから、主人、切れてしまったんだと思います」

「はあ……、なるほど。でも、どうしてそのことを、今まで黙っていたんですか？」

「榛名ミサキが刺されたあと、彼女からまたメールがきたんです。それも、今日、持ってきました」

＊

愛しのコウたんへ。もうコウたんたら、あんなすごいことしちゃってぇ〜。それほど、私のこと愛してくれていたんだね。嬉しい!!!（爆） ナイフはペニスの代用だって誰かが言ってた（誰が？） コウたん、罪を犯してでも、私とつながりたかったんだね!!!（きゃー♪）コウたんが刻んだ愛の傷は、三針縫ったよ。本当は縫ってほしくなかったんだけど、だって、コウたんが命を賭けて私に刻んだ愛の印だもん!! でも、ちゃんと縫わないと、本当に死んじゃうかもしれないから、お医者さんの命令に従ったのだっ（偉いっ）。本当は、この傷、治らないでほしいんだけど。このじくじくした痛みを感じているときは、コウたんの愛を感じて、私、気を失いそうになるほど、幸せなのだ!!（落ち着け、自分） だから、コウたんも、安心して、お務めを果たしてきてね。どんなにつらい牢獄でも、私を思い出して、耐えてね!!! 私も耐えているんだよ!! コウたんのいない病室という白い牢獄で。でも、これは私たちの愛の牢獄なんだよ!!! 私たちの究極の愛の形なんだよ!!!! コウたん、大好き☆

＊

「このメールを読んで、私、主人は本当に榛名ミサキとの愛の牢獄を望んで、あんなことをしでかしたんじゃないかと、疑ってしまったんです。だから――」

麻衣子は、言葉を詰まらせた。法廷に、緊張の絹糸がいくつも張られていく。麻衣子は、しばらくの沈黙のあと、緊張の絹糸のひとつを、ぴーんと弾いた。

「でも、今は、主人に疑惑を持った自分自身を激しく恥じています。主人は、榛名ミサキの異常な求愛に神経をやられただけなんです。裁判を傍聴していて、そう確信いたしました。榛名ミサキの異常行動がなければ、主人は、こんな愚かなことはしないで済んだでしょう」

　そして、言った。

「今後は二度とこんなことが起きないように、私の人生をかけてきちんと主人を監督いたします」

　麻衣子は、情状証人としての役目を無事に終えた。法廷内の緊張が、ゆっくりと解けていく。

　手ごたえはあった。たぶん、執行猶予はつくだろう。判決は来月。

　麻衣子は、被告人席の孝一を見た。孝一は、泣きそうな表情で、こちらを見ている。

　大丈夫よ。もう少しの辛抱。

　麻衣子は、母が子どもにするように、頷きながら、微笑んだ。

　裁判官が去り、検察官も去り、孝一の手に再び手錠がかけられた。麻衣子は、愛する男の顔をしっかり見ておきたいと、柵に近づいた。孝一は、柵の向こうから、麻衣子に向かって、言った。

「妻って……？」

「大丈夫、心配しないで。私が婚姻届を出しておいたから。アパートもあのままよ。毎日、掃除しに行っているの。無事、執行猶予の判決が出たら、ご馳走を作って待っているわ」

孝一の唇が、何かを言おうとしている。が、腰縄が付けられ、孝一は、非情な刑務官に法廷を出るように促された。麻衣子は、柵にすがりつくように、その姿を追った。

法廷出口で、孝一は、麻衣子を振り返った。

「っていうか、あんた誰？」

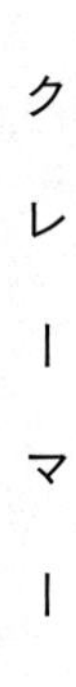

クレーマー

【クレーマー】商品やサービスに対して、必要以上に被害者であることを強調し不当な苦情を訴えるユーザーのこと。企業側が隠語として使用していた言葉が一般化したもの。いいがかりそのものが目的の病的なものと、慰謝料が目的の恐喝型に分けられる。

〈二〇〇六（平成十八）年　秋〉


「ああ、つまんない」

Gデパート従業員食堂。鮮魚売り場のおばさんが、遠吠えのようなため息を吐き出した。

「ほんと、つまんない。『あなたの愛へ』、しばらくお休みだって。いいところだったのに、信じられない！」そして、ファッション誌〝フレンジー〟をテーブルに投げ置いた。

「その作者、この近くの公園で刺されたんですよね？　確か、犯人は——」取り巻きのひとりが言いかけると、

「違うわよ、刺されたんじゃなくて、心中しようとしたのよ」

「心中？」

「きっとそうよ、間違いないのよ」

「心中ですか、ロマンチックですね！」

「ねぇ、今度、その公園に行ってみようよ。そこで『あなたの愛へ』って三回唱えると、恋愛が成就するんだって！」

「本当ですか！　行きます、行きます！」

「そんなことより、これ、落札されてるよっ」一方では、原田さんが携帯電話を高く掲げて、見て見てとばかりに嬉しそうにはしゃいでいる。

渡辺拓也(たくや)は、その様子をちらりと見ただけで、トレーをテーブルに置いた。定番の肉うどんが、かすかに波打つ。

以前なら、「何、何?」と、はしゃぎの輪に積極的に入っていっただろう。なにしろ原田さんはこのデパートの社員(プロパー)で、プロパーとのコミュニケーションは、テナント店長の大切な仕事だ。しかし、今はそんな気分にはなれない。先日、はじめて証言台というところに立った。自分の証言で、ひとりの人間の人生が左右されるかもしれない、その重責と緊張で、前日はまったく眠れなかった。できれば、他人の人生には深く関わりたくない。もちろん、人の生き死ににも関わりたくない！　そんな面倒は真っ平だ。

そういう点では、今の仕事——手作り惣菜チェーン店の店長というのは、適職なのかもしれない。なにしろ、揚げ物とサラダが商品。しかも、そのほとんどは工場で九十パーセント調理済みで、店舗でやることといったら、揚げ物なら温める程度に油に通し、サラダだったら、パックいっぱいに詰め込まれた中味をマニュアル通りにトレーに盛るだけだ。単調を絵に描いたような仕事だが、だからといって、将来に希望がないわけではない。自分が籍を置くこの会社は、フード業界では老舗(しにせ)、全国に五十店舗、世界にも進出している、優良企業だ。

この仕事を淡々と真面目にこなしていれば、そこそこの収入は望めるし、いつか本社に戻って出世だって期待できる。なんといっても、他人の人生を左右することはない。子供の頃は、高収入で社会的地位も高い医者や弁護士なんかに憧れていたが、やっぱり、自分の性には合わない。医者や弁護士は、ハイリスク・ハイリターンな職業だ。自分のような小心者には、とても勤まらない。人には器というものがある。それに見合った職業が、一番なのだ。

法廷という場所に立って、拓也ははじめて、自身の平凡さに感謝した。平穏な日常の、なんというありがたさ。これを守るためなら、殺人だって、厭(いと)わない。

あ、本末転倒か。

「マジ？　あの幽霊マンションが落札？」

ひときわ大きな声が、拓也の肩を激しく揺らした。肉うどんのばら肉が、ぱらりと崩れる。大声の主はハム売り場のパートのおばさんだ。その陽気な声は売り場では効果的だが、ここでは、ただの無神経だ。拓也は、ハムおばさんの唾(つば)でせっかくの昼食が台無しにならないようにトレーを避難させると、いつものように唐辛子をふりかけた。しかし、そのほとんどが、テーブルに落ちた。右人差し指に巻きつけた絆創膏のせいで、今日は、情けないほどに、いろんなことが思い通りにならない。午前中も、商品のメンチカツを三つ、落としてしまった。

「でも、でも、この物件、ワケありってやつでしょ？　幽霊、出るんでしょう？」

ハムおばさんが、目をきらきらさせながら、原田さんの携帯を覗き込む。

「そうそう、超常現象付き。夜な夜な、真っ赤なジャンパーの女の霊が現れて……」

「いやー」

「でも、本当なんでしょうか？」冷静な疑惑をぶつけたのは、上野さん。拓也の売り場に派遣で来ている子だ。

「だって、重要事項にそう注意書きがあるんだから、まるっきり嘘ってことはないんじゃない？　普通だったら、こんなマイナス点、わざわざ書かないもの。きっと、自殺とか殺人事件とか、そういう事件があった現場なのよ」

「きゃー、殺人！」

「こわーい」

携帯を覗き込む、三人の女たち。ああ、うるさい。

「で、いくらで落札されたんですか？」

「九百万円」

「駅に近くて、４ＬＤＫ90平米で、築六年が、九百万円？」

「しかもデザイナーズマンション」

「あー、それはすごい、お買い得」

「でも、超常現象付きですよ？」

「それでも、そういうのが気にならない人なら、絶対、買いじゃない？　だって、この辺の相場なら、この条件だと、四千万円は下らないよ？　それが、九百万円！」

「でも。私はいやですよ、どんなに安くても」

拓也の首は、いつのまにか、女たちの輪のほうに伸びていた。

どうやら、話のネタは、オークションサイトに出品されているマンションのようだった。そのマンションなら、拓也も見たことがある。先週、やはりこの食堂で、原田さんが「見て見て」と、携帯ディスプレイを拓也の目の前までもってきたのだ。彼女は、自称携帯中毒で、サイトウォッチにハマっている。お昼休みや休憩時間になるとこうやって携帯にかじりついて、とびきりおもしろいネタがあると、周囲にもその楽しさをお裾分けするのである。「ね、見て見て。このマンション、なんかヤバいみたいよ」原田さんにはじめてワケありマンションを見せられたとき、「不動産まで、オークションに出されるんですか？」と、拓也は呆気にとられた。「うん、結構多いよ。でも、素人は手を出さないほうがいいかもね。実際、オークションに参加しているの、業者ばかりだし」と、原田さんは、嬉しそうに答えた。「特に、このマンション、〝超常現象付き〟って紹介があるぐらいだから、かなりのワケありなんだろうね。いわゆる心理的瑕疵物件ってやつ。落札するのもたぶん、不動産業者よ。転売すれば、〝ワケあり〟の履歴も消すことができるし」

その、〝超常現象マンション〟が、落札されたらしい。相場四千万円が、九百万円だって？　これは、確かに、お買い得だ。

「でも、なんか、怖いですよね？」胸に〈北海道屋〉と刺繍のあるメイドエプロンを着た上野さんが、こちらを見た。「いくら安くても、そんなところ、嫌ですよね。ね、店長？」

拓也は、〈北海道屋〉と刺繍のあるキャップのつばを軽く押し上げると、頷いた。「確かに、そうだね」

「そういえばさ、私が前に住んでいたアパートでね――」

それから、女たちの話題は、いわくつき物件のあれこれへと移っていった。

しかし、よく、これだけネタがあるもんだ。

「あー、もう、こんな時間だ。売り場に戻らなくちゃ」

メイドエプロンの上野さんが、透明ビニール製の私物入れバッグを探りはじめた。このあと、歯磨きして、化粧を直して。売り場に戻る頃には、時間を十分は過ぎていることだろう。そのおかげで、シフトが乱れて大変なんだ。毎度毎度注意するのだが、一向になおらない。おっと。店長である自分が遅れたらしゃれにならない。拓也は、トレーを所定の位置に戻すと、キャップをかぶりなおした。

さて、じゃ、俺もそろそろ戻るか。

売り場に戻ると、仏頂面で腕時計を睨みつけているメイドエプロンがふたり。だから、仕事中は腕時計は禁止だって言っているだろう。これも、なかなかなおらない。注意したとしても、「でも、本当なら、今はお昼休みですから」と、言い返されるのがオチだ。

昼休憩の開始時間は、三交代のシフト。十一時、十二時、十三時。しかし、前のシフトが遅れると、その分、次のシフトも遅れる。時計を見ると、十三時十五分。この十五分の遅れは、第一次シフトの連中のせいだ。二次シフトも同じぐらい遅れるだろうから、三次シフト隊が昼食にありつけるのは、十三時三十分頃か。お腹をすかせた女の子たちは、あからさまに不機嫌を顔に表す。

まったく。この調子じゃ、また、女の子どうしのくだらない喧嘩がはじまるな。なんだかな。テナント店長の一番の務めが、派遣で来ている彼女たちの管理と喧嘩の仲裁だなんて。ああ、まったく、この仕事のつまらなさときたら。

いやいや、これが、自分の器なんだ。多くを望むもんじゃない。

さて、〈北海道屋〉名物メンチカツを揚げるとするか。今日は土曜日、いつもより多くを売らなくては。ガラスの壁で区切られた厨房に入ると、拓也は前掛けの紐を結びなおした。

「うっそー！」

上野さんの声だ。

やっと戻ってきたかと思ったら、もうおしゃべりか。拓也は、ガラス越しに、売り場の様子を窺った。

うん？　三次シフトの連中、まだいるのか。あんなにぶーぶー言っていたくせに。うん？　なんか、様子がおかしい。

「店長！」

拓也が売り場に出て行くと、上野さんがそわそわと寄ってきた。

「店長！……が見つかったんですって」

「何が見つかったって？」

「ですから、たった今、お客様からクレームがあって、コロッケの中から、異物が……！」

え？

拓也の背筋に、冷たいものが流れた。咄嗟に、絆創膏の指を、もう一方の手で隠した。違う、違うよ、俺のじゃない。……って、当たり前じゃないか。落ち着け、落ち着くんだ自分、いいか、こういうときは、冷静に。まずは、お客様に陳謝を。そうだ、こういうときこそ、マニュアル通りに対処しなくては。

「店長？」取り乱す拓也を宥めるように、上野さんは、声のトーンを落として言った。「違いますよ、うちじゃありません、隣で売られていたコロッケですよ」

「え？」

「だから、うちじゃありませんてば」


従業員通用口を出る頃には、二十三時を大きく回っていた。

今日は、大変な一日だった。それでなくても土曜日の繁忙時。なのに商品に異物が入っていたというクレームが入り、しかもそれが〝指〟だなんて。それからは、Gデパート地下食品売り場は、上を下への大騒ぎになった。警察やら報道陣やらもやってきて、とてもじゃないが、通常の営業を続けていける状態ではなかった。

いつもなら、余った生鮮食品や惣菜を従業員相手に格安で売るワゴンが出ているのに、さすがに今日の通用口には、ワゴンひとつ出ていなかった。拓也の売り場でも、明日まで持ち越せない商品はここで叩き売っていたが、今日は、残った商品はすべて、処分した。その量は、凄まじいものだった。土曜日の夕方を見込んで、平日よりも大量の商品が工場から搬入されてきていたが、そのほとんどを捨てることになった。本日の売り上げは、平日の半分以下。電話で本社に報告すると、

「まぁ、仕方ないね。そういう事件が起きちゃ」

　と、売り上げが一円でも予算に達しないと極端に冷たい口調になる本社の販売部長も、今日は大目に見てくれた。

「しかし、これで、Gデパートの食品売り場、客は激減だな。夕方のニュースにも、早速、〝恐怖！　指入りコロッケ〟とかなんとか、バカでかいテロップつきで報道されていたしな。それにしてもだ、なんで〝指入りコロッケ〟のテロップのバックに、うちの売り場が映っているんだ？　まるで、うちが問題の店のようじゃないか。けしからん。君も君だ。テレビカメラが向けられたらレンズを押さえ込むぐらいの気概があってもいいじゃないか。なのに、暢気な顔して映っていたじゃないか」

　そんなことを言われたって。あの状態でカメラに食って掛かれるヤツがいたら、お目にかかりたい。気がついたら、警察と報道陣と野次馬とデパートのお偉いさんがわんさかいて、とてもじゃないが、喧嘩腰になって抗議なんてできる状況ではなかった。そんなことしたら、とたんに、注目の的だ。そっちのほうが、後々問題になるだろう。

　自分にできることといったら、とにかく目立たないように、おとなしく、小さく固まって、固唾を呑みながら状況を見守ることぐらいだった。暢気な顔というが、自分なりに、状況を把握しようと、あれこれと神経を尖らせていたのだ。いったい、何が原因で、何が起きたのか。しかし、事件の全容はさっぱり分からなかった。ただ、〝指入りコロッケ〟という単語が、いくつも飛び交うだけだった。

本当に、大変な一日だった。疲れた。ビールを飲みたい。

拓也は、駐車場で自慢のミニバンを見つけると、へとへとの体を押し込んだ。

*

翌日、デパートは平常通り開店したが、しかし、案の定、客足はさっぱりだった。正午を過ぎて午後三時を過ぎても、どの売り場も嘘のように閑古鳥が鳴いている。いるのは、報道陣か、警察関係の人々だった。

「北海道屋さん、ちょっといいですか？」

白髪のマネージャーに呼ばれて、拓也は、メンチカツを転がす菜箸を止めた。地下食品売り場を統括する責任者だが、いつもの穏やかな笑みは消えている。

「今から、ミーティングを開きたいんですけど、時間、大丈夫ですか？」

「はい。大丈夫です。ミーティングって……昨日の事件についてですか？」

「はい。本当に申し訳ありません、北海道屋さんにもご迷惑をおかけしま――」

マネージャーの、グレーの眉毛がひょいと上がり、視線が、拓也の右手に伸びてきた。拓也は、そっと、右人差し指の絆創膏を、左手で隠した。

「いえいえ、とんでもない――」

「では、三十分後に、従業員食堂にお集まりください」

なんだか、大変な騒ぎになっちゃったな。引き続き、油の中にメンチカツを入れる。通常なら、この香ばしい匂いに釣られた何人かの野次馬が、ガラス越しに視線を送ってくるのに。今日は、ひとつも飛んでこない。なんだか、やる気もなくなる。右人差し指の絆創膏も、相変わらず邪魔だ。……さあ、そろそろ行くか。

揚げたての三十個をトレーに並べると、売り子に、くれぐれも報道関係者には捕まらないように強く念を押して、拓也は従業員食堂に向かった。


食堂は、ミーティングというよりは、株主総会のような雰囲気だった。窓を背にひな壇が設けられ、それぞれのテーブルはひな壇に向けて並べられている。拓也は、空いている席をすばやく見つけ、そこに滑り込むように、体を隠した。

「とりあえず、事件の大筋を説明してもらえませんか？」

拓也の前に座るスーツ姿の男が、ほとんど怒鳴るように質問した。どうやら、どこかのテナントの本社からすっとんできた販売部の人間のようだった。そういえば、うちの本社からも、販売部長がやってくるというようなことを、昨日の電話で言っていた。

「大筋は、こういうことです——」

白髪のマネージャーが、声を裏返しながら、説明をはじめた。

物産展のために集めた惣菜屋のひとつ、〈さがみ本舗〉が売るコロッケの中に、人間の指と思われる異物が入っていたと、客から苦情が入った。客が購入したのは、お昼の十二時五分頃で、揚げたてのうちに食そうと、デパート前のテラスで頬張ったところ、口の中になにか違和感があった。かたい何かが、舌に当たる。吐き出してみたところ、それは指の先端と思われるものだった。

「そして、お客様は、その場でクレームを入れたということですね」スーツ男が、やはり怒鳴るように言った。

「はい」

「コロッケを購入したのは十二時五分頃、これは間違いないんですか?」

「はい。十二時の実演時間に、揚げたてを購入されたので、間違いありません」

マネージャーの隣で体を丸めて座っていた白衣の初老の男が、小さく答えた。事件の元になった惣菜屋の関係者らしい。

「お客様はコロッケが揚がるまでずっとその場でお待ちになっていて、揚がるや否や、ご購入されました。間違いありません。それは、よく記憶しています。かなり急かされましたので」

「あなたが、実演の張本人ですね？」

「張本人って」白衣の男は、異論があるというように身を乗り出したが、隣の若い男に制され、「……はい」と小さく答えた。

「例のコロッケは、どういう過程で、製造されたのですか？」

「工場で製造したものを、冷凍状態で搬入、それをマニュアルに従って揚げました」

うちと、同じだ。拓也は、組んでいた腕を解いた。

「製造過程で、指が切断されて混入する可能性はあるんですか？」

「いや……、それは、私は、ただの、実演販売員でして……」

「それは、ありませんね」

白衣の男の隣に座る若い男が、代わりに答えた。彼は、惣菜屋の責任者らしい。

「うちは手作り感が売りですので、その製造過程の五十パーセントは、人の手で行っています。しかし、切断どころか怪我をしたという従業員さえ確認されていません」

「なら、配送過程では？」

「配送過程で指が混入されることは、まったく考えられません。工場で製造されたものは密封され、それを運ぶだけですから」

「では、実演過程では？」

「それも、まったくありません！」白衣の男が、勢いをつけて、立ち上がった。「見てください！　十本とも、ちゃんとあります！」

　そして、男は、両の手をパーの状態にして、それを高く掲げた。男の目は、真っ赤に充血している。きっと、昨日は眠れなかったのだろう。そりゃそうだ、自分だって、こんな立場に晒（さら）されたら、眠っている場合ではなくなる。

「つまり、本来なら、指が入るようなことはないと、そういうわけですね？」

「はい」

「なら、どうして、指が入っていたんですか！」

　聞き覚えのある声だ。見ると、北海道屋本社の販売部長だった。いつのまに、来ていたんだ。

「あなたがたのせいで、うちの商品までイメージダウンしてしまいましたよっ。中には、うちが指入りコロッケを売ったと勘違いされているお客様までいらして、昨日から、電話がじゃんじゃん鳴りっぱなしだっ！」

「本当に、申し訳ありません、申し訳ありません」白衣の男と、惣菜屋の責任者が、何度も頭を下げる。

「で、実際にクレームがあったのは、何時ですか？」スーツの男が、質問を続けた。

「えーと、それは」白髪のマネージャーが、メモをぱらぱら捲る。

「十三時三十分ぐらいだと思います」答えたのは拓也だった。

会場の注目が、一斉に拓也に集まった。何やっているんだ、自分！　拓也は、自分の口を押さえ込んだが、しかし、遅かった。販売部長が、余計なことを言って目立つんじゃない、いいから黙ってろ、と、目だけで威圧する。

「あ……、そうですそうです、十三時三十分、そう、一時三十分です」マネージャーが、メモを見ながら、うんうん頷く。

「うん？　確認ですが、お客様は、テラスでコロッケを食したのですよね？」とスーツ男。

「はい」答える、マネージャー。以降、スーツ男とマネージャーのやり取りが続く。

「で、クレームが入る前、テラスでなにか騒ぎとかありましたか？」

「いいえ、特には」

「うん？　うん？　ちょっとおかしいですよね？　十二時五分にコロッケを買って、すぐにデパート敷地内のテラスでそれを食べた。まあ、最大に見積もっても、お客様が問題のコロッケを口の中に入れたのは十二時三十分ぐらいでしょうか？　で、その場で指を確認したとして。なのに、クレームがあったのは、十三時三十分。一時間もかかっている。普通なら、すぐにクレームを入れるか、または、ちょっとした騒ぎになるか、はたまた、卒倒して救急車が呼ばれるか。僕なら、吐き出したものが指だったら、その場で卒倒して病院に運ばれるでしょうね」

会場がざわついてきた。

「それで、クレームは、まずどなたに届けられたんですか?」

「お客様が、『指だ、指が入っていた』と、お声を張り上げながら、売り場に飛び込んでいらっしゃいました。そして、私が駆けつけました」

「それが、十三時三十分頃ですか?」

「はい」

「お客様は、そのとき、問題の指を持っていましたか?」

「はい」

「どんな様子でしたか?」

「とにかく、『指、指』と、叫んでおられました」

「うーん。何か、腑に落ちないな……。確認ですが、そのときお客様は、指を、どのような状態で持っていたのですか?」

　スーツ男は、まるで報道陣か警察関係者のように、質問を続ける。この男は、何者なんだ？

「Gデパート本社の、クレーム対応のベテランよ」

　隣に座っていたハムおばさんが、拓也に囁いた。この人はパートではあるが、ハム売り場の最古参で、店長みたいなこともやっている。だから、この場に呼ばれたのだろう。

「あの男の人、つまり、サクラなのよ。第三者を装い、この事件の不自然さをアピールしているってわけ」

「どういうことですか？」

「この指入りコロッケ事件は、ヘビークレーマーによる、悪質な嫌がらせってことよ」

「クレーマー？」

「そう。事件を起こしたお客、この店舗ではあまり見かけないけれど、他のデパートでいくつか問題を起こしていて、ブラックリストに載っていたみたい。警察も、そこまでは確認したらしいわよ。だからといって、〝クレーマー〟呼ばわりして相手を攻撃すると、ますます事態は悪化する。なにしろ、敵は、もうすでに記者会見なんかやったりして、自分の正当性を主張しているからね……」

　その記者会見なら、昨夜のニュースで見た。会見といっても、自宅に記者を何人か呼んで車座になった彼らの質問に答えるというもので、本来ならモザイクがかかるであろう顔面もしっかり映っていた。それだけ、被害者である自分の立場に自信があるのだろう。

「慰謝料も請求するって、ずいぶん、強気だったよね、あの人。それで、クレーム処理班が登場ってことなのよ」

「なるほど、あのおばさん、クレーマーだったんだ……」

「とにかく、デパート側としては、イメージダウンだけは避けたいの。といっても、もう遅いけどね。今日の客入りからいって。当分は、売り上げは大打撃だろうね。ああ、うちなんて、生ものだから、その影響は相当大きいのよ。いやんなっちゃう」

「ちなみに、アメリカでは——」スーツ男のテンションが、一気に上がった。いよいよ、クライマックスか。

「アメリカでは、チリスープに指が入っていたと、ファストフードチェーンを訴えていた主婦が、恐喝の疑いで逮捕されるという事件が起きています。今回の事件は、これにひどく似ていると感じられるのですが。あるいは、摸倣犯ではないのかと。どう思われますか？」

「いや、なんとも——」

「で、そのクレームを入れてきたお客様というのは、どんな方なのですか？」

「ここから電車で十五分ほど行ったところの都営アパートに住む、五十代のご婦人です」

「ご職業は？」

「無職ということです」

　ミーティングという名の、Gデパート側のアピール会は一時間ほどで終わった。たぶん、報道陣や警察関係者もあの席に呼ばれていたんだろうな、と、拓也は今更ながらに、このミーティングの意味を理解した。

「これは、対岸の火事ではないからね」

　本社の販売部長にリフレッシュルームに連れ込まれた拓也は、強い調子で念を押された。

「この商売は、髪の毛一本でも、命取りになる。たとえそれが、嫌がらせ目的の自作自演のクレームで、こちらにはまったく非がないとしても、悪い噂が立つ。悪評こそが、我々の最大の敵なんだ」

「はい」

「だから、渡辺くんも、くれぐれも肝に銘じて」

「はい」

「それでだ。火の粉がこれ以上ふりかからないうちに、Gデパートから店舗を引き上げることになった」

「え？」

「君は、当分は、本社勤めになるだろう。二、三日中に正式な辞令が下りるだろうから、それまでは、通常営業で、頼むよ。いろいろ面倒だろうけど」

本社に戻れる？

棚から牡丹餅とは、まさに、このことだ。拓也は、にやける口元を必死で押さえ込んだ。

＊

「それでさ、もしかしたら、本社勤めになるかもしんない」

拓也が言うと、

「きゃー、やったじゃないっ」

と、大声が返ってきた。

まったく、相変わらず、お袋の声はでかいな。携帯を少し耳から離すと、拓也は言った。

「で、もしかしたら、引っ越すかもしんない」

「本社って、六本木だっけ？　確かに、そこからじゃ、遠いわよね」

「うん、ここからだと中央線で、新宿まで五十分もかかるんだよ。せめて、中野か高円寺あたりがいいな」

「そうね、それがいいわよ。やっぱり、せっかく東京に住んでいるんだから、もっと都会に住みなさいよ。今のところ、便が悪すぎよ」

「うん。会社が用意してくれたアパートだから、文句は言えないんだけどさ、俺、はじめて案内されたときは、頭が真っ白になったよ。なにしろ、最寄の駅まで車で三十分、最寄のバス停にも、徒歩二十分」

「引っ越しちゃいなさいよ。引越し代、足りなかったら、ママも援助するから」

「サンキュー。助かるよ」

「……ね、ね、ところで、Gデパートって、あんたが今勤めているところじゃない？　なんか、大変だったみたいね」

ああ、やっぱり、もう耳に入っているか。さすがは、ワイドショー大好きのお袋だ。拓也は、万年床によいしょと腰を下ろすと、缶ビールを一口すすった。

「まあね。でも、大丈夫だよ、俺んとこは関係ないし」

「そう？　今も、テレビやっているわよ？　十時のニュース」

「え？　ほんと？」

布団の下からリモコンを探し出し、電源ボタンを押す。

十時のニュース。画面には、見覚えのある光景と人物。ああ、まさに、Gデパート地下食品売り場だ。って、また、〈北海道屋〉の売り場が大写しになっているじゃないか。しかも、売り子まで。あ、上野さん。おいおい、上野さん、なに、インタビューに答えちゃっているわけ？　あれほど、報道陣を相手にするなって言っておいたのに。モザイクかかっていても、丸分かりだよ。

「――私が休憩から戻ってきたのが、確か十三時三十分で、私物を所定の引き出しに押し込んでいるときに、『指だ！』って声が聞こえたんです」

最大限に加工したようだが、声も丸分かりだ。

なるほどね。知っているやつなら、どんなに正体を隠しても、一発で分かるもんなんだな。

「でも、大丈夫だから。うちには、関係ない事件だし」

じゃ、と短く締めくくると、拓也は携帯を布団の上に放り投げた。

テレビでは、指入りコロッケ事件の特集が続いている。類似事件として、アメリカで起きたチリスープ事件が紹介される。拓也は、リモコンを使って、テレビの音声を上げた。

どうやら、〝指入りコロッケ事件〟は、クレームを入れたおばさんの自作自演だという方向に傾いている。今日のミーティング、というかアピール会が功を奏したようだ。

「女性がコロッケを購入してクレームを入れるまでの一時間。確かに、気になる時間差ですね」

キャスターがこれみよがしに眉間に皺を刻むと、レポーターの顔にも疑惑の表情がくっきりと浮かび上がった。

「女性は、『あまりのことで動揺してしまい、どうしていいか分からないまま、一度家に帰った』と、インタビューでは答えていますが——」

「なるほど。しかし、そうなりますと、問題は、指そのものなんですが」

キャスターが、ボールペンをとんとんとテーブルに叩きつけながら、レポーターに質問する。

「いったい、その〝指〟、誰のなんでしょう？」

うん、そうだ、それなんだ。おばさんの自作自演だとしたら、指はどっから調達してきたんだ？

「仰る通り、〝指〟の出所が、この事件の鍵になると思われます。ちなみに、自作自演を疑われている女性は、『なら、一体誰の指なんですか？　私が一体どうやって、指を手に入れたというんですか？』と、強気の姿勢です」

「女性は、あくまで、コロッケに指が入っていたと主張しているんですね？　でも、製造側は、指が入るわけがないと」

「はい。両者の主張は平行線のまま、お互い一歩も譲らない状況です。現在、警察で、指の詳しい鑑定が行われているところです」

「なるほど。鑑定の結果待ちってことですね」

そのあと、コメンテーターの当たり障りのない言葉が続き、次のニュースに移った。

そうだよ。問題は、あのおばさんが、どこから指を持ってきたかだ。アメリカのケースでは、どうなんだろう？　拓也は、座卓の上のノートパソコンを万年床に引き寄せると、早速、〝指入り、チリスープ、アメリカ〟とキーワードを入力してみた。

うん？　なんだろう？　何かが違う。拓也は、間違い探しをするように、キーボードに置かれた十本の指を眺めた。

あれ？　絆創膏。

絆創膏が、ない。

甲、掌と、何度か手をひっくり返してみた。しかし、絆創膏がない。

右人差し指に巻きついていたはずの、絆創膏が、ない！

指に触れると、確かにそこに絆創膏が巻きついていたという証（あかし）のべたつきが認められた。

二日前、いつものように深めに爪を切っていたとき、手元が狂って、右人差し指の先を傷つけてしまった。それは結構な傷で、応急処置で、絆創膏を巻き付けておいた。

それが、ない！

背中に、いやな汗が流れた。

落ち着け、落ち着いて、ゆっくりと考えるんだ。絆創膏の記憶は、どこで途絶えている？

えーと。そう、昨日の昼、肉うどんに唐辛子をかけたとき。あのときは、確かに、絆創膏はあった。それからそれから。ああ、そうだ。今日。ミーティング前にメンチカツを揚げていたときも、あった。うん、間違いない。

拓也は、この二日間の自分の行動を、頭の中で再現していった。

では、揚げたメンチカツをトレーに並べたときは？

記憶がない。絆創膏の記憶がまったくない。

まさか、並べているときにすっぽりと指から抜け落ちて？

メンチカツを並べるときは、手を使う。でないと、きれいに並べることができないのだ。これも、マニュアル通りだ。もちろん、耐熱手袋を着用する。そうだそうだ、手袋を外したときに、一緒に剝がれてしまったのかもしれない。ということは、手袋の中にあるか、それとも。

いや、まさか。

違うよ、落ち着け。そうだよ、手袋の中にあるとしたほうが、自然だ。トレーの中に落としたなんて、確率的にも低いはずだ。仮に落としたら、さすがに気づくはずだ。

本当か？　今日は、お客が少ないせいもあって、集中力に欠けていた。ミーティングの時間に遅れちゃいけないと、焦ってもいた。あ、そうだ。確か、手袋を一度、取り替えた。汚れを発見したからだ。そのときに、絆創膏がトレーの中に落ちて。その上に、メンチカツを並べたとしたら。揚げたてのアツアツだ。絆創膏は容易く(たやす)メンチカツに貼り付くだろう。まさか、そんな。

絆創膏付きメンチカツ。拓也の中で、そんな見出しが大きく映し出された。

*

翌日、遅番であるにもかかわらず、拓也は、八時前に売り場に駆け込んだ。

「あれ？　店長」

パックを広げ、サラダをトレーに盛っていた早番の上野さんが、拓也を見た。そして、あっと体を小さく揺らすと、大急ぎで、紙マスクを装着する。

「いや、昨日の売り上げ、ちゃんと本社に報告したか、気になって」

拓也は、シンクに近づきながら、言った。消毒液を溜めたシンクには、布巾、トング、菜箸などが、ぷかぷかと浮いている。例の手袋もあった。

「売り上げ？　ちゃんと、報告してましたよ？　私、見てましたから、安心してください」

マスク越しのこもった声が、拓也に保証を与える。

「ほんと？　だったら、いいんだ」

拓也は、シンクの中から、耐熱手袋をそっと引き上げた。とりあえず、外側には例のものはない。内側をひっくり返してみる。ない。よし、これはＯＫ。えっと、もうひとつの耐熱手袋は……と。

「あ、店長、すみません。それ、今からやりますので」

「うん、いいんだ。今日は、僕がやるから」

一夜、消毒液に沈めた備品は、〈北海道屋〉特注の食器乾燥機に入れて、短時間で一気に乾かす。これは、朝一番でやらなくてはいけないことだが、今日の早番はどうやら忘れていたようだ。

「ところで、耐熱手袋、もうひとつあったと思うんだけど」

「ああ、あれは——」上野さんが答えた。「洗っても汚れが落ちなくて、だから捨てました」

「捨てた！」

「は、はい……」拓也の声がいきなり大きくなったので、上野さんは、おどおどと体を引いた。「い、いけなかったでしょうか？　マニュアルには、洗っても汚れが目立つものは処分すること、とありましたので……」

「いやいや、ごめん。いいんだ、それでいいんだ。気にしないで」

そうだ、気にするな。拓也は、自分に言い聞かせた。

そうだ、気にしすぎなんだ。絆創膏がメンチカツに貼り付いているなんて、そんなこと、あるはずがない。我ながら、無理のある推測だ。そうそう。だから、もう、考えるな。仕事に専念しろ。でないと、いらぬミスを呼び込むぞ。集中しろ、仕事に集中しろ。本社に戻れるチャンスが、目の前に示されているじゃないか。

「ところで、昨日、僕がミーティングに行ったあと、メンチカツ、どのぐらい売れたの？」

拓也は、いつもの店長の顔を取り戻した。

「ああ、あのあと、わりと早く売り切りましたよ。お客様は少なかったんですけれど、一人で二十個買っていかれたお客様がいて」上野さんは、サーモンサラダを盛りながら言った。

「へー、こんなときに、二十個も。ありがたいな」

「なんか、ものすごく上品そうなおじいさん。こんな事件が起きちゃ、いろいろと大変でしょう、頑張ってくださいって、励ましてくださいました」

事件から二日目の今日も、デパートの客足は相変わらずいまひとつだった。昨日のニュースで、指入りコロッケは自作自演の疑いが濃いと報道されたというのに、その効果は今のと

ころ、まったくない。あちこちのテナントで、「ああ、やっぱり、もうダメだな」という失望のため息が漏れていた。

「悪評こそが、我々の最大の敵なんだ」

販売部長の言葉が、今更ながらに、重く胃に落ちてくる。

しかし、このまま客が来なければそれはそれでいいと、拓也はぼんやり思った。下手に活気が戻ってしまったら、Gデパートから撤退する必要がなくなる。そしたら、本社に戻れるチャンスを逃してしまうのだ。

できれば、スーツをバリッと着て、本社ビルで働きたい。住まいだって、一番近いコンビニまで自転車で十五分もかかるような田舎から脱出したい。これじゃ、実家にいたときと同じ、いや、それ以下だ。住所には「東京都」なんてつくが、とんでもない、あんなところが東京であるはずがない。

拓也が思う東京は、もっと、なんというか、猥雑（わいざつ）なイメージだ。駅にも商店街にもレンタルビデオ屋にも徒歩で行けるような、あるいは、電車が通るたびに揺れるような線路沿いの、ゲームセンターやらパチンコ屋やらのネオンボードの光がカーテンの隙間から漏れるような、二十四時間眠らない、猥雑だけど一度住んだら離れられない、そんな街だ。それが、大学も地元で間に合わせてしまった、純正地方人である拓也の、ささやかな憧れだった。

よし。本社勤めになったら、まずは、引っ越しだ。スーツも新調しよう。そしてバリバリ働いて、必ず、出世コースにのってみせる。で、三年後にはシンガポール支社、五年後にはニューヨーク支社、十年後に本社に戻ってきて、広告室に配属、もしかしたら、社長も夢じゃない？……いや、さすがに、それは高望みだな。とりあえず広告室の室長でいいや。よし。小さく拳を握り締めると同時に、腹の虫が鳴った。ああ、そうか。朝めし、食べてなかった。今朝は急いで、ここに来たからな。って、なんで急いでいたんだっけ？

前掛けのポケットから腕時計を取り出してみると、十二時五分だった。そろそろ一次シフトの連中が戻ってきて、二次シフトの休憩がはじまる時間だ。戻ってきたかな？　売り場を覗くと、上野さんが、もう待ちきれないとばかりに、透明ビニールの私物バッグをレジ下の引き出しから引っ張りだしているところだった。そんな上野さんに、客が声をかける。客は、上野さんに二言三言、何か言い伝えると、拓也のほうをちらっと見た。

「店長に会いたいというお客様がいらっしゃってるんですが」

上野さんが、ビニールバッグを抱えながら、拓也のところにやってきた。

「誰？」

「昨日、メンチカツを二十個買っていかれた、お客様です。メンチカツについて、なにかご相談があると」

拓也の背筋に、ぞくぞくと寒気が走った。絆創膏の記憶と、それにまつわる憂いが、唐突に蘇る。

「昨日のメンチカツについて？」それまでのやる気が嘘のように、拓也の声から急速に張りが失われていく。

「はい」

「うん、分かった」

「あの……」

「何？」

「一次シフトがまだ戻ってませんが、私、休憩に入っていいでしょうか？」

「え？　うん、いいよ」

拓也は、心ここにあらずで、答えた。

上野さんは、三角巾を頭から外しそれをビニールバッグに詰め込むと、「お待たせしました」と、売り場外で待っていたハムおばさんのもとに駆け寄った。

横の柱の陰に、その人物は立っていた。上野さんが言う通り、上品な老紳士といった風情だった。

老紳士は、丁寧に腰を折り挨拶すると、囁くように言った。

「大きな事件があったばかりなので、なるべく穏便に済ませようと思うのですが」

「どういうことですか？」

「昨日、私が買ったメンチカツに――」

拓也の背骨を、氷の粒のような冷たいものが、勢いをつけて流れ落ちた。

「場所を移しませんか？　すぐに参りますので、駐車場入り口でお待ちください。あ、従業員専用の駐車場です。デパート裏の右側にあるスペースがそうです。そこでお待ちください」

老紳士が立ち去るのを確認すると、拓也は売り場に戻り、私物置き場の引き出しから車のキーと携帯だけを拾い上げ、「じゃ、ちょっと休憩に行ってくるよ」と、売り子たちに一方的に告げた。「えー、一次シフト、まだ戻ってないのに」と売り子たちの小さなブーイングが拓也の耳にも届いたが、今はそんなことはどうでもいい。こっちのほうが、重大だ。

あのじいさんは、クレームを言いに来たのだ。昨日のメンチカツ、やっぱり、あれに絆創膏が貼り付いていたのだ。なんてことだ。なんてことだ。ようやく未来が開けてきたというのに、なんていうことだ！　絶体絶命だ。絆創膏付きメンチカツは、大変な騒ぎになる。なにしろ、指入りコロッケがあったばかりだ。〝恐怖！　コロッケの次はメンチカツ！　どうなっている、日本の惣菜業界！〟とかなんとか、マスコミもおもしろがって書き立てる。で、俺の顔も目線入りで公開されるんだ。目だけ隠しても、モザイクを入れても、分かるやつには分かるんだ。「あー、渡辺だ！ 東京の企業に採用されたなんて威張っていたけど、なんだよ、メンチカツを売っていたのかよ。しかも、絆創膏付きのメンチカツ！ あいつらしいなー」とかなんとか、地元の同級生たちは囃し立てるんだ。で、卒業アルバムなんかも曝されて。あれ？ 俺、卒業アルバムになんて書いたっけ？ えーと、確か、小学校のときは「大人になったらジュリアナで踊りまくろうぜ！」とかそんなことを書いた。中学校のときは、「ようやく卒業、チョベリグだぜ！」だ。ああ、バカだ、バカだ、バカ丸出しだっ！「あいつ、バッカだなー」とか匿名掲示板にも書かれるぞ、「本当にバカですこと」とお茶の間の奥様たちの格好のネタになるぞ。そんなことはまだいい、会社をクビになるのは死活問題だ。景気が上向いているなんて言っているけど、解雇処分になった人間を雇ってくれる会社なんてそうそうない。しかも、資格もスキルもないんだ、そんな男、誰が雇うかよ。雇ってくれるところがあるんなら、それは短期のアルバイトか日雇いだ。なら、地元に帰るか？ ああ、ダメだ、親戚一同に白い目で見られる。鉄道マニアの叔父さんだって、定職に就いていないばかりに、法事にだって呼ばれないんだ。そう考えると、叔父さんはすごいな。親戚にまで変人扱いされて疎まれているのに、気にしている様子はない。やっぱり、趣味がある人は強い。俺もなんか、趣味を持っておくべきだった。でも、特に好きなものなんてない。

そうなんだ、変人にもなれない、なんの取り得も特徴もない、俺のような平凡な人間は、どこかに所属して人並みに生きていくのが一番なんだ。そして、運良く巡ってきた小さなチャンスにありがたく飛びつき、それを機に小さな飛躍を果たす。それを繰り返せば、そこそこの幸せを手に入れることができる。しかし、チャンスを逃せば、運に突き放される。だから、このチャンスは、絶対に手放したくないんだ。俺は、本社に戻るんだ。

「ここなら、ゆっくりと話せます」

助手席に老紳士を乗せたミニバンは、デパート近くの公園に停車した。ここなら、人はほとんどいない。人影がないことを確認すると、拓也は、言った。

「で、あなたのお話は、なんですか？」

「昨日、メンチカツを買ったのですが」老紳士は、静かに微笑んだ。「その中に……」そして、上着のポケットから、ハンカチの包みを取り出した。

拓也は、身構えた。

「これがメンチカツの中に入っていた――」

老紳士は、ハンカチの包みを、拓也の目の前まで差し出した。

拓也は、前掛けの紐をゆっくりと解いた。

＊

「えー、なんで、今日はチャンネルが違うの？」

食堂のテレビが、いつものチャンネルと違ったので、ハムおばさんは、不平を漏らした。

「あのドラマが見たくて、急いできたのに」上野由香里（ゆかり）も、失望感たっぷりに、トレーをテーブルに置いた。

「実はね、ここだけの話なんだけど」デパート社員の原田さんがひそひそ声で言うと、ハムおばさんが原田さんに頭を寄せたので、由香里もそれに倣（なら）った。

「例のコロッケ事件、新たな展開があったそうよ。だから、食堂もリフレッシュルームも今朝からずっとニュース専門チャンネルが流れているのよ」

「新たな展開って？」ハムおばさんの問いに、原田さんは、「あ、記者会見がはじまったみたいだわ」と、視線をテレビのほうにやった。


急展開！　指入りコロッケは真実だった！

画面いっぱいのテロップが消えると、無表情のアナウンサーが、淡々と原稿を読みあげる。

Gデパート地下食品売り場で売られていたコロッケの中から人間の指が出てきた事件で、コロッケを製造する過程で従業員の指が切断され混入していたことが、新たに分かりました。指を切断した従業員は、問題になることを恐れ、その事実を隠していたと供述しています。これを受け、Gデパート、そしてコロッケを製造販売した〈さがみ本舗〉が謝罪の記者会見を行っております。


「えー」由香里は、叫んだ。その声は自分でもびっくりするぐらい大きかったが、しかし、食堂はありとあらゆる「えー」で充たされていたので、顰蹙を買うことはなかった。

「昨日までは、自作自演で決まりだって思っていたのに」ハムおばさんが、チャーシュー麺のチャーシューを咥え込んだ。「これで、バッシング間違いなしだね、このデパート。なにしろ、善意のお客様をクレーマー呼ばわりしたんだから」

「本当に。マスコミの対応に追われるわね、当分は」社員の原田さんが、はぁとため息をつきながら、日替わり定食のチキンカツを箸に挟んだ。

「私、事務所に連絡して、他の派遣先、探してもらわなくちゃ。なんだか、北海道屋、ここから撤退するかもしれないんです」由香里も、しんみりと、中華定食の卵スープをすすった。

「私も、他を探さなくちゃダメかね……」ハムおばさんが言うと、

「寂しくなりますね。本当に、残念」と、原田さんが、肩を落とした。

「あ、そんなことより」ハムおばさんの箸が止まった。「北海道屋さんに、おじいさんが来てたけど。大丈夫？」

「え？」言われて、由香里の箸も止まった。

「あの人、最近はご無沙汰だったけど、有名なクレーマーだよ。気をつけてね、頭がおかしい人だから、まともに相手しちゃダメよ」

「は……」でも、私にはもう関係ないし、そんな素振りで、由香里は、中華定食のエビチリに箸を突き立てた。

*

拓也は、ようやく力を緩めた。しかし、手が強張（こわば）って、なかなか紐を離すことができなかった。

それは、あっというまだった。

「いや、待て、本当にそんなことをしていいのか？　人生台無しだぞ？　人生と引き換えにするほどのことか？」と、冷静に天秤にかける間も考える間もなかった。古今東西の殺人者

のほとんどは、こうやって、切羽詰った極度のストレスからとにかく逃避しようと、衝動的に、人を殺めてしまうものなのだろう。

デニム生地でできた前掛けの紐は、思った以上に頑丈だった。拓也の手にも細かい蚯蚓腫れがいくつも浮き上がっていた。

この死体をどうにかしなくちゃ。

あわを吹き、失禁でズボンを濡らし、助手席でぐったりと横たわる老人の亡骸を横目に、拓也は、殺人者なら誰もがぶちあたる壁の前で、思いをめぐらせた。

捨てるか？　埋めるか？　どこに？　誰も来ないような山の中。

拓也は、母親に買ってもらったミニバンを発進させた。

＊

「あのおじいさん、以前はね、毎日のように現れては、くっだらないことで、いいがかりを何時間も続けてね」

「どんないいがかりを？」由香里が問うと、

「ホント、くだらないことなのよ」と、ハムおばさんは、顔をしかめた。「たとえば、メンチカツなら、ひき肉のかたまりに当たって差し歯が取れたとか」

「うわっ、ほんと、いいがかりですね」

「いつだったか、マネージャーが『では、裁判所で争いましょう』って言ったら、それきり、見かけなくなったんだけど。でも、指入りコロッケ事件が起きて、悪い虫がまた騒ぎ出したんだろうね。今だったら、誰かが真剣に相手してくれると思ったのかも。……寂しい人なんだよ」

　ハムおばさんの話は続く。さすがは、十年も地下食品売り場に君臨している生き字引だねと、由香里は、原田さんと顔を見合わせた。

「あまりしつこいようだったら、『では、裁判所で』って言うのが一番。たぶん、すぐに引っ込むから」ハムおばさんがそうアドバイスすると、由香里は、「分かりました。店長に言っておきます」と、素直に受け入れた。

「あら、ところで、店長さんの姿が見えないわね。いつもなら、私たちのすぐ近くに陣取って、にやにやと嬉しそうに、私たちの話を聞いているのに。……あら？」

　ハムおばさんの顔が、由香里の背中に近づいてきた。おばさんは、メイドエプロンのフリルのヒダを、つまみ上げる。

「なんですか？」

　由香里が振り返ると、そこには、なにか、丸まった小汚い物体が貼り付いていた。

「やだ、なに、これ？　いつから、付いているのかしら？」

「絆創膏だよ、これ」ハムおばさんが、それをフリルから剝がした。「これ、店長さんが指にしていたものじゃない？　それが、なんで、こんなところに？　もしかして、上野さん、店長さんと……？」

「い、いやだ、止めてくださいっ。それだけは絶対ありませんから、本当に止めてくださいっ。私、ああいう事なかれ主義の根無し草の、へらへらした小役人タイプ、ダメなんです。ああいうタイプは、間違いなく、何かヘマをして、とんでもないことをしでかすんです。巻き込まれるのは、まっぴらです」

　由香里は、ハムおばさんから絆創膏を取り上げると、それをさらに丸めてティッシュに包み、食べ残しのエビチリの皿の中に投げ捨てた。

カリギュラ

【カリギュラ効果】禁止されると、ついその行為をやってみたくなる心理状態。例えば、「絶対に見るな」と言われると、かえって見たくなる心理を指す。語源はハード・コア・ポルノ映画の『カリギュラ』で、一部地域で公開禁止になったり「見てはいけない」と連呼されたりしたことで、かえって話題となって大ヒットしたエピソードに由来する。

〈二〇〇八（平成二十）年　秋〉


「なにか、変わったことなかった？」

「え？」

「ううん。手帳をどこかに落としちゃって。あなたの住所とか電話番号とかも書いてあるから、ちょっと心配になって。そんなことより――」

　電話は、留美子（るみこ）先輩からだった。

「給湯器が壊れた」先輩は、声を荒立てた。

　十一月の半ば、こんな秋晴れの休日の午後、先輩のきぃきぃ声は、まったく不似合いだ。

私は、「どうしたんですか？」と、先輩に合わせて、少し慌てて返す。

　彼女は前の職場の同僚で、歳は同じだが、中途採用で入った私にとっては、二年先輩にあたる。五年前、そこを退職したときに「これからは、タメ口でいこうね」と言われたが、やはり、〝先輩〟としか呼べない。一度習慣になると、なかなかなおせないものだ。

「熱めのシャワーを浴びていたら、温度があれよあれよと下がってね、水になっちゃったのよ」先輩は、続けた。「給湯器のリモコン表示を見てみたら、アイコンと温度表示がみごとに消滅。ブレーカーをオンオフしてみたけど、無駄だった。前兆は、あったんだけど。遡れば、二週間前――」

　話が長くなりそうだと、私は、受話器を子機に換えて、パソコンがあるデスクに戻った。念のため、ファイルをセーブしておかなくては。［Ctrl］と［S］のキーに指を置く。

「でね、マンションの管理会社の担当から電話があったの」

　先輩の話は、二週間前に遡っていた。「お宅から水漏れが確認されました、そう言うの」

　水漏れと聞いて、キーに置いた指が止まった。住人の不注意で下の階に水がばしゃばしゃ漏れて大騒ぎ、という図が浮かんだのだ。損害保険のパンフレットに載っていた図だ。その図があまりに恐ろしくて、このマンションを買ったときに早速保険に入ったものだ。先輩はどうだろうか。先輩も、分譲マンションに住んでいる。

「賠償金とかとられるんですか？」私は、訊いた。

「ううん、下の階には影響ないって」

「それは、よかった。で、どこから水漏れが？」

「外のPSボックスだって。ほら、水道管とか電気のメーターとか給湯器が入っている、あのボックスよ」

　先輩は、独裁者の演説のごとく声をきーんと張り、説明を続ける。

「ＰＳボックスからの水漏れは少量なので今はそれほど大きな影響はないけれど、いずれにしても処置は必要だ、ただし、原因が分からないので専門の人を呼びたい。って言うから、もちろんいいですよ、呼んでください……っていうか、とっとと呼んでください。と答えると、専有部分なので一応、確認をとってからと思いまして、修理の見積もりもとらせますんで……って言うのよ」

「見積もり？　もしかして修理は、こっちもちですか？」

「専有部分だから、そうらしいの」

専有部分。他人事ではない。私は、子機を握りなおした。「修理って……いくらぐらいかかるもんですかね？」

「その人が言うには、原因が水道管の場合、管の交換となると、数十万、部品の交換でも数万円——」

「数十万！　それは、無理です、そんな、無理ですって！」私は、自分のことのように声を上げた。

「でも、専有部分だから」

「でも、でも、水道管ですよね？　共有部分にはあたらないんですかね？」

「ううん、専有部分だから」

「保険は？」

「専有部分だから」

「そんな、原因も分からないうちに、専有部分、専有部分と決め付けるのはどうかと思いますが？　とにかく、原因をはっきりさせないと」

　私が言うと、先輩は、

「うん、だから、私もそう強く言って、電話を切ったの。でも、切ったあと失敗したと思った。相手も人間だもの、喧嘩腰の相手には、冷徹な対応をとるかもしれない。少し工大すれば安く済むところを、特に努力もしないで、それとも必要以上のことをして、最大限の出費を要求するということもあるかもしれない。ここは情にすがってみたほうがいい。電話をかけ直すと、私は少々声を震わせて――」

　先輩は、腹話術の人形のように声をがらっと変えた。

「――さきほどはすみません、本当に動転してしまって。今年に入ってから、エアコン、洗濯機と立て続けに壊れまして、本当に出費がすごいんです。その上、水道管の修理代が数十万だなんて……、とても無理です、首を吊るしかありません、どうにか、最小限の出費で済むように、ご配慮ください。原因次第では、保険も適用されるかもしれないんです！」

「え？……っていうか、エアコンと洗濯機も壊れたんですか？」

「言わなかった？　もう、大変だったんだから。特に洗濯機。すすぎ前に壊れちゃったもんだから、泡だらけよ。で、すぐに電器屋にすっ飛んで行って、どうせだから、流行りのドラム式を買っちゃった。あれ、いいわよ、ドラム式。特に乾燥モードがね——」

「そんなことより、水漏れ。保険って？　やっぱり、保険、きくんですか？」

　私は、脱線しそうになった話を、本筋に引き戻した。洗濯機のことなんかより、保険のことが聞きたい。

「うん。微妙なんだけど。火災保険の約款をひっぱりだして見てみたら、水道管修理費用保険金という文字を見つけたのよ。これが適用されれば保険金から修理代が支払われるかもしれないの」

「じゃ、あとは、原因次第ってことですね？」

「そう。だから、私も、『原因を、必ずはっきりさせてくださいね。なるべく、こちらの負担にならない原因を、お願いしますね』って、その人に念を押したら、『分かりました。こちらも、努力してみます』って。その人の声は、幾分、同情的になったんだけど」

「泣き落とし、成功ですね！」

「ところが、この泣き落としが悪かったのよ」先輩は、はぁと息を吐き出すと、声のテンションを一気に落とした。「つまり、結果からいうと原因は給湯器だったわけよ。給湯器が壊れて、そこから水漏れしていたの。まあ、こっからは話が長くなるんだけど。あ、ちょっと待ってね。──ごめん、ごめん。お湯が沸いたみたい」

「あ、じゃ、給湯器はなおったんですか？」

「ううん。今、キッチンでお湯を沸かして、それをバスタブに運んでいるの。そのお湯で、お風呂の代わりにしようと思って」

「キッチンでお湯を沸かして、お風呂に？　それって大変じゃないですか？」

「大変よ！　鍋とヤカン総出でお湯を沸かしてるんだけど、なかなかバスタブが埋まらなくて。もう、かれこれ二時間は沸かし続けているのよ」

　銭湯は？　と訊こうとしたが、やめた。先輩は、自他ともに認める潔癖症だ。温泉に行っても、部屋の内風呂で済ませてしまう。かつ、被害妄想も強い。誰が入っているか分からない公共の場で裸になれるはずもない。私はどうだろう？　銭湯か……。やっぱり、抵抗ある。もし、自分が先輩の立場になったらどうしよう？　私は、子機を耳に当てたまま、キッチンに体を運んだ。蛇口のレバーをお湯側に倒してみる。数秒もしないうちに、湯気が立ち上った。うん、大丈夫。

「まったく、なんだか、今年に入って、いいことがないわよ」先輩は、テンションを落としたまま、しかし粘りのある調子で、愚痴を続けた。「占いだと、上昇期に入っているはずなんだけど。先週もね、霊感占いってやつをやってもらったら、生霊が憑いているとか言われて。もしかして、貧乏神かしら？」

生霊か。デスクに戻ると、早速、パソコンに打ち込んでみた。

生霊。

うん。これで、キーワードは五十個出揃った。

「あら？　もしかして、仕事中だった？」キーの音があちらに漏れたのか、先輩は言った。

「え？　ああ、大丈夫です。あんまり、調子が出なくて」

「今、どんな仕事しているの？」

「……ホラーなんですよ」私は、声を潜めて言った。

「ホラー？」

「そうなんですよ。今度、ホラー特集をやることになって、十人の作家さんに短篇を書いてもらうんですけど、そのお題の候補をね、考えなくちゃいけないんです」

「へー。おもしろそうね。うちは、相変わらず、味も素っ気もない学術書。私も、転職したいなぁ。小説、恋愛小説をやりたいのよ。榛名ミサキ先生とか、私、大ファンなんだ。〝フレンジー〟で連載している『あなたの愛へ』。あれ、大傑作だよね。ほんと、素晴らしい。実話だっていうんだから、なおさら素晴らしい。でも、私、はじめは実話だなんて信じてなかったのよ。でもね、でもね、ミサキと孝一のラブラブの画像をネットで見つけたのよ！もう、私、うっとりしちゃって。真実の愛の物語なんだ……って感動しちゃった。だからさ、あの事件が起きたとき、ほんと、どうなるかと思ったけど。連載が再開されてよかったわ。それにしても、あのマイコって女はどうしようもないわね。……ああ、私も文芸をやってみたいわ。あなたが、ほんと、羨ましい。……実は私も転職、本気で考えてるのよね」

学術書を専門とする出版社から今の編集プロダクションに移った私を、先輩は必ず、「いいわね、おもしろそうね」と、羨ましがってくれる。しかし、それは本心なのだろうか？確かに、今の仕事はおもしろい。なにより、自分がやりたかったことだ。しかし、残業は増えたのに収入は減った。名のある出版社の文芸部に席を置いてはいるが、編集プロダクションから派遣という形なので、待遇はあまりよくない。一部の編集部員からは、アシスタント扱いされている。一応、何人かの作家さんを担当させてもらっているが、なんとなく、バカにされている気がする。いや、明らかにバカにされている。特に、前に座っているアルバイトの子！「でも、いいじゃない。その出版社に席を置いているだけで、いろんなつながりができるんだから。ゆくゆくは、フリーになるつもりでしょ？」と先輩は言うが、いつまでもアシスタント扱いで、今もこうやって、大切な休日なのにキーワード拾いに四苦八苦している。

ホラーなんて、大嫌いなのに！

「で、大丈夫なの？　怖い話、苦手だったんじゃない？」

「そうなんですよ。でも、苦手だからといって、やらないわけにはいかないし。で、今、怖そうな噂とか事件とかをネットで探していたんですけどね」

「何か、おもしろい話、あった？」

「そうですね……。前に起きた、指入りコロッケ事件とか、後日談がなかなか怖かったですよ」

「指入りコロッケ事件？　——ああ、そんな事件、あったね。えっと、Gデパート？　そこで売っていたコロッケに切断された指が入っていたとかいう事件だったっけ？　なんか、テレビで大騒ぎしてたけど、なんだか、忘れちゃった。あれって、後日談、あったの？」

「Gデパートに入っていた他の店舗の従業員が、関係ないお客さんをクレーマーだと思い込んじゃって……殺しちゃったみたいですよ」

「えー、そんなハードな展開だったっけ？」

「そうなんですよ。あのあと、選挙だの芸能スキャンダルだの災害だの大きな事件が続いたから、スルーされちゃったみたいですけど。自分も、ネットで調べるまで知りませんでした」

「で、どの辺が怖いの？」

「その従業員、死体をアパートの押入れの天袋に隠してたんですって。でも、そのまま引っ越しちゃって。で、事件から半年後、次に引っ越してきた住人が死体を見つけて」

「コワっ。っていうか、大家さんが気づけよって感じだけど。引越しのあと掃除ぐらいするんだろうに」

「ですよね？　なんでも、死体はバラバラにされていて、スーツケースの中につめこんであったみたいですよ」

「えー。それはちょっと無理があるんじゃない？　いくらなんでも、前の人が引っ越したときに、大家さんがスーツケースのこと気づくでしょう？」

「まあ、スーツケースのことは噂なんで、ちょっと都市伝説みたくなってますけど。いずれにしても、アパートにバラバラ死体を隠していたのは本当みたいです」

「怖いな……。だから、賃貸とか中古ってイヤなのよ。前に何があったか分からないじゃない？　だから、私、賃貸に住んでたときも絶対新築じゃなきゃイヤだったし、このマンションを買ったときだって、変な噂ないか結構調べたんだから」

「……うち、中古なんですよね……」

「あ、そうだっけ？」

新築物件なんて、買えるはずもない。

ここを買ったのは、去年。前の会社にいれば新築も買えたかもしれないが、今となってはとてもとても。そもそも買うつもりもなかったが、「結婚する予定もないのなら、せめて、不動産を持ちなさい」と両親が強く勧めた。頭金を出してくれるというので、それならばと、買ってみた。駅に近くて4LDK90平米のデザイナーズマンション、二千万円だった。お買い得ですよ、本来なら、この辺の相場だと四千万円はしますよ！　と不動産会社も熱心に勧めた。確かに、安い。しかし、場所がな……。辛うじて東京都にひっかかっているが、電車で新宿まで五十分もかかる、田舎だ。

でも、買っておいてよかったと思う。ローンの月々の支払いは、賃貸に住んでいた頃の半額。収入ががくっと減った今となってはかなり助かっている。あのまま都心の賃貸に住み続けたら、家賃未払いで追い出されていたかもしれない。なにしろ、築二十年のボロマンションだったのに十五万円した。やっぱり、ここを買ってよかった。ちょっと、ひとり身だと、広すぎるが。

「あ、キャッチが入っちゃった。じゃ、もう切るね」

先輩はそして、電話を切った。やれやれだ。先輩の電話は、どうしても長くなってしまう。

あれ？　でも、なんだかいつもと違う。いつもなら、結局恋人ののろけ話になって、「うんもー、彼ったらやきもち焼き屋さんで、困っちゃう。いろいろ詮索したり監視したりするの。でも、それだけ愛されているっていうことよね」とかなんとか延々と聞かされて、こっちが痺れを切らして、「すみません、ちょっとトイレに行きたくなっちゃったんで」とかなんとか理由をみつけて、電話を切っていたのに。今日は、恋人の〝こ〟の字も出てこなかった。もしかしたら、もう破局？　そうかもしれない。恋人がいたら、こんないい天気の休日の真っ昼間、電話なんかかけてくるはずもない。しかし、今回は早かったな、一年ももたなかったじゃん。

そんなことより。仕事を再開するか。

あ、そうだった、もう、五十個、キーワードは揃ったんだった。じゃ、いいか。

＊

洗濯でもしようと立ち上がったところで電話が鳴ったので、とってみると、「あなたと留美子さんはどんな関係なんですか？」と、いきなり質問された。あまりに不意打ちだったので、私はうっかり「友達、ですけど？」と応えてしまった。この時点で、私は、ある種の催眠状態に入ってしまったのだろう。とはいえ、三十を過ぎて、見知らぬ相手の質問にこうも易々と応えるというのは、どうなんだろう？　と、冷静なもうひとりの自分が突っ込みを入れるのだが、私は、次の質問にも応えそうになっていた。質問は、「最近、いつ、会ったか?」だった。

あれ? いつ会ったっけ?

電話ではちょくちょく話をしているけれど、実際に会ったのは……。

私が応えずにいると、相手は次の質問を繰り出していた。

「どこまでいったんだ?」

どこまで行ったたって? どこに行ったたっけ? そういえば、先輩とはプライベートで出かけたことはない。彼女とは、あくまで電話友達。だからこそ、関係もうまく行っている。年がら年中会うようなベタベタな人間関係は、破綻も早い。たまに電話する、このぐらいの希薄な関係が、結局は長続きするのだ。あ、でも、去年、温泉に行った。前の職場の懇親旅行だったが、ひとりキャンセルが出て、私に声がかかった。

「温泉に――」ここまで言って、私ははっと我に返った。なんで、馬鹿みたいにべらべらとしゃべっているんだ。こんな誰とも知れない相手に。

「と、いうか、あなた、誰ですか?」

私が問うと、電話は一方的に切れた。

何? 今の?

まあ、いいや。とにかく洗濯……汚れ物を集めていると、今度は、インターホンが鳴った。

ったく、今度は、何？

モニターには、見知らぬ男の顔が映し出されていた。中年の男だ。あ。もしかして消防点検？

私は、慌てた。どうしよう、全然掃除していない。

「今日は、取り込んでますので、次にしてください」

早口で言うと、急いでモニター表示ボタンを押した。モニターから男の顔が、すぅと消える。なのに、呼鈴は、しつこく鳴り続ける。私は、耳を塞いで、息を潜めた。ごめんなさい、ごめんなさい、今日は帰ってください、次は、必ず準備して、完璧な状態で待機していますから。

あれ？　カレンダーを見ると、消防点検の印は、来週だった。なんだ。慌てて、損した。いつもの訪問勧誘か。人騒がせな。

ったく。洗濯しよ、洗濯。

東側の窓から、冷凍庫を開けたときのような風がやってきた。窓の外は、晩秋を通り越して冬の風情で、街路樹はすっかり葉を落とし、今年の秋も、何もしないまま去っていくのだと、柄にもなくおセンチな気分が立ちこめる。

きっと、今年の冬もこの調子でいつのまにか通り過ぎていってしまって、春も夏も行ってしまって、そしてまた秋がめぐって。何かに似ているな。ああ、そうだ、先月寄った家電量販店、そこで実演していたドラム式洗濯機。私は、その様子をずっと眺めていた。はじめは、ゆっくりと回っていた洗濯機の中味、パジャマ、下着、タオル、ひとつひとつを確認することができたのに、しかし、脱水に入ると、パジャマの赤も下着のベージュもタオルの青も混ざり合ってしまって、どれがどれか分からなくなる。ああ、今まさに、私の人生は脱水モードだ。このめまぐるしさ、あいまいさ、あれよあれよというまに、流され、回され、水分を飛ばされ、ふらふらになった状態で終了のブザーが鳴り、蓋を開けると、赤とベージュと青がもつれにもつれて、とりあえず赤を引っ張り出してみると、他の諸々が芋づる式でついてくる。まさに、これだ。冬も春も夏も秋も、どの季節だろうが、区別がつかなくなっているのが、私の暮らしぶりだ。それは、年々ひどくなってきていて、昨日と今日の区別さえつかないこともある。でも、あのドラム式洗濯機は、違った。脱水後も洗濯物は絡まず、ひとつひとつ取り出せた。あのドラム式洗濯機、欲しいな……。乾燥モードも付いているんだよな。雨の日にもふっくらと乾くなんて、なんて素敵なのだろう。

「留美子先輩は、いいな……」

ふと、言葉が漏れる。

都心の新築マンションに、乾燥モード付きドラム式洗濯機。それに、……美人だ。仕事もできるし。生まれつきの勝ち組だ。羨ましい。一方、自分ときたら。私は、鏡に自分の姿を映してみた。

貧弱な体格。眉毛はゲジゲジで、他の体毛も異様に濃い。この容姿のおかげで、随分と異性には警戒されたものだ。

「その仏頂面がいけないのよ。キャラを作りなさいよ。そうね、例えば、きもかわいい女子キャラ。体を必要以上にくねくねさせて、いやだー、とか、うっそー、とか、話しかたにも特徴をつけるの。そうすれば、逆にウケるわよ」

そう教えてくれたのは、留美子先輩だった。半信半疑だったが先輩の言う通りにしてみたところ、事がスムーズに運ぶようになった。今では、キャラなのか素なのか分からないほど、板についてしまった。もしかしたら、自分にはその素質がもともとあって、先輩はそれを見抜いていたのかもしれない。

「ハックション！」

コントでするようなクシャミが飛び出した。あれ？　何しようとしてたんだっけ？　洗濯、ああ、そうだ、洗濯だ。

あれ？　なんか、頭が痛い。風邪だろうか？　喉も、ひりひりしてきた。というか、めまいまでしてきた。私は集めた汚れ物をとりあえずリビングの隅に山積みにし、ソファになだれ込んだ。ごろっと体を転がすと、ちょうど視線の先に、壁のカレンダーがあった。

そっか。今日は第二土曜日か。ドラッグストアーの特売日じゃなかった？　ほら、カレンダーにも、ちゃんと〝特売〟って殴り書きしてある。あのドラッグストアーは食品も充実していて、特にレトルトと冷凍ものが安い。特売日はさらに安くなるので、この日を狙って、買いだめをするのが恒例になっている。しかし、今日は頭は痛いし、喉も痛いし、そういえば、寒気もする。このまま、ソファで寝転ぶほうを選びたかったが、〝特売〟という文字が、私に意思を与えた。重たい頭をよっこらしょと起こすと、手櫛だけで髪を整えベンチコートを羽織り、財布と鍵だけを持って、外に出る。

空は南の海のように真っ青なのに、私は、ベンチコートの合わせを手繰り寄せた。寒い。ひと際冷たい木枯らしが、落ち葉の小さな竜巻を作りながら、足に絡みつく。木枯らし一号か？　天気図に描かれた西高東低の気圧配置を思い浮かべながら、私は、体を丸め、無言で歩き続けた。しかし、頭の奥のほうはまだ痺れているようで、思い浮かべた天気図の九州が、どうしても歪んでしまう。沖縄の位置も、いまひとつ、自信がない。もっと南だったか、北だったか。ああ、違う、そこは、奄美大島。黒々とした熱帯の湿った森が、瞼に広がる。おかげで、頭の中は少しだけ気温が上がったが、手足の先はまったく感覚がなくなっていた。

なのに、頬だけは、蒸しタオルを当てたように、熱い。喉も、熱した飴玉がまるごとつっかえているように、ひりひりと痛い。視界もかすみがちで、早く用事を済ませて部屋に戻らなくてはと気持ちは前へと突き進むが、冷え切った足先は、一向にスピードを上げようとしない。

もう三十分は経ったはずだが、私は住宅街の中をいまだ彷徨っていた。目の前には公園の常緑樹の茂みが見えるのに、そこになかなか辿り着けない。公園横の道を渡れば、ドラッグストアーはすぐそこなのに。なんだか、一生辿り着けないような気分になる。引き返してしまいたい気持ちが、むくむくと持ち上がる。私は、無理やりでも将来について考えようと、つとめた。ドラッグストアーでは、何を買おう。まずは、のど飴。この痛さは、ただ事ではない。次に、お徳用パスタ、各種パスタソース、各種レトルト、サプリメント、冷凍食品、お菓子、お茶、……そしてトイレットペイパーにティッシュ。一時間後の私は、レジ袋三つを右手で持ち、ティッシュとトイレットペイパーを左手で持って、帰路を急いでいることだろう。しかし、木枯らしはますます強くなり、歩いているだけで、ゴミやら砂やら落ち葉やらで、私は顔を真っ黒にするのだ。目の前には、変な色で汚れたティッシュのかたまりがふわふわ漂っていて、あれが、顔に飛んできたら……などと要らぬ不安に駆られ、両手に荷物を抱えながら、先を急ぐんだ。早く、帰らなくちゃ。なのに、忌々しいティッシュが、木枯らしを味方に、迫ってくる。しかし、ティッシュの追跡もマンションのエントランスまでだ。さすがのティッシュも、このセキュリティは突破できまい。ティッシュは、「ちっ、覚えてろよ」とかなんとか捨て台詞を吐き、ふわっと舞いあがり、街路樹のかなた、公園の方向に消えていくのだ。それでも、石橋を叩いてぶち壊す勢いの私は、慎重に足を進めて、もうどこにもティッシュがないことを何度も確認して、念押しで再度振り返ってそこになにもないことを見届けて、エントランスのセキュリティを解除する。

自分の部屋の前にきて、ようやく、力を抜く私だが、玄関ドアを開けたところで、何かが足に触る。まさか、あのティッシュ？　なんて、しつこい！　……違う。なに、これ？　え？　スーツケース？　なんで？　なにか、はみ出している。このぶにょぶにょした質感は？　この脂肪のかたまりのような、これは何！

＊

何？

自分の声に驚いて、私は飛び起きた。腕をさすると、鳥肌が立っていた。一方、背中はびっしょり濡れている。私は、あのままソファで転寝（うたたね）していたらしい。部屋はすっかり暗い。ドラッグストアーに行きそびれた。今、何時だろうか？　ＤＶＤデッキのタイマー表示部を見てみるが、０：00の状態で、点滅していた。首を左上にねじ上げて、エアコンの表示部を見てみる。これも、点滅。なんで？　今度は首を右に傾けて、キッチン横の給湯リモコンを見てみる。消えていた。

なんで？　もしかして、停電、あった？　背中を、乾いた冷風が吹きぬけた。その刺激で、私は、重大なことをようやく思い出した。テキストファイル、セーブしたっけ？　した覚えがない。いや、しようとした。キーに指を置いたところまでは覚えている。でも、その後、キーを押したっけ？　恐る恐る、デスクを振り返ってみる。いつもなら、ぶーんぶーんと煩いパソコン本体、なのに静まり返っている。電源ランプも、消えている。

ひぃ。私は、ホラー漫画のヒロインのような声を上げた。嘘でしょう、嘘でしょう。パソコンの電源ボタンを押してみる。いつもの起動画面が表示されたあと、叩きつけるようにパスワードを入力する。

ひぃ。私は、再度、へっぽこな声を上げた。

やっぱり、セーブされていない。今日打ち込んだ内容が、まったく、ない。うんうん唸りながら、集めた五十個のキーワードが、ない！

いや、でも、自動的に保存機能が働いて、修復ファイルが別に保存されているはずだ。

——しまった、自動バックアップ機能にチェックがついていない！

ぶっぶっぶぶぶぅー。

背骨がきゅっと縮まった。何？　どこからしてるんだ？　何、この音？

これが幻聴というものだろうかと、立ちすくんでいると、インターホンの警報ランプが点滅しているのを見つけた。恐る恐る受話器をとってみると、男の人の声がした。背骨がさらにきゅっと縮まる。

「警備会社の者です。お宅から発信されましたが、何かありましたか？」

「いえ、特には……」

心臓をばくばくさせながら、私は応えた。まさか、インターホンと警備会社がつながっているなんて、思ってもいなかった。

「なら……停電とかブレーカーが落ちるとか、そういうことはありませんでしたか？」

「あ、はい。停電があったみたいです」

「そうですか。分かりました」

「あの……停電すると、警報システムが作動しちゃうんですか？」

「はい。ブレーカーが落ちたときも作動しますので、くれぐれも気をつけてください」

「はい……」

「それと、ついでに注意しておきますが、非常ボタンにも気をつけてください。最近、多いんです、非常事態でもないのに、非常ボタンを押す人が」

非常ボタン。ああ、これか。今の今まで、気にも留めなかった。私は、特にそうしたいわけでもないのに、指先をそのボタンに持っていった。

「押さないでくださいね」

「はい！」私は、咄嗟に指を引っ込めた。

「では、よろしくお願いしますよ。ほんとうに、押さないでくださいね」

そこまでしつこく言われたら、なんだか気になるじゃないか。私は、「非常」と刻印されたボタンを見つめた。……押したい、押したい、押してしまいたい！


背中を、また冷たい風が吹き抜けた。窓が開いている。

外はすっかり夜で、駅前の高層マンションの明かりがぼんやりと輝いている。私は、ここでようやく、照明のスイッチをオンにした。またたくまに、昼間の明るさが蘇る。その安堵感からか、くしゃみが立て続けに三回、飛び出した。それを合図に、全身が悪寒に包まれた。

やっぱり、風邪か？　お風呂、温かいお風呂に入ろう。

しかし、給湯のリモコンは、いくら電源ボタンを押しても、点灯しない。

まさか、うちの給湯器も壊れた？

「給湯器の耐用年数は七年から九年なんですって」

すがる思いで留美子先輩に電話すると、彼女ははしゃぎ気味に答えた。「で、そのマンション、何年だっけ？」

「……確か、七年ぐらいです」

「ああ、じゃ、仕方ないわね」先輩は、明るい調子で言った。自分も同じ目にあったから、仲間ができて嬉しいのだ。「もう寿命なのよ。仕方ないのよ。うちなんか、五年とちょっとしか経ってないのに壊れちゃったんだから。いやんなっちゃう。五年以内だったら保証期間だったのに、ほんと、ついてない」

「でも、停電までは、ちゃんと動いていたのに」

「きっと、壊れるすれすれで踏ん張っていたところに停電があって、で、息絶えたんじゃないの？」

先輩の声は、どこまでも明るかった。「でも、大丈夫よ。今はネットで、定価より安く買えるから。私もね、今日、ネットで注文したの」

「給湯器、買ったんですね。修理で済まなかったんですか？」

私が言うと、先輩の声は硬くなった。

「そうなのよ！　もう、話すと長くなるんだけど、管理会社の判断ミスのおかげで、修理で済むところ、半月も水漏れを放置したものだから、結局、買い換えなくちゃいけなくなったのよ！」

「それで、交換には……いくらぐらい？」

「工事費を入れて、三十万とちょっと」

「あああ」

私は、膝から崩れ落ちた。試合に負けたサッカー選手のように、正座をした状態で床にひれ伏す。

「無理です、三十万円なんて、絶対、無理です」

私があまりに死にそうな声で呻いたので、先輩は慌てて言った。

「でも、もしかしたら、ちょっとした故障かもしれないわよ？　修理で直るかも。それでも、十万円はかかるかな……。だから、やっぱり、買い換えたほうがいいかもよ？　修理してもまた壊れる可能性があるわけだから、交換したほうが結局安いって、業者の人も言っていたし」

先輩は、慰めているんだか、追い詰めているんだか分からない口調で、給湯器についてあれこれと説明する。いや、たぶん、慰めているんだろう。しかし、私がなかなか立ち直れずにいたので、「じゃ、明日休日出勤だから」と、電話を切ってしまった。

三十万円、三十万円。子機を持ったまま、私は、同じ姿勢で呻き続けた。絶対、無理。口座に残っているお金は、今月と来月の生活費でぎりぎりだ。これを他に使ったら、住宅ローンが危なくなる。ああ、いったい、どうしてこんな自転車操業に陥ってしまったのだろう。以前の私なら、三十万円ぐらいの臨時出費なんて、わけなかった。もちろん痛手ではあるが、「ま、仕方ないか」と、割り切ることができた。あの頃は、口座には常時、一年や二年の失業状態にも耐えられるほどの残高があった。でも、毎月の赤字を補塡しているうちにみるみる残高は減り、今はその月の生活費をあちこちから補充するという有様になってしまった。三十を過ぎて、この体たらく！ ああ、情けない、情けない。でも、とにかく、住宅ローンだけはちゃんと払い続けなければ。ここを追い出される。ローンが、最優先だ。給湯器？

そうだ。お風呂なんて、入らなくても人間は死なない。昔のフランスには入浴の習慣すらなかったって聞く。生涯、お風呂に入らなかった人のほうが大半だったと。上流階級のご婦人だって、入浴するのは年に数回、洗髪するのは一年に一回だって聞いた。ルイ十六世なんか、入浴は生涯でたった一回だったとかなんとか。だから、お風呂に入らなくても、人間は大丈夫なように出来ているんだ。……年に数回だなんて。フランス人、体臭、すごかったんだろうな。だから、香水が発達したんだろうけど。洗髪も年に一回って。どんなにきれいに着飾った貴婦人でも、髪の中をよくよく見てみると、虱がうじゃうじゃだったんだろうな。

うわ。なんだか、体がむずむずしてきた。

やっぱり、給湯器は必要だ。よし、仕事しよう。頑張って仕事して、ベストセラーを連発すれば、給料だって社員並みには上がるかもしれない。

ようやく前向きな考えに辿り着いたというのに、正座し続けていたせいで痺れは下半身をくまなく覆い、私はみごとに転倒した。倒れた先はソファの上で、私のせっかくのやる気は萎えた。掻痒感を伴いながら、痺れがゆっくりと抜けていく。私は、快感なのか苦痛なのか分からないまま、じっと、それが終わるのを待った。そうしているうちに、前に向いていた思考が、くるりと後ろを向いた。

今日は、もう寝てしまおう。

痺れの抜けきらない体を這わせて寝室に入ると、一日ぶりのベッドに体を沈めた。

疲れた。とても、疲れてしまった。まったく、なんで停電なんかに？　どこかで漏電でもあったのだろうか？

*

あ、そういえば。隣の洋室二つ、窓閉めてあったっけ？

ベッドに入ってしばらく経ったところで、ふと、不安が落ちてきた。

4LDK、使っていない部屋が、二つある。どちらも北側で一日中薄暗く、そのせいかいつもじめじめしている。入ろうとするだけで気分まで落ち込んでしまう。だから、ほとんど掃除もしていないし、存在もときどき忘れてしまう。でも、さすがにカビ臭かったので、いつだったか、窓を開けて換気したことがあった。そのとき、窓をちゃんと閉めただろうか。

気になったが、布団はいい具合に温まってきたし、そこを抜け出す勇気がどうしても湧いてこなかった。大丈夫だよ。今の今まで何もなかったのだから、たぶん、閉めてあるよ。

「前の住人は、何に使ってたんだろう？　あの部屋」

今度は、そんな疑問が落ちてきた。納戸として利用するには、あまりに湿気が多い。しまっておいたものがカビだらけになるだろう。部屋として利用したとしても、あの湿気と狭さで気が滅入るだろう。なにしろ壁紙は染みだらけ、部屋に入るたびに大きくなっている。なんだか、生きているみたいだ。

「あの染みは、湿気だけが原因なのだろうか」

今度は、恐怖が落ちてきた。もしかしたら。まさか、そんな。

『その従業員、死体をアパートの押入れの天袋に隠してたんですって。でも、そのまま引っ越しちゃって。で、事件から半年後、次に引っ越してきた住人が死体を見つけて』

昼間、自分が言った言葉が蘇る。

嘘だよ、まさか、そんな。

翌日。私は、自分に言い聞かせた。だから、あまり深く考えるな。しかし、どんなに言い聞かせても、どうしても考えてしまう。この部屋には何か〝いわく〟があるのかもしれない。そんな疑惑がさっきから、頭の中をいっぱいにしている。……前の住人が殺されたとか、それとも自殺したとか。

「だから、そんなことないって」

私は、頭を振った。しかし、頭を振れば振るほど、「前の住人は……」という疑いがみるみる膨らんでくる。

そういえば、以前から気になっていたのだ、風呂場のタイルの汚れ。それは、血しぶきのように見える。血？　まさか、風呂場で死体を解体したとか！

「いや、だから、そんなことないって」

そうだ、そうだ。何か、事件があった部屋ならば、不動産会社はそれを告知する義務があるはずだ。しかし、何も言われなかった。いや、でも、不動産会社もその事実を知らなかったら？　殺人が行われていることを知らずに、ここが売り出されて、そして、そのときの死体は今もこの部屋のどこかに……。だめだ、気になる。そうだ、登記簿を確認してみればいいんだ。この部屋の権利履歴が包み隠さず記録されている。以前、どんな人がここに住んでいたのか、それを見れば一目瞭然だ。私は、書棚の奥から権利証ファイルを探し当て、その中から登記簿謄本を引っ張り出した。

登記簿には、特に怪しい記載はなかった。以前、ここを所有していたのは、F不動産会社、その前がS不動産会社、その前は個人名が記されているが、まあ、怪しいという感じではない。その個人が不動産会社に売ったんだろう。そして、今の所有者である自分の名前。

「ほら、やっぱり大丈夫じゃない」私は、声を出して、自分に言い聞かせた。とにかく、頭冷やせ、自分！

そうだ、顔でも洗おう。

洗面台に向かったが、お湯側に蛇口をひねったところで、思い出した。給湯器、壊れているんだった。

三十万円。

やっぱり、無理だ。今は絶対無理。次のボーナスまで、余計なお金は使えない。でも、ボーナス一括払いを利用すれば、なんとかなるだろうか？　いやいやいや、ボーナス一括払いで、すでにいろんなものを買ってしまった。じゃ、分割にするか？　いやいや、今でギリギリなのに、これ以上、引き落とされたら。

　ああ、どうしよう。

　どうしよう？　といえば、ホラー短篇のキーワードだ。月曜日の会議までに五十ほど用意しなくては。月曜日といえば、もう明日じゃないか！

　ああ……。なんていうことだ。給湯器より、こっちのほうが重大だ。

＊

「だから、なんで騙されるかな」

　三つ目ののど飴を、私は口に放り込んだ。テレビでは、振り込め詐欺に関する番組が流れている。こんなに有名な手口なのに、あまりにみんな簡単にひっかかりすぎる。それを科学的に検証しているわけだが、どうやら、被害者は一種の催眠状態に陥っているようだ。扁桃体という感情をつかさどる部分が過剰に反応し、別の部位が理性を発動させても体がいうことをきかなくなっている状態らしい。騙されていると分かっていても、どうしても、振り込みたくて仕方なくなる。突発的な強迫神経症みたいなものだ。馬鹿馬鹿しいと思っていても、それをやらずにはいられない。もう誰のためでもない、今の切羽詰った状況から解放されたくて、皆、銀行に走る。

なるほどね。詐欺師は相手の弱いところをうまく刺激して、危機状態に曝して、被害者自ら罠に落ちるように仕向けるというわけか。一度罠に落ちたら、被害者自身が自分に嘘をつき、正常な判断ができなくなってしまう。こういう状態に陥ったら、人も殺しちゃうかもね。そうだ、きっと、そうなんだ。人を殺すときって、そういう状態なんだ。扁桃体が麻痺しちゃって、本能が全開になっている野蛮な状態なんだ。なるほどね。

って、早く、キーワードを揃えなくちゃ。と、デスクに座るが、座ったとたん、いろんな用事を思い出し、他のことがしたくなる。完全に、逃避モードだ。一度仕上げたものを一からやり直すということが、これほど億劫だったとは！　他のテーマならやる気を総動員して頑張れたかもしれないが、テーマがテーマだ。再びネットで事件やら怖い噂やら集めるなんて、考えるだけで、反吐がでる。もし、万が一、このマンションに纏わるイヤな噂でも見つけてしまったら。

「ああ、とうとう、振り込んじゃった……」

振り込め詐欺の再現ドラマは、息子思いの母親が、血相を変えて銀行に飛び込みお金を振り込むところで、終わった。

この詐欺がこれほど成功率が高いのは、日本人が身内に甘いせいだろう。そもそも、身内の不始末をお金で解決しようとする考えが、不思議だ。冷たく突き放せばいいのだ。借金の保証人になったという詐欺なら「マグロ船にでも乗せて、自分でお金を払わせてください」と言えばいいし、事故や痴漢を示談で……という内容なら「罪を犯したのだから、しっかりお縄にしてください」と突き放せばいい。……と、第三者の立場ならこんな正論も吐けるが、当事者になったら、分からない。なにしろ、私は、今、こんなに恐怖を覚えている。

何に対しての恐怖か分からない。分からないから、余計怖いのだ。だから、さきほどから、独り言も増えている。

「そもそもだ。スーツケースに解体した死体をつめこんで、押入れの天袋に隠しておいたというけど、そしたら、さすがに臭いがすると思うんだよね。絶対、もっと早い段階で、他の誰かが気づくはず。それを気がつかないなんて、ありえない。そう、だから、これは作り話で、都市伝説なんだ。大家さんも気づかないなんて、ありえない」

私は、勝手にそう結論付けた。

「だいいち、事件があった部屋なら、不動産会社が告知するはずだし」私は、今朝から繰り返し言っているフレーズを、また口にした。

「ここを買うとき不動産会社は何も言っていなかったから、大丈夫」

そう、大丈夫だから、仕事しよう。よし。

私は、大きく気合を入れると、ようやく、パソコンを立ち上げた。次に新規ファイルを作成して名前をつけて、フォルダも新しく作って。フォルダには、〝絶対ベストセラー〟という名前をつけてみる。なにか、やる気がでてきたような気がする。あれ？　〝必ずベストセラー〟というフォルダがすでにあるじゃない。〝なんてったってベストセラー〟というのもある。というか、いつのまにか、デスクトップは似たような名前のフォルダで埋め尽くされていた。お気に入りのマドンナの壁紙が、ちっとも見えない。「ファイルを作るたびにフォルダまで作るからいけないんですよ。これじゃ、大切なファイルがすぐに見つかりませんよ？」と、前に座っているアルバイト嬢によく注意される。まあ、むかつく子だけども、それは正論だ。これじゃ、どこになにがあるのか、さっぱり分からない。例えば、これとか。これって、なんだっけ？　私は、〝ヅラ〟と名付けられたフォルダにポインタを置いた。クリックすると、画像ファイルだった。

「ああ、これ、先輩の！」

留美子先輩が送りつけてきた画像だ。先々月だったたか、「旅行に行ってきました！」というサブジェクトのメールが届き、それに添付されていた画像だ。一応フォルダを作って保存しておいたが、一度見て、なんだか胸焼けがするほどお腹いっぱいな気分になったので、いつか削除しようと思っていた。しかし、今まで忘れていた。

画像は、先輩と恋人のツーショットだった。これが送られてきたとき、すぐに電話がかかってきて、延々とおのろけが続いたことが思い出される。

「あのときの先輩、ほんと、幸せそうだったな。確か彼氏、マンションの——あれ？」

私は、画像をまじまじと見つめた。女のほうはもちろん先輩で、相変わらず美人だ。男のほうは……髪がいかにもニセモノな中年の小男だった。今回も冴えない男を捕まえたもんだ、画像を開いたとき、こっそり、そんなことを思った。そもそも、先輩は男の趣味が悪い。条件が悪い男ばかりを捕まえて、それで、毎回、失敗するのだ。自分は男運がないと嘆くが、それ以前の問題だと思う。まったく、せっかく美人に生まれてきたのに、その武器を全然活かしてない。もっと男を見る目を養ってください。そういつか言ってやらなきゃ、と思っているが、なかなか言えずにいる。

「っていうか」

この男。知っている。どこかで、会った。

＊

すっかり、日も暮れてしまった。なのに、ファイルには、キーワードはひとつも打ち込まれていない。あることがひっかかって、どうしても仕事モードにならない。

やっぱり、この男。知っている。どこかで、会った。

私は、今一度、画像を開いた。そう遠くない過去、間違いなく、この男を見た。どこだったろう？

インターホンが鳴った。髪もぼさぼさだし、なにしろお風呂にも入っていないし、こんな状態で人には会いたくない、と思いながらも、私は、インターホンに向かった。

あ。思い出した。インターホンの受話器をとったところで、もやもやした私の視界が、強烈な目薬をさしたときのように、すっきりと晴れ渡った。

あのおじさんだ。消防点検の業者のおじさん。ううん、私がそう勘違いして、取り合わなかった、あのおじさん……。

あ。まさに、この人だ。

この人、先輩の恋人だ！　モニターに映し出されたその顔を見て、私は思わず、受話器を放り投げた。しかし、あまりにしつこく呼鈴が鳴り続けるので、受話器を耳に当てた。

「……どちら様ですか？」

「あの女が来てんだろう」

男は、地味で情けない顔とは裏腹の、どすの利いたセリフを吐き出した。

「あの女って……」留美子先輩のことだ。何か、トラブルがあったんだ。それで、彼女を探しているんだ。たぶん、そうだ。

「いません、いませんよ」私は、強く強く、否定した。しかし、それは逆効果だったようで、男の疑念はますます増したようだった。

「隠しても無駄だ、あいつの交友関係はすべて調べ上げたんだよ、ここに来ているのは間違いないんだよ！」

　男は、怒鳴り続けた。かなり切羽詰っているようで、世間体も人の目も気にしていない様子だった。しかし、私は、人の目を気にした。このまま怒鳴られ続けたら、私のほうが、変だと思われる。

　私は、考えなしに、インターホンの開錠ボタンを押してしまった。理性はやめろと叫んでいたが、押さずにはいられなかった。

　男が、五階の我が家に辿り着いたのは、それからすぐだった。男は玄関ドアを激しく叩き、ここでもまた、私は人の目を気にした。なんでもいいからこの男の暴走を止めなくては。開けてはいけないと理性が命令するが、もう体はいうことをきかなかった。この状況をなんとかして収めなくては。

　私は、玄関ドアを開錠した。

　ドアを開けると、殺気立った男の、ゆで蛸（だこ）のようなおでこがあった。鬘（かつら）が、後ろのほうにズレている。私は、つい噴き出しそうになったが、それはすぐに、恐怖に変わった。

「なるほどな。こういう趣味してんのか、あいつは」男が、殺意むき出しで、言った。あいつって、誰だ？　やっぱり先輩のこと？

「あいつを出せ、会わせてくれ、会いたいんだよ！」

男はわめきながら私の肩を激しく揺さぶり、男の頭も、がくがくと、激しく揺れる。落ちる、落ちる。男の頭に辛うじて載っかっている物体が、今にもズレ落ちそうだ。

私は、無意識にその物体に手を伸ばしていた。

「やめろ！」理性が激しく禁止する。「それには触れるな！　最悪なことになるぞ！　触るんじゃない！」理性が、繰り返し、禁止する。しかし、禁止されればされるほど、どうにも止まらないこの好奇心。この物体の下はどうなっているんだろうか？　見たい、見たい、見てみたい！

気がつくと、私の手には、黒々とした物体がしっかと握られていた。恐る恐る男を見上げると、その頭は絵に描いたようなバーコード。養分の足りないひじきのような髪がひと房、おでこに滑り落ちている。男は一瞬、脱糞中の犬のように目をしょぼつかせたが、すぐにその目は真っ赤に染まり、顔中の筋肉が痙攣をはじめた。そして、男は、懐からナイフを取り出した。

男は、私の体のあちこちを刺し続けた。思考が錯乱しているのか、途中から先輩の名前を呼びながら、私を刺し続けた。男の顔は、素晴らしく醜かった。必死で何かに執着する人の、醜い表情だ。ホラーだ、モンスターだ。ああ、これはいいネタになる。今すぐにでもパソコンに戻って、キーワードのひとつとして入力しておきたい。

しかし、私は、すでに、抵抗を試みることもなかった。全身は麻痺し、肉に食い込むナイフの感触を味わっていた。鶏肉に串を刺すあの感触、あれによく似ているな、とも思った。

しばらくして、男の気配はなくなった。

電話が鳴っている。もちろん、私はとることができず、そのベルを、薄れゆく意識の中で聞いていた。呼び出し音が五回を数えたところで、留守番電話が作動をはじめた。

先輩からだった。

「あ、私、留美子。ちょっと心配になって電話したんだけど。今ね、実家からなんだけど。ちょっといろいろあって。……ほら、いつか、旅行の画像を送ったじゃない。そのときの彼のことなんだけど。前にも話したっけ？　彼ね、うちのマンションを管理している会社の営業マンなんだ。マンションの管理組合の総会とか出ているうちに、なんとなくそんな関係になって。はじめは優しい人だったんだけど、そのうち、束縛するようになって。嫉妬心も強くて。頭に血が上ると、暴力も出るの。何度も殴られたわ――」

先輩の話は、長くなりそうだった。留守電の録音時間は、何分に設定しておいたっけ？三分？　ううん、確か、五分。きっと、そのギリギリまで、先輩は話し続けるだろう。四肢は感覚を失い、頬は冷たく、それでも私は、ふわふわとした浮遊感に酔っていた。意外と、気持ちがいい。悪くはない。

「それでも、ふたりで何度か旅行とかしたりして、結婚も考えていたんだけど、でも、もう、やっていけないと思った。暴力や束縛ももちろんイヤだったんだけど、決定的だったのは、その人……カツラだったのよ！　もう、幻滅。ううん、禿なのはいいのよ。私はそういうのは気にしない。でも、それを隠そうとした精神が気に入らないの。すっかり情熱がひいちゃって。別れを切り出してみたの。相手は別れないでくれって何度も電話してきてね。マンションの管理をしているのをいいことに、いやがらせなんかもしてくるようになって——」

ってていうか、先輩。あの、いかにもっていう不自然な髪型に、それまで疑問をもったことはなかったんですか？　だから、あなたは見る目がないっていうんですよ。だから、毎回、失敗するんです。

「でね。ほら、給湯器、壊れたでしょう？　あれね、あの人の仕業。私がいないときに、いやがらせで分解して壊しちゃったらしいのよ。で、水漏れがあったわけ。水漏れしているって聞いたとき、ちょっとおかしいな……と思ったんだけど。昨夜、電話で問い詰めたら、あの人、白状した。私、怖くなっちゃって、そのまま実家に戻ったんだけど。そしたら、携帯に変な留守電が入っていて。あの人、あなたの電話番号と住所を知っているっていうの。私の手帳、落としたんじゃなくて、あいつが盗んだのよ。信じられない！　ね、何か、なかった？　そういえば、停電があったって言っていたよね？　もしかしたら、あの人の仕業かもしれない。私も、何度もやられたもの。あの人、私があなたのとこに隠れているって思ってるかもしれない。だから、気をつけてね。あ、それと、私、転職決まったのよ。来月から新しい出版社。なんと、ファッション誌を担当することになったのよ！　フレンジーよ、フレンジー、すごいでしょう？　それとね、榛名……」

五分が経過したようだ。留守電の録音は、唐突に終わった。

「っていうか、先輩、もう遅いですよ……」

私は、最後にそう呟いた。

＊

「田中さん、三角関係のどろどろで、相手の男に殺されちゃったんですって」

田中玄太郎（げんたろう）の葬儀の日、職場の関係者の間で、次のようなひそひそ話が交わされた。

「あの田中くんが、三角関係って、ちょっと考えにくいけど」編集長は、遺影をちらちら見ながら、腕を組んだ。

「相手の男が、田中さんを恋敵だと勝手に勘違いしたみたいですよ。その女性と田中さんは、ほんとうにただの友達だったって」情報通のアルバイト嬢が、小鼻を膨らませた。

「ま、田中さん、ああいうキャラだったから、女性のほうも女友達の感覚でつきあってたんでしょうね。私も、彼を男性として意識したことないし……」田中が担当していた作家のひとりが、しみじみと言った。「でも、田中さんの部屋、あんな事件が起きて、もう売れないんじゃないかしら？」

「ところが」情報通が、ますます小鼻を膨らませた。「そういう物件って、ローンが残っていた場合、競売にかけられるんですって。で、業者が安く買い取って、他の業者に転売すると。または、一定期間、身内とか関係者に貸して住んでもらうと。そうすれば、事件のことを告知する義務もなくなって、無傷の状態で転売できるんですって。実際、田中さんが住んでいたあの五〇七号室、以前にも事件があったんですって。殺人事件」

「へー、そうなんだ。じゃ、今住んでいる部屋は、もしかしたらいわく付きの物件かもしれない……ってこともあるわけか。怖いね」編集長が、腕を組みなおす。

少し、間を置いて、「それにしても、気の毒だね……」と、その場にいた一同が、田中玄太郎の遺影を見上げた。なぜ、この写真が選ばれたのか分からないが、それは社員旅行の余興の写真だった。口の周りは青々とした泥棒ひげ、なのにマドンナの物まねをして無邪気に笑っている。そんな故人の顔がなにか物悲しいと、その場にいた誰もが思った。

ゴールデンアップル

【ゴールデンアップル伝説】都市伝説のひとつで、一九七〇年代に存在したという幻の炭酸飲料。発売された形跡も記録もないのに、『ゴールデンアップル』を確かに飲んだ、見た、という証言が後を絶たないため、集団催眠または集団ヒステリーによる錯覚、あるいは記憶錯誤ではないかといわれている。なお、二〇〇二年、正式に『ゴールデンアップル』が発売された。

〈二〇〇八（平成二十）年　秋〉


「ね、その髪」

出し抜けに声をかけられて、お腹がきゅるるるると鈍く鳴った。自然と、顔が歪む。でも、愛想笑いぐらいはしておかないと。

だって、マイコさんを敵に回したら、怖いもん。この人に目を付けられて、やめていった人も多い。ようやく見つかった仕事なのに、人間関係のトラブルでやめるなんてことはしたくない。だいいち、そんな理由でやめてしまったら、ブラックリストに〝問題あり〟と書かれてしまう。そうなったら、これから先、仕事を紹介してもらえなくなる。

この職場は半年契約、すでに一カ月が過ぎたから、あと五カ月、あと、五カ月の我慢。

でも、長かった、この一カ月。この一カ月をあと五回繰り返さなくちゃならないなんて。はじめは楽勝でうまくやっていけると思ったのに。いつものように、息を潜めて気配を消して、壁と同化するぐらいの存在感でうすーく仕事すれば、乗り切れると思ったのに。

でも。

もう、無理。

「ね、ちょっと、その髪」

指が伸びてきて、髪に触れた。

いや、……やめて、やめてください！　昨日、ヘアサロンに行ったばかりなのに、やめて、やめて、触らないで……！

＊

電話は、〈北海道屋〉に派遣されているスタッフからだった。益田奈々子は、受話器を耳に当てたまま、彼女のスタッフナンバーを打ち込んだ。瞬時に個人情報が呼び出される。山口聡美、二十四歳、ランクBプラス。登録年数は二年、主な職歴はテレコミュニケーター、携帯電話販売。正社員の経験はなし。

「無理です、もう無理です。お願いです、もう、やめさせてください」

山口聡美は、受話器の向こうで繰り返す。前に会ったときは、はきはきと明るい感じで、これなら大丈夫だと思ったが。

奈々子が、派遣会社〈パワーヒューマン〉のコーディネーターになってもう五年が過ぎた。クライアントの要望に合わせてスタッフをコーディネートし、めでたく契約が成立したあとは、スタッフの悩みやトラブルに対応する。

担当するのは埼玉・多摩地区で、場所柄、メーカーの工場や研究所が多く、奈々子が受け持っているクライアントも、ほとんどが工場だった。工場といっても、有名メーカーの直営の工場で、遊技場も従業員食堂も各種ショップも完備されている大工場、昔よく言われた3Kというイメージはまったくない。実際、〈パワーヒューマン〉から派遣される子は製造ラインに配属されるわけではなく、工場内の事務部門に配属されるわけだから、作業服着用の義務があるという点を除けば、丸の内のオフィスで働いているのとそれほど環境は変わらないはずだ。時給も二十三区の相場並。だというのに、「思っていたのと違う」だの「時給に見合わない」だのと、文句を言ってくるスタッフは常時いる。特に昼休みの十二時前後は、そういう電話がひっきりなしにかかってくる。今日は、この電話で五本目。話を聞きながら、奈々子は山口聡美のさらに詳しいデータを表示させた。

なるほど。職場での評価は可もなく不可もなく、トラブル経験なし。性格は真面目で控えめ。キャラクター的にいえば、その他大勢のエキストラタイプ。目立った功績も特技もないが、自己主張しない分、衝突することもない。うん、なかなかいいんじゃない？　仕事がバリバリできるタイプよりも、空気のようにその場に馴染める人物のほうが企業には喜ばれる。派遣会社側も、こういう子は扱いやすいから大歓迎だ。今まで、クレームや文句を言ってきたこともないようだし。

なのに、今回はいったいどうしたというのだろう？

「もう、駄目です。私、やめます」山口聡美が、ひくひく泣きながら訴える。

「ちょっと、待って。事情をもう少し詳しく、話してくれるかな？」

「だから、さっきから言っているじゃないですか」

「いやな人がいるってことでいいのかしら？」

「そうです」

「よかったら、その人の名前、教えてくれる？」

「いやです、言えません、そんなことを言ったら……」

「でも、具体的に話を聞かないことには、対処のしようが……。とにかく、話を聞かせて。あ、よかったら、私、そっち行こうか？　今日は先約があるんで行けないけど」

「なら、明日は？」

「……え？　明日？　明日は……」

「明日、来てください。なるべく早く、一刻も早く」

「え、でも」

「明日来てくれないのなら、私、今日限りでやめます」

「いや、ちょっと待ってよ。……うん、分かった。じゃ、明日。明日の昼休み、いいかしら？」

「駄目です。昼休憩は、みんなと一緒にいないといけないから」

「なら……」

「十一時がいいです。この時間は、私、集配センターに行って郵便物を仕分けしていますから。契約のことで話があるとかなんとか言って、呼び出してください」

「十一時？……うん、分かった。十一時に行くわね」

「お願いします。必ず来てください。でなければ、私、……どうなるか分かりません」

「いやだ、脅かさないで」

「真剣です」

「うん、分かった。必ず行くから、だから頑張って。無断欠勤だけはしないでね、お願いよ」

「はい」

とりあえず、これで、明日までは猶予ができた。とはいえ。

「はあ」自然とため息が出る。

「どうしたの？」隣に座る同僚の鈴木さんが、首を伸ばしてきた。

「明日は有休をとろうと思っていたのに、駄目になっちゃった」

「なにか、トラブル？」

「先月、派遣されたばかりの子なんだけど、やめたいって。そんなに簡単にやめてもらっちゃ、こっちの成績に響くわ。なんとかして思いとどまってもらわないと。せめて、試用期間の三カ月は最低いてもらわなくちゃ」

「クライアントは？」

「北海道屋の埼玉工場」

「ああ、あそこ。で、部署は？」

「管理部」

「うわ、管理部か」同僚は、意味ありげな苦笑を浮かべた。

「なに？」

「北海道屋、担当したの、はじめてだっけ？」

「うん。先月やめた人から引き継いだんだけど」

「あそこ、とにかくトラブルが多いのよ。働いているの、九十パーセントが女性でしょう？しかも、正社員、契約、派遣、パートと、いろんな契約形態が入り交じっているものだから、次から次へとトラブル発生。前に私もちょっとだけ担当したことあったけど、毎日のようにトラブルの電話があったわよ。……特に、管理部と購買部は問題多発」

「そうなの？」

「女性特有のトラブルもあってね」

「いじめとか？」

「ま、そんなところ。ノイローゼになって、病院送りになったスタッフもいるよ」

「いやだ、本当に？」

「で、電話かけてきたスタッフさんは、どんな感じだったの？」

「とにかく泣いているばかりで、イマイチ、状況が分からないのよね。やめたい、やめたいって、そればかり。人間関係が問題のようだけど、誰とうまくいかないのか、具体的にはまったく話してくれないし」

「それは、深刻なことになっているのかも。……探りを入れてみましょうか？　馴染みのスタッフさんが何人か、あの職場で働いているから。それとなく、状況を訊いてみるね。誰がボスで、誰がターゲットになっているのか。こういうのは、客観的に調べないと、中には、スタッフさんの被害妄想だったということも多いから」

「……でも、そんなことして、藪をつっつくことにならない？」

「大丈夫よ、その辺はうまくやるから。ちょっと待ってて。えーと、確か、戸田さんが派遣されていたはず」

　言いながら受話器をとると、鈴木さんは素早い指捌きで番号を押していった。

「あ？　戸田さん？　私、鈴木です。どう？　仕事は順調？　そう、それはよかった。ね、ところで、職場はどんな感じ？　イジメとか、派閥争いとか、なにか問題起きてない？　あ、そうなんだ。うん、うん。そうか、それは大変だね。……え？　そうなんだ、へー、でも、それってさ——」

　なんだか、長くなりそうだ。じゃ、その間に……と、奈々子は、ディスプレイに北海道屋のデータを表示させた。

　創立昭和……年。へー。結構新しい会社なんだ。老舗っていうイメージがあったから、創業三百年とかだと思ってたけど。……ふんふん、なるほどねー。元は小さな食堂だったんだ。昭和……年に社長が考案したオリジナル手作りメンチカツが大ヒット、その十五年後には二部上場の会社にまで成長。今では全国に五十店舗以上を展開し、アメリカ、シンガポールにも進出している。現会長は創立者の長男で、社長はその娘で……。

　ふーん。なかなかのサクセスストーリーじゃない。しかし、こういう急成長した同族経営会社の場合、悪しき社風がつきまとっていることも多い。だから、あんな事件も起きたんだろう。

「うん、じゃ、頑張って」

鈴木さんの電話がようやく終わったようだ。鈴木さんは、声を潜めながら、しかしどこか楽しんでいるような口調で言った。

「やっぱり、問題あるみたいよ」

「人間関係？」

「まあ、そんなところみたい。なんか、仕切り屋（ボス）がいるみたいね」

「誰？」

「うーん、それがさ。分からないんだ。今話していた戸田さんも、固有名詞は出さなかった。でも、ボスは、うちから出しているスタッフさんであることは間違いないみたい」

「うへ。マジで？　それって、最悪」

「ほんと。違う派遣会社間のトラブルだったらまだしも、うちのスタッフさんどうしのトラブルなんて。しかも、北海道屋の社員（プロパー）さんも巻き込んで、仁義なき戦いが繰り広げられているみたい」

「いやだー、面倒臭そう」奈々子は、自身の顔を両手で挟んだ。「まったく。会社じたいになんか問題あるんじゃないの？　だって、あの会社、昔、指入りメンチカツ事件があったじゃない？」

「指入りメンチカツ事件？」

「ほら、二、三年ぐらい前。メンチカツに指が入っていたっていう事件。覚えてない？」

「えー？　指がメンチカツに？」

「そう。指の先がまるごと、メンチカツに」奈々子は、右の人差し指を立て、「それを、お客さんが、ぱくりと食べて」そして、指を咥えこんだ。

「いやだ！　気持ち悪いっ」

「思い出した？」

「全然」

「嘘。だって、結構騒がれたよ？」

「本当？　指入りメンチカツ？」

「うん」

「…………。ごめん、全然覚えてない」

「いやだ、絶対あったって。ちょっと待ってて、今、ネットで検索してみるから」

表示させていたデータを閉じると、ブラウザを立ち上げ、〝指入りメンチカツ事件〟〝北海道屋〟と、キーワードを入力してみた。が、それらしいページはヒットしない。

「あれ……？」

奈々子はもう一度検索を試みたが、鈴木さんはすでに仕事に戻っており、自分も仕事が山積みだったことを思い出して、そこでやめることにした。今日はヘアサロンに行くことになっている。はじめて行く店だが、ネットで評判がよかったので予約を入れてみた。だから、早く仕事を片付けなくては。

それでも気になって、奈々子は携帯を開いた。参加しているコミュニティ掲示板に、〝指入りメンチカツ事件って覚えてますか？　北海道屋という店で起きた事件です〟と、退社間際に会社のパソコンから書き込んだのだが、それに返事がついているか、確認するためだ。レスは、三件ついている。

「えー、なんで？」

三件とも、〝それって、都市伝説じゃないですか？〟というレスだ。

都市伝説なんかじゃないわよ。あんなに大騒ぎしたくせに、なんでみんなこうもあっさりと忘れちゃうわけ？　それにしても、……まだ？

ヘアサロンの待合コーナー。昨日予約を入れておいたのに、もう一時間は待たされている。時間に間に合うように仕事を調整して急いで来たのに、こんなに待たされるんだったら、もっとゆっくり出てくればよかった。

奈々子は、五冊目の女性誌を手にした。〝フレンジー〟というタイトルのファッション誌だ。創刊して七年、現在の発行部数六十万部。新興の雑誌にしては異例の人気なのだそうだ。〈パワーヒューマン〉の休憩室にも置いてある。が、奈々子はじっくりと読んでみたことはなかった。興味がないわけではないが、今年三十六歳、既婚者でもある奈々子は〝フレンジー〟が想定している読者層からはもう外れてしまっている。この雑誌は、独身の、まだ恋にも結婚にも夢を持っている読者にこそ相応しい。例えば、〝人気沸騰！　傑作大長篇恋愛小説〟と謳（うた）われている連載小説も、もう少し前の自分だったらのめりこんで読んでいたかもしれない。売れない芸人孝一と売れっ子作家ミサキが別れたりひっついたりを延々と繰り返すだけの小説だが、若い子には大変な人気らしい。〝フレンジー〟が発売されるたびに、アルバイトの若い子が大はしゃぎしているので、あらすじだけは覚えてしまった。確か、前の号では記憶喪失になった孝一が人を殺してしまって。そして、この号では、服役した孝一とヒロインのミサキが刑務所の面会室で再会するシーンからはじまっている。

「孝一くん、あなたの心の闇を私の光で照らしてあげたい。光こそが、愛。光の世界こそが、あなたへの愛」

ふっ。光が愛ね……。光だけの世界だったら、逆になんにも見えないじゃない。影があってこそ、物の輪郭が浮かび上がるもんじゃない？……などとつい突っ込みを入れてしまいたくなるのも、歳をとったせいか。

「お待たせですぅ」

読んでいたページがすっぽり隠れるほどの影が落ちてきて、奈々子は、顔を上げた。

「今日がはじめてかな？」

ええ、はい。……っていうか、まさか、この人が担当じゃないわよね？　だって、せっかくだからって奮発して、一番料金の高い『アートディレクターコース』というのをリクエストしたんだから、……まさか、この人じゃないよね？

「担当するアートディレクターのサオトメっていいます。よろしく」

…………。奈々子は、目の前のサオトメをまじまじと見た。標準体重の倍はありそうなふくよかな体、その体にはとても似合わないキャミソールワンピース、絵の具で描いたような個性的なメイク、髪は今まで爆発現場にいたかのようなチリチリ。どれも、その体型と容姿をさらに悲劇的に悪い方向に強調してしまっている超ど級のセンスの悪さだ。

いや、でも。紺屋(こうや)の白袴(しろばかま)という言葉もある。自身のファッションには無頓着……いや、無頓着というよりもこだわりすぎていちいち方向性を間違ってしまっているのだが、それでも、客に対してはきっと素晴らしいセンスを発揮してくれるに違いない。

「で、今日は、どうするのかな？」アートディレクターのサオトメが、奈々子の髪をひと房、つまみ上げた。「どんな感じにしたいのかな？　うん？」

美容師のタメグチはよくあることだし、だから慣れてもいるのだが、しかし、このサオトメの口調は少し癇に障った。それでも、不愉快な気持ちをぐっと抑えて、奈々子はさきほどチェックしておいたヘアカタログを参考にしてもらおうとサイドテーブルに手を伸ばした。が、その拍子に膝の上の〝フレンジー〟が、ばさりと床に落ちた。

「え、まさかあなたもウニちゃんヘアに？」

サオトメは、〝フレンジー〟の表紙を見ながら、厭味たっぷりに言った。表紙は、若い子に神のように慕われているカリスマモデル、愛称ウニちゃん。お姫様のような巻き髪がトレードマークだ。

「うーん、ウニちゃん風かー。っていうか、ウニちゃんの髪型似合わないんじゃないかなー。うーん、難しいな、いくら流行(はや)っているからって、真似すりゃいいってもんじゃないよ？この髪型、人を選ぶところあるし、ぶっちゃけ、あなたには無理だと思うよ？」

腕を組みながら、サオトメは、「無理無理」を繰り返した。そのあまりの無礼な態度に、奈々子の腰が自然と浮く。——私のほうが無理だわ、こんな店。もう帰ろう。

しかし、サオトメの手ががしっと肩をつかみ、奈々子は椅子に戻された。そして、あれよあれよというまにケープを巻かれ、気がついたら、鏡の前にいた。

「あたし、アーティストだから。無責任なことしたくないんだよね。責任がとれる範囲で頑張るしかないっていうか。それがアーティストのプライドなわけだしぃ。だから、今日は毛先だけ切っておくよ？」

本当はばっちりイメージチェンジしたかったのだが、こんな人に任せておいたらどんなことになるか分からない、今日のところは毛先を切るだけにとどめて、日を改めて違うサロンに行こう。うん、そうしよう。それしかない。

「はい、それでお願いします」

奈々子は、応えた。鏡の中の自分の顔が、恐ろしく強張っている。

やっぱりネットの評判なんて信じるもんじゃない。ネットの口コミなんて、自作自演が多いとも聞く。

……本当は、昨日からすごく楽しみにしていたのに。約三カ月ぶりのサロン、どんな髪型にするかあれこれと考えていたのに。こんな人に当たってしまうなんて。……最悪。奈々子は、鏡の中のサオトメを睨み付けた。あちらも睨み付けている。しばらくは睨めっこが続いたが、「サオトメさーん」と呼ぶ声が聞こえて、彼女は「ちょっと待ってて」と、雑誌を数冊置いてどこかに行ってしまった。

雑誌は、どれもゴシップ記事が売りの女性週刊誌だった。隣の客を見てみると、彼女はファッション誌を与えられている。その隣の人も。

なによ。なんで私だけ、女性週刊誌なのよ。

あんたにはゴシップ記事がお似合よ、と言われている気がして、奈々子の肩がぷるぷる震えた。あのサオトメってやつ、いちいち癇に障る。ああ、もう、悔しい。

どんなに悔しがっても、白いケープを巻かれた今は、間の抜けたてるてる坊主。憤りにまかせて肩に力を入れてみたところで、やっぱりてるてる坊主だ。

ったく。鏡の中の自分と睨めっこしていても仕方ないので、奈々子は女性週刊誌の一冊を手繰り寄せた。

『恐怖！　Tマンション殺人事件にまつわる因縁！』

という、表紙のコピーが気になったからだ。

Tマンション殺人事件というのは、あの事件だ。三カ月前に起きた、殺人事件。はじめは三角関係のもつれだと報道されていたが、どうやらただの勘違い殺人だったようだ。奈々子のオフィスでもちょっとした話題になった。被害者の男性が有名出版社の編集者だというのも興味を引いたが、犯人の男性が派遣社員だったことが、一番の興味だった。男性が登録していた派遣会社の名前まで曝されて株価が一時下がったことから、奈々子の会社にも派遣スタッフの管理を徹底するように注意文書が回ってきたのだ。

「でもさ、この事件、なんか変じゃない？」

「うん。殺された男性と犯人の男性は一切面識なかったわけでしょう？」

「犯人の彼女というのが、被害者の友人だったたって」

「っていうか、その彼女も、大手出版社の編集者だったんでしょう？　片や犯人は小さな管理会社勤務の派遣社員。時給なんて、せいぜい、千四百円位じゃない？」

「流行の格差恋愛ってやつじゃない？」

などと、先月も同僚と話したばかりだ。しかも、今月に入って犯人が留置場で自殺したなんていうニュースも飛び込んできたものだから、今、もっともホットな話題でもある。

〝Tマンション五〇七号室で起こった、もうひとつの殺人事件！〟

記事は、そんな刺激的な一文ではじまっていた。奈々子は胸をときめかせた。恋愛ものにはすっかり心動かされなくなったが、こういうおどろおどろしい事件には体が勝手に反応するようになった。番組制作会社に勤めている夫の影響かもしれない。夫の担当は主にバラエティだが、報道番組も手がけている。ページを捲る指にも力が入る。

――二〇〇三年三月。Tマンションの五〇七号室で起きた陰惨な殺人事件。男性二人、女性一人が殺害され、その後、事件の第一発見者で重要参考人でもあった女性も自殺した。彼女の自殺で事件は未解決のまま終結したが、その後、事件の起きた部屋に真っ赤なジャンパーを着た女性の霊が出るとの噂が広まった。真っ赤なジャンパーは自殺した女性が着ていた作業服でもあり――

「その五〇七号室を買ったのが、今回殺害された男性なんですよね」

鏡ににょきっと顔が現れたものだから、奈々子は「ひぇ」と、小さな悲鳴を上げた。

「あ、すみません。驚かせちゃいました？」

「いえ、はい、ちょっと。……でも、大丈夫です」

奈々子は、心拍数の上がった心臓にそっと手を当てた。鏡に現れたのは、若い女性だった。見習いさんだろうか？

「マッサージさせていただきますね」

見習いはワゴンから青い瓶を取り上げると、その中味を両手に振りかけた。ミント系の香りがむわっと立ち込める。

「結局、あのマンションがらみで死んだ人って……前に殺害された三人でしょう、そしてその重要参考人……そして今回の事件で……、六人！　六人ですよ、死んだの」

見習いはかなりのおしゃべりだったが、マッサージは上手かった。なかなか的確にツボを攻めてくる。気持ちがよすぎて、おしゃべりも子守唄に聞こえてくる。瞼もとろんと落ちてくる。

「すっかりオカルトスポットですよ、そのマンション。ネットじゃ、トイレの花子さんや口裂け女よりも怖がられていますよ」

　口裂け女？　ずいぶんと、古い話を知っているのね。私だって、よく覚えていないのに。

「だって、有名な都市伝説ですから」

　都市伝説か。

「……あ、そうだ」奈々子は、瞼を押し上げた。「指入りメンチカツ事件って覚えてない？」

「指入りメンチカツ事件？」

「そう、北海道屋っていう総菜屋が売っていたメンチカツに人間の指が入っていた事件。二、三年前」

「うーん」見習いが、おもいきり首を傾げた。その表情は、知らないといっている。

「あ、でも」見習いの目が大きく見開かれた。「何かに指が入っていた、というのはうっすら覚えてますよ。デパ地下で売っていたやつですよね？」

「そう、そうよ、それ。デパートの店舗で起きた事件よ」

　奈々子の頭の中に、当時見たニュースの映像が鮮明に浮かび上がる。〈北海道屋〉という文字が記されたのぼり、その前でインタビューに応える店員、その横のケースに貼られた〈北海道屋名物メンチカツ〉というポップ。うん、間違いない、北海道屋のメンチカツ。

「でも、メンチカツでした？」

「そうよ、メンチカツだったわよ」

「うーん」見習いは、またまた首を大きく傾けた。「そう言われてみれば、そうだったかも」

「そう、間違いないわ、メンチカツよ」

「そうですね、そういえば、メンチカツだったかも。そうだ、そうだ、メンチカツでした」

よし、これで賛同者をひとり獲得した。鏡の中の自分の顔が、満足げに笑っている。

しかし、すぐに眉間に皺が寄った。サオトメが戻ってきたのだ。サオトメは「お待たせしました」の一言もなく、面倒くさそうにスプレーを奈々子の髪にふりかける。そして充分に湿った髪を一つまみとると指に挟み、その先にハサミをあてた。

その作業は、延々と続いた。一定量髪を指に挟むと、その先を一ミリほどカットしていく。冒頭の宣言通り、本当に毛先しかカットしないようだ。そんな単純な作業なのに、カットするたびに、「はん」だの「ふん」だの、わけの分からないため息をつく。

それから、十分。ちまちまとした毛先だけのカットが終了した。見た目にはほとんど変わっていない。なのに、サオトメは、「やれやれ」と、いかにも大変な仕事をしたというように、肩をこりこりとほぐしている。そして、「あとはよろしく」などと言い、アーティストらしく、颯爽とどこかに行ってしまった。入れ替わりにさきほどの見習いが戻ってきて、ドライヤーで簡単にブローされたが、ブローが完成しても、やっぱりなにも変わっていない。

店内に流れていたBGMが途切れた。見ると、客は奈々子ひとりで、スタッフはこれ見よがしに片付けをはじめている。ガチャガチャとあちこちから聞こえるノイズに混じって、どたばたと足音が響いてきて、ひときわ大きい黒い影が過ぎっていった。サオトメだ。サオトメは「お疲れ〜」などと言いながら、小走りで店を出て行く。

なに？　なんなの？　結局、早く帰りたかっただけなんじゃん！　だから、あんないい加減な仕事したのね！

「それでは、一万二千円いただきます」

なのに、受付でそう請求されて、奈々子の怒りは振り切れた。ええ、確かに、一番高額なコースを選択したのは自分だ。でも、ほとんどなにも変わっていないこの状態を見ても、それでも、一万二千円をとるというのか？　怒りで卒倒しそうになったが理性を総動員してどうにか抑え、一万円札一枚と千円札を二枚叩きつけて、店を出た。


「あれ？　今日、髪を切りに行くんじゃなかったの？」

夫の稔が、缶ビール片手にのんびりとそんなことを言う。こういうときに限って、帰宅が早いんだから。いつもは深夜になっても帰ってこないくせに。

「イメチェンするってはりきってたじゃん」

ええ、そうですよ。ばっちりイメージチェンジして、明日は友人たちと久しぶりの昼食会の予定でしたよ。それが、どちらもパー。が、言葉にはしなかった。言葉にしたら、きっと夫に八つ当たりしてしまうだろう、矛先を間違えてはいけない。怒りは、ちゃんと正しい的にぶつけなければ。自分専用のノートパソコンを立ち上げると、今の怒りをあますことなく文章にしてみる。

――アーティストを気取るなら、それ相応の仕事をしてほしい。そもそも、自分でアーティストなんて名乗る人間にろくな人はいない。アーティストというのは、周りがその人に与える称号であって、「私はアーティスト」なんていうのは漫才の中に出てくるネタキャラか、哀れな勘違いさんぐらいだ。第一、アーティスト以前にプロじゃないか、サービス業じゃないか。サービスのひとつもしないで、客を見下しているような人間に、金輪際、アーティストなんて言葉は使ってほしくない、謝れ、世界中の真のアーティストに謝れ！

それは、結構な量だった。原稿用紙にすると、優に十枚は超えているんじゃないだろうか。それでも足りないぐらいだった。この怒りを表現するには、まだまだ足りない。いまだにカッカと頭がたぎっている。

〝帰ってきて早々、ブログの更新？〟

夫がそんなメールを送りつけてきた。視線を上げると、すぐそこのソファで携帯片手にちらちらとこちらを窺っている。夫は、ブログに関して否定的な意見を持っていた。「日記の垂れ流し」といって、バカにもしている。でも、こうやって胸に溜め込んだムカムカをブログに吐き出していなかったら、今頃、夫に向かって吐き出している。以前はそうだった。些細なことで言い争いになって、殺伐とした喧嘩を繰り返していた。それが元で別れ話が出たのも一度や二度ではない。でも、今ではめっきり減った。それもブログがあってのことだ。そういうところ、まったく分かってないんだから。

〝そっちこそ、なにか言いたいことあるんなら、言葉でいいなさいよね。すぐそこにいるんだから〟

〝直接言葉にしたら、絶対喧嘩になると思ってさ。だって、ムカムカオーラがすごい出てるんだもん。怖くて声かけられないよ〟

ムカムカオーラって何よ。失礼な。

文句のひとつでも返そうかとキーに指を置いたところでメールが来た。明日の昼食会に参加する友人からだ。待ち合わせ場所を確認する内容だった。

〝ごめん！　急な仕事が入って、行けなくなっちゃった。みんなによろしく伝えておいて〟

はぁ。本当にいやんなっちゃう。楽しみにしていたのに。ずっとずっと前から予定立てて、有休もとっていたのに。なのに、なんで、あんな僻地(へきち)の工場にわざわざ行かなくちゃいけないのよ。あそこ、ホント、不便なんだから。北海道屋本社は六本木の高層ビルにあるのに、なんで、工場はあんなところなのよ。……あ、そうだ。

〝北海道屋の指入りメンチカツ事件って覚えている？〟

そう付け加えると、奈々子は送信ボタンを押した。

返事はすぐにあった。

〝参加できなくて、残念。次は必ず来てね。ところで、指入りメンチカツ事件？　ごめん、覚えてないな〟

うっそー。なんで？　なんで覚えてないのよ。絶対、あったって。

「ねー、稔くん、指入りメンチカツ事件って、あったよね？」

夫に声をかけると、意表を衝かれたというように、びくっと背中が大袈裟に揺れた。さては、なにか後ろめたいサイトにでもアクセスしていたか。

「な、何？」声も妙に裏返っている。「指入り……メンチカツ？」

「そう、指入りメンチカツ。北海道屋がやらかした事件。今、私、その北海道屋を担当しているんだけど、なんかいろいろと面倒なところらしいの。明日も、スタッフさんのごたごたで北海道屋の工場に行かなくちゃいけなくて。なんだか、気が重いのよ。なんというか、暗い工場でね。なんか、どんよりしちゃうのよ。雰囲気最悪。……だから、覚えてない？　指入りメンチカツ事件」

「いや……。そんな事件があったような気もしないではないけど、はっきりとは……」

「嘘よ、あったわよ。いやーね。稔くん、報道番組なんかもやってるんでしょう？　こういう重大事件はちゃんと記憶しておかなくちゃ」

「いや、報道番組っていっても……超能力で事件を解決！　とか、そんなヤツだし。……メンチカツ？」

「そう、メンチカツよ！　どうしてみんなすぐに忘れちゃうのかしら。絶対、あったんだから」

ついさきほどまでは、アートディレクターのサオトメに対する憎しみでいっぱいだったが、それは猛スピードで北海道屋の指入りメンチカツに取って代わった。

居ても立ってもいられない。受話器をとると、実家の番号を押してみる。電話に出た妹に、「指入りメンチカツ事件って、あったよね？　北海道屋という会社で」と質問してみるも、「知らない」とそっけなく返され、次に電話に出た弟も母親も「知らない」の一点張り、そして電話は切れた。

なんで？　なんで、みんな知らないわけ？　なんで私だけ覚えていて、みんな覚えていないの？　それとも、私が間違っているの？

ううん、違う、確かに、あった。

間違いなく、あった。

今度は例のコミュニティ掲示板にアクセスしてみる。

〝指入りメンチカツ事件って覚えてますか？　北海道屋という店で起きた事件です〟

という記事を書き込んで、もうかれこれ五時間は過ぎている。そろそろ、有意義なレスがついてもいいころだ。

…………。

嘘。なんで？

レスは、百件以上ついていた。でも、全部、指入りメンチカツ事件を否定するものだった。しかも、どう見ても同じ人が投稿している。別人を装っているが、明らかに同じ人間だ。文体がおんなじで、どれも恐ろしく攻撃的だ。死ねだの、殺すだのという物騒な文字も多く見られる。

なんで、この人、こんなに必死なの？

背筋に、なにか得体の知れない悪寒が走った。腕にも、一瞬にして、鳥肌が立つ。

昔、これと似たようなシチュエーションの漫画を見たことがある。テレビドラマだったか、それとも映画だったか？　いずれにしても、ある日突然、間違いなく存在していた真実がなかったことにされ、しかし、主人公だけがその真実を覚えていて、知らず知らずのうちに姿なき陰謀に巻き込まれ、最後は殺される、という内容だった。

もしかして、これは、情報操作？　指入りメンチカツ事件の事実をどうしても消したい勢力があって、その人たちが工作している？

「いやだ、まさか！」

思いがけなく、大きな声が出てしまった。夫が怪訝そうにこちらを窺っている。

なんでもない、と笑顔を作ってみるも、心臓がバクバク反応しだした。

落ち着くのよ、落ち着くの。第一、北海道屋にそんな力があるはずないじゃない。事件を捻じ曲げるほどの工作ができるはずもない。いくら老舗の優良企業だからといって、産業全体で見れば、まだまだ小さな企業だ。でも。

昔見た、漫画だったかドラマだったか映画では、消された事実はなんてことはない小さな事件だったけれど、実は世界経済を動かすほどの重要な事柄が隠されていたことが、ラスト、明らかになった。

もしかして、北海道屋にも何か秘密が？

〝だから、指入りメンチカツ事件なんてねーよ。適当なこと投稿してんじゃねーよ、このボケカス〟

リロードボタンを押すと、新たな記事が投稿されていた。明らかに、同じ人間だ。奈々子の動揺は、しだいに怒りに変わっていった。もともと負けず嫌いの性質だ。売られた喧嘩はきっちりと買わなくては気が済まない。

分かったわよ。そっちがその気なら、私だって負けない。

奈々子は、キーボードに指を置いた。

〝私は、指入りメンチカツ事件、覚えています〟

自作自演には、自作自演で対抗しなくては。引き続き、奈々子はキーを叩き続けた。

〝レス、ありがとうございます！　メンチカツ事件、覚えているんですね？　よかったー、誰も覚えていないんで、ちょっと不安になっていたんです。もしかして、私の妄想？　って〟

〝妄想じゃありません。間違いなく、ありましたよ、その事件。北海道屋であった事件ですよね？　そのときのニュースも、はっきり覚えていますよ。〈北海道屋〉という文字が記されたのぼり、その前でインタビューに応える店員、その横のケースに貼られた〈北海道屋名物メンチカツ〉というポップ〟

〝そうそう、そのニュース、私も見ましたよ。ああ。よかった。私の記憶が変になったのかと思いました〟

〝あなたは正しいですよ〟

ふー。

はじめての自作自演。怒りに任せて投稿したものの、やはりあまり褒められたことではない。良心がうずく。

が。

〝私も覚えていますよ、その事件。あれは、間違いなく、北海道屋の事件でした〟

〝俺もしっかり覚えているよ。あの事件以来、メンチカツが食べられなくなったよ〟

などと、それから続々と、〝そういえば、思い出した〟というレスがついていき、深夜二時を過ぎた頃には、肯定派は否定派を大きく上回った。しかし、否定派も負けてない。頑固に〝そんな事件はない〟と言い張り、論争をふっかけた。証拠を出せだのなんだのと、とにかく否定派は、強情かつ傲慢だった。

〝否定派の人って、もしかして関係者なのかな？　なんか、さっきから必死だよね〟

奈々子の指が軽快にキーを叩く。

〝否定派の人はどうしてもこの事件をないものにしたいようだけど、でも、これだけは肝に銘じておいて。どんなに否定しても打ち消しても、『真実』は残るもの。『記憶』という形で〟

ひゃー、我ながら、名文だわ。素晴らしい。そうよ、どんなに隠蔽しても、工作しても、人の記憶までは変えることができないのよ！

結局、その日は朝方までキーを叩き、寝たのはほんの一時間ほどだったが、疲れはなく、それどころか妙に気分が高揚していた。朝ごはんも素晴らしくおいしい。野菜ジュースとトーストとバナナヨーグルト。なにか大きな仕事をやり遂げた、という充実感でいっぱいだった。自分の偉業をひとりでも多くの人に見てもらいたい。

出勤すると、隣に座っている鈴木さんに、早速、例の掲示板を見せてみた。

「ほら、指入りメンチカツ事件、ちゃんとあったでしょう？」

「本当ね」鈴木さんは半信半疑で応える。「そう言われてみれば、そんな事件、あったわね」

「でしょう？」

「……うんうん、そうだ、なんだか思い出してきた、あった、あったわよ、その事件。指が、コロッケに入っていて……、確か、Gデパートの地下食品売り場であった事件！」

「コロッケじゃなくて、メンチカツ。北海道屋名物の」

「でも、北海道屋のメンチカツって、まだ売っているよ？　……っていうか、先週、食べたわよ、私。……うわ、なんか、気持ち悪くなってきた」

「それなんだよね、そこが納得いかないの。喉元過ぎればってやつなのよ。みんなの記憶が薄れているのをいいことに、北海道屋、それを隠蔽しようとしている節があるんだよね。この掲示板でも、関係者と思しき人が必死で否定している。きっと、そういう体質なのね。だから、従業員の人間関係もごちゃごちゃするのよ。こういう会社は、きっとなにかやらかすものなのよ。だって、あの工場、雰囲気悪すぎるもん」

「確かに、あそこ、ちょっと暗い感じよね。……あ、それより、今日、その北海道屋の工場に行くんだったわよね？」

「うん。十一時に行くことになっているから、そろそろ出なくちゃ」

「なら、戸田さんにも会ってみたら？　あの人、情報通だから、問題点が見えてくるかも」

「そうね、第三者の話を聞いたほうがいいかもね」奈々子は、ディスプレイに派遣スタッフの検索画面を表示させた。「……えーと、戸田、なんていう人？」

「戸田麻衣子」

「トダマイコ？」

名前を入力したが、なにもヒットしなかった。

「あ、登録では、カワカミマイコになっているかも。この人、結婚したみたいだから。職場では旧姓で通しているけど」

「カワカミマイコね。……、ああ、いたいた。この人ね」

「まだ若いけど、ベテランよ。いろんな派遣先で高評価を得ている。ランクはAマイナス」

「マイナスの要因は？」

「まあ……仕事はできるんだけど、ちょっとね。……でも、頼りになるし人間的には間違いないから、その点は平気。会うんなら、連絡しとくけど？」


北海道屋埼玉工場の最寄の駅に着いたのが、十時二十分。ここまでで、もうすでに一時間半近く費やしている。しかし、ここから先が、また、長いのだ。

ロータリーの隅に列ができている。奈々子と同じ特急に乗ってやってきた、北海道屋埼玉工場の来客たちだ。こころなしか、みな陰気な表情をしている。

灰色のマイクロバスが滑り込んできて、列の先頭の前にとまった。列が次々とバスの中に吸い込まれていく。奈々子も急いで最後尾についた。

列のすべてを飲み込み、バスがゆっくりと動き出す。

どこか、見知らぬ土地に連れて行かれそうな不安に駆られる。このバスにはじめて乗ったのは一カ月前のことだが、そのときは出勤する従業員たちと一緒だった。灰色のバスに次々と飲み込まれていく従業員たちを見て、小学生たちが囃し立てるように「ドナドナ」を歌っていた。彼らがどこまで歌の意味を理解していたのかは知らないが、確かに強制労働に駆り出される風景にも似ている。いや、実際、強制労働のようなものなのかもしれない。このバスに乗る大半は、ラインに配属されている日雇いの派遣労働者だと聞いた。職場についたら上から下まで真っ白い作業服に着替えさせられ、決められた時間以外はトイレに行くこともなく、延々とメンチカツを作る。ラインの様子を見学させてもらったことがあるが、あの単純作業は、なかなかに過酷だ。一見、軽作業にも見えるが、ただひたすら同じことをしなくてはならないのだ、その作業が簡単で単純であればあるほど、精神力との戦いだ。きっと、途中でふと気が遠くなる瞬間もあるだろう。そんなとき、指が機械に巻き込まれて……。

肩を強く押されて、奈々子ははっと顔を上げた。居眠りをして隣の女性にしなだれかかっていたようだ。女性に軽く謝罪すると、窓の外に視線を移す。

相変わらずの殺伐とした風景。この辺は、工場団地として各企業を誘致するために山を切り拓いたと聞く。が、結局は、北海道屋しか誘致できず、捨てられた採石場のような荒野だけが残った。そんな荒野の中をこんなマイクロバスで行くだけで気が滅入るのに、待っているのはあの単純作業。どんなに精神衛生に気をつけても、どこか壊れてしまうのだろう。だから、指を……。

「まったく、けしからんことだな」

「本当ですね」

　右向こうから、そんな声が聞こえてきた。背広姿の男性ふたりだ。ひとりは、いかにも管理職という貫禄の初老の男。その男の話に頷いているのも初老の男だが、いかにも万年平というような卑屈な空気が出ている。彼らの襟章は北海道屋のシンボルマーク。たぶん、本社の人たちだ。

「いったい、誰がこんなデマを流しているんだ？」

「ライバル会社かもしれません」

「発信元を必ず突き止めて、法廷に引っ張り出してやる」

　なんとも物騒な話をしている。なにか問題でも起きたのだろうか？　奈々子は耳をそばだてた。しかし、男は「けしからん、けしからん」しか言わず、まったく話が見えない。

　奈々子の隣に座っている女性が、携帯電話のディスプレイを見ながら、「あ」と声を上げた。「部長、本社のほうに電話が殺到しているようです」

　その女性も、本社の人間のようだった。身を乗り出して、管理職らしき男にあれこれと報告している。

　女性の声はよく聞き取れた。

　ネット上で〝北海道屋の指入りメンチカツ事件〟というのがまことしやかに囁かれて、それが急速に広まっており、今朝から本社のお客様センターに電話が相次いでいるらしい。

奈々子の体がびくんと縮んだ。眠気が一気に吹っ飛ぶ。

明らかに、その火元は、自分が投稿したあの記事だ。そうか、そんなに広まっていたのか。でも、私は嘘は書いていない。そもそも、過去を隠蔽するほうが悪いんじゃないか。自業自得だ。でも、北海道屋は仕事上ではクライアント。自分が火元であることがバレるのはまずい。……バレないよね？　だって、匿名の掲示板だし、書き込みが特定されることはないよね？　背中に、いやな汗が流れていく。

「とりあえず、緊急措置はとりました。今、掲示板に投稿したところです。見てください、これです」

隣の女性が携帯のディスプレイを男に見せる。バスが揺れたのを利用して、奈々子もディスプレイをのぞき込んでみた。例の掲示板が表示されている。

バスの揺れが収まると、奈々子は、そっと自分の携帯を取り出した。掲示板にアクセスしてみると、新しいレスがついていた。

〝とにかく、みんな落ち着けよ。おまえら、何か大きな勘違いしてね？　Gデパートで指入り商品が売られて事件になったのは確かだけど、あれって、〈さがみ本舗〉っていう会社のコロッケだぜ。北海道屋はその隣で営業していただけ。なんにも関係ない。ちなみに、〈さがみ本舗〉は事件のあと、倒産したよ〟

え？……さがみ本舗？　コロッケ？　頭の中にあった唯一のよりどころ、あのときのニュース画像が浮かび上がる。

——北海道屋ののぼりをバックにインタビューに応えるモザイクの店員。

『もう、びっくりしました。はじめはうちの商品になにかあったのかと思って。でも、違いました。他のお店の商品でした』

やだ。嘘。奈々子の背中に、大量の汗が流れ落ちる。

「実にけしからん」男がしきりに繰り返す。「必ず、発信元をつきとめて、犯人をこらしめてやる」

奈々子の胃が塩を振りかけられたナメクジのようにきゅっきゅっと縮まっていく。朝食の野菜ジュースとトーストとバナナヨーグルトが、どろどろに絡みあって逆流してきた。

おえっ。

……で、でも、大丈夫よ、うん、大丈夫。そう簡単に、発信元なんて、分かるはずないわよ。それに、他にもたくさん同意してたもん。私だけが悪いんじゃないわ。それに、もとはといえば、あんな誤解を生むようなニュースを流すほうがいけないのよ。そうよ、あんなニュースを流すから、私、誤認しちゃったんじゃない。だから、私は悪くない。

そう、私は悪くない。

マイクロバスのスピードが落ちた。目的地に到着したようだ。

「けしからん、けしからん」を念仏のように唱えながら、男がバスを降りていく。それに従うように、バスに詰め込まれていた人々がぞろぞろと吐き出される。

全員が降りると、奈々子はゆっくりと体をシートから浮かせた。が、なかなか一歩が出ない。体が鉛のようだ。

「どうしました？」

運転手が、振り返る。

「いいえ、大丈夫です。ちょっと寝不足で、それで、車酔いしたみたいです」

おえっ。おえっ。

やっとの思いで正面玄関の受付までくると、派遣会社の社員であることを告げ、スタッフの山口聡美を呼び出してほしいとリクエストする。心なしか、受付嬢の視線が痛い。何よ、私は悪くない、悪くないんだから。

ゲストと書かれた名札を渡されて、エントランス横のミーティングコーナーで待つように言われた。時間は、十一時を五分ほど過ぎたところだ。山口聡美と三十分ほど面談したあと、残りの時間で戸田麻衣子とも会ってみるつもりだ。とにかく、さくさくっと用事を終わらせて、とっとここを出たい。

おえっ。おえっ。おえっ。

…………。

それにしても、来ない。もう、十一時三十分になろうとしている。

「遅くなってすみません」

「え？」

現れた山口聡美に、奈々子は言葉を失った。一瞬、誰だか分からなかった。なに、どうしたの？　なんなの、それは？

「髪、……切ったんだ？」奈々子は、つとめて明るく言ってみた。

「……はい」

前は、それこそウニちゃん風の内巻きセミロングだったのに。でも、今は。

「かわいいわよ、うん、すごくいい」

口ではそういったものの、その髪型はお世辞にも〝かわいい〟からは程遠かった。セシルカットとかベリーショートとかいろいろと名称はあるが、その髪型はそれよりももっと短くて過激で……。うーん、……これはちょっとヤバいんじゃないかしら。なんで、こんなことに？　……まさか、新手のイジメ？

「で、どうしたの？　なにが問題なの？」

　次のマイクロバスにどうしても乗りたかった奈々子は、髪型については次の機会に譲ることにして、早速本題を切り出した。が、聡美は、予想外のことを言った。

「指入りメンチカツ事件って、覚えてますか？」

「え？」

「覚えてますか？」

　奈々子の胃から、野菜ジュースとトーストとバナナヨーグルトがまたせりあがってきた。おえっ。……だめだめ、今、ここでは、だめ。

　ごくり。喉のそこまで上ってきたものを飲み込むと、奈々子は質問に答えた。

「指入りメンチカツ事件？　いや……、どうだろう？……あんまり覚えてないかも」

「今朝、出勤したら真っ先に訊かれました」

「……、そ、そうなの？　で、山口さんは……なんて答えたの？」

「そんな事件もあったような気がしたし、ニュースも見たような気がしたんで、『はい、覚えています』って答えました。そしたら……」

「そしたら？」

「おまえがデマを流した犯人だろって、決め付けられて。それからずっと……。それでなくても、あの人にいろいろ言われて限界なのに……。私、もう駄目です、やめます、やめさせてください」

「いや、だから、ちょっと待って。今やめたら、生活はどうするの？　それに、こんな中途半端な形でやめたら、評価も下がって、次の仕事が決まりにくいよ？　それでもいいの？」

「それでもいいです」

いや、それでは、私が困るのよ。担当している私の社内評価が下がるのよ。

「……とにかく、私がなんとかするから、あなたの問題、取り除く。仕事しやすい環境を整えてあげる。だから、誰が原因なのか、教えて」

「…………」

「え？　ごめん、聞こえなかった、もう一度」

「失礼します」

突然現れたその人は、中肉中背の、少し派手目の女性だった。ネームプレートには、戸田麻衣子とある。

「マイコさん！」

山口聡美が、はじかれたように椅子から体を剝がした。そして、何かに急かされるように、「失礼します」と、走り去ってしまった。

「はじめまして。私、戸田麻衣子と申します。鈴木さんからお話は伺っております」

戸田麻衣子の顔が近づいてくる。

「それで、私に訊きたいことって？」

「ええ、まあ……職場の人間関係について」

「人間関係ですか。……あまりいいとはいえませんね」

麻衣子の唇が、意味ありげに笑う。

「今朝からは、ますます最悪な感じになっていますよ。なにしろ、〝指入りメンチカツ事件〟を捏造した犯人探しでぎくしゃくしていますから。ご存じですか？　指入りメンチカツ事件」

「いや、……ええ、まあ、……そういえば、バスの中でそんな話……してたかも」

「火元になった最初の投稿記事、リモートホストがしっかり表示されていて、それで、発信元は〈パワーヒューマン〉だというところまでは分かったんです」

え？　奈々子は、今までに経験したことがないような大量の汗を、背中に感じた。

あの掲示板、……リモートホストが表示されるんだっけ？

「だから、〈パワーヒューマン〉のスタッフが、槍玉に挙がっているんです。私も、詰問されました。誰が投稿したか知らないけれど、会社から投稿するなんて、バカですよね。すぐに足がつくのに。でもだからって、それだけで、派遣スタッフに疑いを持つのも変な話で。だって、私たち派遣スタッフは〈パワーヒューマン〉に登録しているだけで、〈パワーヒューマン〉のサーバーを使ってネットに接続できる環境にはないっていうのに」

麻衣子の唇が、楽しげにくっくっくっと笑う。

「本当に、誰が投稿したんでしょう？　今頃、北海道屋の幹部が弁護士をつれて、〈パワーヒューマン〉本社に怒鳴り込んでいるんじゃないかしら？　記事を投稿した社員、きっとクビですね。クビだけならいいけど、莫大な慰謝料も請求されるかも。最悪、逮捕かもしれませんね。……どうしました？　顔色、真っ青ですよ？　汗もすごい。どこか悪いんじゃないですか？　大丈夫ですか？」

何か応えなくちゃ。動揺なんかしていないところを見せなくちゃ。しかし、奈々子は、

「慰謝料？　逮捕？」と鸚鵡返しするのがやっとだった。

そして、とうとう、胃の中のものが口の中いっぱいにあふれた。

「おえっ」

しかし、口元を押さえたのは、戸田麻衣子のほうだった。

「すいません、実は、私、妊娠したんです」戸田麻衣子が、笑みを浮かべながら言った。

「あ、でも、大丈夫です、契約期間まではちゃんと働きますから。つわりもそんなに酷くな

いし」

そして、戸田麻衣子は幸せいっぱいの笑顔を残して、席を立った。

一方、奈々子は、なかなかそこを動くことができなかった。ウインドーから、マイクロバスが見える。乗らなくちゃ。そう思うのだが、その灰色が護送車のようにも見えて、奈々子の体は硬直するばかりだった。

＊

「早乙女さーん、また来ましたよ」

受付嬢が口元に苦笑を浮かべながら、アートディレクターの早乙女に報告しにきた。

「また、来ました。ウニちゃんにしてほしいって客が」

「これで、何人目？」

「今日までで、もう二十人」

「はっ。つくづくウニちゃんの影響力ってすごいねー」

「本当に。ウニウニヘアとかいって、早速名前もついたみたいだけど。でも、これって、どう見ても……」

「いくらファッションリーダーだからって。このセンスはどうかと思う」

「ウニちゃんもウニちゃんなら、それを真似るほうもどうかしている。自分にあの髪型が似合うと思っているんでしょうか？」

「ウニちゃんだから、辛うじて似合っているのに。ウニちゃんというキャラクターがあるから、あの髪型も許してもらえる。でも、普通の人には無理」

「そうですよね。……で、どうします？」

「悪役に徹して、なんとか説得してみる。下手にリクエストに応えて、『こんなんじゃなかった！』と訴えられるよりはマシ」

「頑張ってください」

早乙女が待合コーナーに行くと、三人の客が、五日前に発売されたばかりの〝フレンジー〟最新号をしっかり抱きしめて座っていた。ちなみに、この店には最新号はあえて置いていない。先月号だけだ。先月号までのウニちゃんの髪型ならば、それなりに頑張ってリクエストに応えることもできた。

でも、最新号のウニちゃんは無理だ。

「なにが、ウニウニヘアだよ。あれはどう見ても、……モヒカン刈りじゃん」

アートディレクターの早乙女は唇を捻じ曲げると、ぼそりと呟いた。

ホットリーディング

【ホットリーディング】霊感、超能力、占いなどを行う際に、スタッフや探偵を使って事前に相手のことを調べておき、あたかも霊感や超能力などで相手のことを読んだ（リーディングした）と思わせる方法。なお、事前調査なしで、身なりや口調、またはさりげない質問や会話などを通して相手のことを言い当てる話術のことはコールドリーディングと呼ぶ。

〈二〇〇八（平成二十）年　冬〉


弥生。ぼくはいつだって君のことを考えている。

でも、君はぼくのことなんか少しも考えず、眠り続けている。

弥生。今、君は、どんな夢の中にいるのだろう？　そこには、ぼくはいるのだろうか？

＊

いったいどんな田舎道を走っているのか、ロケバスが激しく揺れる。

しかし、益田稔は頭を垂れて、自問自答を繰り返していた。

留置場に入れられた妻を持つ夫、今現在、この東京にどのぐらいいるだろうか？

警察から最初の電話があったときは肝を潰した。罪状は、名誉毀損だったか業務妨害だったか。いずれにしても、ありもしない事件をでっちあげて、ある企業を名指しで誹謗中傷したという。妻はどこにでもいるフツーの女だ。そんな大それたことをするなんて誰が想像するだろうか？　さらに逮捕されるなんて！　でも、今は、フツーとか異常とか関係なく誰もがある日突然、大それた罪を犯してしまうものなのだ！　それがネット社会というものだ！

「おかわいそうに。同情します」

そんなことを言われて、稔は、え？　と顔を上げた。

「あなた、最近、インターネット関係で大変な目に遭いましたね？」

どきん。

「それは、奥様に関係しますね？」

どきん、どきん、どきん。立て続けに心臓が大きく波打って、稔はぜぇぜぇと息をもらした。

「奥様がネットオークションにハマって、破産寸前ですね？」

え？

稔は胸をなでおろした。なんだ、別の話か。

見ると、大仏パーマのおばさんが巨体を小刻みに揺らしてノートの内容をぶつぶつと暗記している。今日のロケの主役、奇跡の霊能者〝天照（あまてらす）ヒミコ〟だ。今から相談者の家に突撃訪問してその場で悩みをビシッと解決！　するために、予習中らしい。そのノートには、事前に集めた相談者の情報がたっぷりと書き込まれているのだろう。が、見て見ぬふり。我々番組スタッフは、一応〝天照ヒミコ〟の超能力を信じているというのが前提なのである。だから、どんなにあからさまなインチキを目の当たりにしても、そのときは居眠りでもしているふりをして、見なかったことにする。

できれば、妻の件も見て見ぬふりをしてしまいたい。……でも、見捨てるわけにはいかない。一応、夫なんだし。……明日、面会に行かなくちゃな。…………。

K警察署留置場、面会室。

稔の顔を見るなり、奈々子は「早く、ここから出して！」と声を上げた。

妻の奈々子が逮捕されて二週間。奈々子は一刻も早くここから出たいと涙ながらに訴える。

「無理言うなよ」

「稔くん、稔くん、早く出して、早く」

「うん、うん。分かっている。今、優秀な弁護士先生を探しているところだから」

「早くね、でなきゃ、私」仕切板に最大限に顔を近づけて、奈々子は囁いた。「でなきゃ、私、……殺される」

「いやだな、なに言っているんだよ」仕切板に貼りついた妻の顔がとてつもなく恐ろしくて、稔はそっと体を仰け反らせた。「あ、なにか、差し入れてほしいものはない？　今度、持ってくるから」

「差し入れ？」充血した白目にぎょろりと黒目を泳がせると、奈々子はさらに声を潜めて言った。「〝フレンジー〟を持ってきて」

「ふれんじい？」

「そう、女性ファッション誌の〝フレンジー〟。最新号を持ってきて」

「う、うん、うん。分かった、分かった。この次、持って来るよ。……ああ、もうそろそろ時間だな」

面会時間が十五分と決まっていることがありがたい。無制限だったら、きっとこのままずっと、妻の恐ろしい形相と付き合わなくてはならないだろう。稔は、いかにも名残惜しいよ、というようにゆっくりと腰を上げた。

「稔くん、〝フレンジー〟だからね！　必ず、最新号だからね！」

「分かった、分かった」

と、身振りだけで応えると、稔はそそくさと面会室を後にした。

本音を言うと、逮捕された妻を持つ夫というのは、たまらなく荷が重い。本来は、留置場で難儀している妻を精いっぱい慰めるのが夫の務めなのだろうが、十五分がひどく長く感じられる。こんな薄情な夫は自分だけだろうか。

「本音を言ったら、そりゃ、逃げ出したいですよ」

Ｔマンションの住人のひとりが、泣き笑いの表情で言った。サラリーマンの悲哀をひとりで背負っていますというような、いかにも一杯飲み屋が似合いそうな風貌だ。

今日は、〝天照ヒミコの奇跡の時間〟という番組の、〝未解決事件をヒミコが暴く！〟というコーナーの事前取材（リサーチ）だ。

稔がテレビ局の下請け番組制作会社に入社して、十年が経つ。つなぎのアルバイトのつもりが、いつのまにかプロデューサーの肩書きまでついてしまった。といっても、実際に全権をもっているのは局プロデューサーで、稔がやっていることといえばありとあらゆる雑務と調整、そして各スタッフのマネージメント。いわばなんでも屋だ。企業でいえば哀れな中間管理職といったところだろうか。

「まったくね。所詮は、しがない会社員。住宅ローンもあるし、逃げたくても逃げられないんですけどね」住人は、腕を組みながらしんみりと言った。

「それで、事件当時のことなんですが。覚えていること、ありますか？」

「かなり前の事件でしょう？　二〇〇三年の三月でしたっけ？　覚えていることと言ってもね……」

「変な人影を見たとか、声を聞いたとか」

「そんなの、昨日の事件だとしても、覚えてませんよ。人間、自分が注目したもの以外は覚えていないものでしょう？　違いますか？　よくドラマとか小説で、『そういえば、怪しい人を見ました』とか、『そういえば、物音が』と証言する人いますけど、あれ、どう思います？　僕は、リアリティを感じないんだよな。覚えているにしても、誘導尋問で後付けした記憶なんじゃないのかなって。知ってます？　そういうのって、ソースモニタリングエラーっていってね、ソースモニタリングっていうのは、記憶の情報源であるところのソースを認識して記憶を再構成するという仮説でね、……まったく経験していないことでも、記憶をイメージするだけで経験したと感じるイマジネーションインフレーションであり、……つまり、記憶の間違いって意味なの。記憶の間違いを生む要因として、強力なイマジネーションというのがあってね、……あ、でも、逆のパターンもあってね、些細なことでも強力なソースだった場合は強く記憶されるらしくて、例えば、事故に遭ったときに目にした光景とか、なにか強い感情が沸き起こったときに目に入った情報なんかは……」

住人の話は続いた。なかなかの蘊蓄（うんちく）ぶりだ。しらふでこれだから酒でも飲ませたらもっとすごいことになるんじゃないだろうか、などと考えながら稔は「あ、ありがとうございました」と、男が息継ぎしたタイミングを狙って、話の腰を折った。

住人は話し足りないのか「あ、そういえば」などと、稔の注意を引くことをやめない。

「事件があった部屋に住んでいた人、出版社にお勤めだってことは、知ってました？」

「ああ、はい。例の五〇七号室を中古で買って、被害に遭われた人ですよね？」

「うん、その人もそうなんだけど、前の住人も出版社の人だったんですよ。これは、記憶違いでもなんでもない、ちゃんとした事実」

「前の住人も出版関係だったんですか」

「うん。いやな人でね。なんか偉ぶって。マンションの管理組合で何度か会ったことあるんだけど、見るからに威圧感あってね。髪がこう盛り上がってて、ベートーベンみたいに」男は、両手を自身の頭にもっていくと、シャンプーでもするかのように小刻みに指を動かした。

「ふたりとも、出版社の人だったんですか」

稔は、手帳にペンを走らせた。まあ、そんな偶然は特別珍しいことではないが、奇跡の霊能力者天照ヒミコにとっては、もしかしたらなにかのネタ……いやいや、閃(ひらめ)きの元になるかもしれない。

「それとですね——」男が引き続き話そうとしたとき、稔の携帯が鳴った。局プロデューサーからだった。

「番組内容、変更するから。今すぐ、こっちに戻ってきてくれる？」

次回の番組内容を、〝Tマンション連続殺人事件の犯人を霊視する！〟から、〝感動！ 眠り続ける妻からの最後のメッセージ！〟に変更するというのだ。

こういうことはよくある。天照ヒミコ側の事前調査(リサーチ)が思うように進まず保留になった事件は今までにもいくつかあった。こういうときは、無難な感動ものにチェンジするのが常だ。たいがいは、亡くなった人のメッセージを天照ヒミコがその霊感で受け、それを遺族に伝えるというものだ。

「はい、分かりました、すぐ、戻ります」

稔は、いまだ話し足りない様子の男を振り切ってマンションを出た。


「さすがの天照ヒミコも、Tマンション連続殺人事件の手がかりはつかめなかったということか」

局に戻ると、稔は早速、新しい台本を渡された。といっても箱書きのようなもので、本番の台本は、今頃構成作家が必死で書き直しているところだろう。

「さすがの天照ヒミコのブレーンにも、解けない謎があるんだよ」

ディレクターの新城(しんじょう)は、〝さすがの〟と〝ブレーン〟という部分に妙なアクセントを置きながら、にやっと笑った。

そうなのだ。天照ヒミコの人気は彼女のブレーンたちが支えているのだ。とにかく優秀な連中で、そんじょそこらの興信所や警察なんかよりも、役に立つ。今までにも、番組内で探し出した失踪人三十余人（死体含む）、見つけた未解決事件の手がかり十数件。番組上、それらはすべて天照ヒミコの〝霊能力〟ということになっているが、実際はスパイ顔負けのブレーンたちが集めてきた情報のおかげなのだ。そんなインチキな！　と思う人もいるかもしれないが、稔などは、こう思っている。それが超能力だろうがブレーンの力だろうが、失踪人が見つかり、事件の手がかりが見つかるのならば、それはそれでいいじゃないか。

「でも、今回のケースは、ちょっと珍しいな。相手は、生きている人なの？」台本をぱらぱら捲りながら、稔。本来は、亡くなった人のメッセージを受けるというのが定番なのだが。

「うん。でも、植物状態なんだよ。半年前に事故に遭って、それ以来、ずっと意識はないらしい。生命維持装置をつけているみたい」

「で、依頼者は？」

「夫。妻が死ぬ前に、天照ヒミコを介してコンタクトをとりたいんだってさ」

「妻が死ぬ前に？」

「夫は、尊厳死を選択するそうなんだ」

「なんか。……重い内容だな」

簡単にいうと、こういうことだった。半年前、前田弥生三十五歳が自宅の二階で倒れているところを会社から戻ってきた夫の前田晴彦（はるひこ）三十五歳が発見、病院に運ばれたものの、脳幹以外の脳の機能が停止、遷延性（せんえんせい）意識障害、いわゆる植物状態になったことを告知された。晴彦は妻の回復を願って看病に励むが、先日、医者から回復の見込みはないこと、そして尊厳死の選択肢もあることを告げられた。

「もちろん、こんな状態でも、妻には一分一秒、長く生きていてほしい。だって、温かいんですよ？　心臓だって動いているんですよ？　生きているんですよ？」

夫の晴彦は、涙声で言った。今日は事故現場でもある前田邸にお邪魔しての事前取材であるが、一応カメラも回している。場合によっては本番でも使う予定だ。

「奥さんがこのような状態になった、直接のきっかけは？」

インタビュアーも兼ねているディレクターの新城が、それとなく質問する。

「分からないんです。あの日、僕が会社から戻ってくると――」夫は言いながら、革の手帳を取り出した。「そう、そう。七月十六日、仕事が予定より早く終わって、家に到着したのは二十時三十分――」

＊

玄関ドアが開いている。慎重派の弥生は、家にいても施錠だけは忘れない。おかしいな、と思いながらも、晴彦はドアノブにのせた手に力を込めた。

ドアを開けると、ドミグラスソースの匂い。が、なんの気配もない。

「弥生？」

呼びながらキッチンへ行くと、結婚のお祝いにもらったイタリア製の鍋がコンロにのっていた。しかし火はついておらず、鍋も冷えている。蓋を開けると、よく煮込まれたビーフシチュー。ぷっかりとブーケガルニが浮いている。まな板にはレタスときゅうりとトマト。ボウルの中には手作りドレッシング。

まさに、食事の支度の真っ最中という風景だ。しかし、肝心の妻の気配がない。

「弥生、弥生！」呼んでみるも、応答なし。うんでもなければ、すんでもない。

「弥生、弥生！」

もう一度叫んでみるが、返ってくるのは、相変わらずの静寂。どこかにでかけてしまったのか。料理の途中でなにか足りないものに気づいて買いに行ったとか？　いや、商業区域内に家を構える主婦ならそういうこともあろうが、ここは純然たる住宅街。自転車を十分程漕がないとコンビニエンスストアーにすら辿り着けない。

「弥生！」

不安があちこちから沸いてきて、足が自然とがくがく震える。

「弥生！」

トイレ、浴室、リビング、和室。一通り確認してみたが、いない。なら、二階か？　階段を見上げるも、そこはトンネルの入り口のように真っ暗だった。照明スイッチを押してみたが、電球が切れているのか、反応なし。ますます不安が大きくなっていく。

「弥生！」

いつもならギッとも言わない階段が、このときばかりは、ギシギシギシと、ひどく軋む。

「弥生！　おい、いるんだろう？　弥生？」

なにか、黒い影が目の端に映りこんだ。ぎょっと体が竦み、なかなか、それを見ることができない。その黒い影は横たわっている。目が慣れてきたのか、黒い影にうっすらと色が見える。弥生の服だ。

「弥生！」

勢いをつけて黒い影のほうに顔を向けると、そこには妻の青白い顔があった。

足に何かが当たった。脚立だ。

「弥生！」

*

「なるほど。奥さんは、二階の廊下の電球を替えようとして、脚立から落ちてしまったんですね」

「はい、そうです」

「でも、食事の支度中に、わざわざ電球なんか。しかも、二階の……」

そう口を滑らせたのは、稔だった。

新城が「空気読め」とばかりに、ちらりと睨む。

「では、その事故現場を、ちょっと撮らせてもらっていいですか？　あ、ご主人様は結構です、撮るだけですから」

新城はそう言うと、カメラと照明と音声を引き連れて、二階へと続く階段をゆっくり上っていく。

「ところで、どうして、うちの番組に？」

一階に残された稔は、同じく残された夫の晴彦に質問してみた。

「妻が、天照ヒミコの大ファンで。本はもちろん、番組も欠かさず見ていました。特に、この〝天照ヒミコの奇跡の時間〟は大好きで、録画して保存していたほどでした」

「ああ、なるほど。それで」

稔は、なるべく抑揚をおさえて言ってみたが、言葉の端になにか皮肉めいたものが滲んでしまったような気がして、そのあとは口をつぐんだ。天照ヒミコの霊能力を支える存在があていることを知ったら、この夫はどう思うだろうか？　それ以前に、この夫も天照ヒミコを信じているのだろうか？

「僕は、どちらかというと天照ヒミコには否定的な立場です。今更こんなことを言うのもなんですが、植物状態の妻からメッセージを受け取るなんてできっこないと思っています」

「あ、あ、そうなんですか」意外な夫の言葉に、稔の声も、予想外に裏返る。

「……とはいえ、どこかで信じたいという気持ちもあるんです。人間というのは弱いものです。どうにもならない逆境に置かれると、奇跡とか神とか、信じてみたくなるもんです」

そう言うと、夫は、両の手を固く握り締めた。

静寂が、落ちる。

稔は静寂が苦手だった。自分の中の邪念が外に漏れるような気がして、落ち着かなくなる。

「ああ、よろしかったら、奥さんと出会われた経緯をお話しいただけますか？」

いつもは、もっと自然な形で振るのだが、唐突な質問になってしまった。どうも、今日は調子が悪い。ゆっくりと顔を上げる夫の目に、なにか疑念の影が過ぎったような気がした。

「いえいえ、こんなきれいな奥さんとどんな形で出会われたのか、個人的に気になりまして」

実際、妻の弥生は相当な美人だった。サイドボードに飾られている写真は、どれも幸せをかみ締める最高の笑顔だ。

「本当に、きれいな人ですよね」

「ありがとうございます。……夫の僕が言うのもなんですが、弥生は実に素晴らしい女性でした。僕のようながさつな男とはとても釣り合わない高嶺（たかね）の花。……クラスのマドンナだったんです」

「クラス？　学校の同級生だったんですか？」

「はい。高校時代のクラスメイトでした。同じクラスになったのは、一年生のとき。僕は、一目で弥生のことが好きになってしまって。初恋です。でも、ライバルがあまりに多くて、僕は、声をかけることもできず、遠くから眺めているだけの毎日。ぼやぼやしている間に三カ月が経ち、終業式。このまま夏休みを迎えるのはあまりに辛いと思いつめた僕は、その日、思い切って告白してみたんです」

　しかし、晴彦の告白はきれいに流されてしまった。それでも諦めがつかない晴彦は、花火だ祭りだ映画だと、イベントを口実に彼女を誘い続けた。そして、四回目の挑戦でとうとうデートを勝ち取った。それからはとんとん拍子に進み、交際がはじまった。それは、彼が東京の大学、彼女が地元の短大に進んでからも続いた。しかし……。

「なるほど。大学に上がってからは別れてしまったんですね」

「僕のどうしようもない身勝手が原因です。弥生には落ち度はなかった。東京の大学に上がって、僕、舞い上がってしまったんですね。どの女性もきらきら光って見えて、なんだか、弥生が急に色褪せて見えた。それでも月に一回は弥生が上京してきてデートしてたんですが、一緒に肩を並べて歩くのも恥ずかしい気分になって。都会の女性と比べると、やはり、どこか垢抜けないんです。それで、別れを告げたんです。弥生は、僕を責めることなく、ただただ、泣いてました。〝木綿のハンカチーフ〟って曲があるじゃないですか？　あれを聴くたびに、僕たちのことを歌っているんじゃないかと思えるんです。あの曲を耳にするたびに、僕は――」

晴彦の唇が激しく震えだした。彼はそれを左の人差し指で押さえると、続けた。

「弥生の涙を、僕はどうしても忘れることができなかった。大学を出て、就職して、他の女性と付き合っていても、弥生のあの涙が浮かんでくるんです。風の便りで弥生にも新しい恋人ができたと知っても、僕の罪悪感が消えることはなかった。罪悪感？　違いますね、未練ですね。ええ、未練です。僕は、仕事に打ち込むことで弥生を忘れようとしました。でも、運命は、僕を弥生に引き合わせたんです」

＊

「あの……」

声をかけられて、頭が真っ白になった。職場近くの洋食屋、雑誌なんかにもよく紹介されている人気店で女性の姿もちらほら見えるが、だからといって、こんなところに弥生がいるなんて。別れた初恋の人がいるなんて、誰が想像するだろうか。

「何年ぶりかしら。七年ぶり？」

「ああ、そ、そうだね、七年ぶりだね」動揺を隠して言ってみるが、やはり、語尾が震えてしまう。「……この店にはよく来るの？」

「ううん、今日がはじめて。ビーフシチューがおいしいって聞いて」

「そうそう、ここのビーフシチューは最高なんだ」

会話が途切れた。このまま、何か用事を作って別れたほうがいいだろうか？　と無闇に体を揺らしていると、彼女のほうから会話をつなげてくれた。

「先週から、この近くの会社で働いているの。派遣なんだけど」

「この近くに？　そうか、偶然だね、ぼくも、そこのビルの――」

「あ」

「なに？」

「上着になにか、ついている」

彼女の左手がこちらに伸びてきて、心臓が嘘のように飛び跳ねる。

「いやだ。ご飯粒」

「あ、それ、たぶん、朝のおにぎりだ」さりげなく言ってみたが、体中の火照りは止まらない。

「相変わらずね。昔もよく、ご飯粒をあちこちにつけていたわ」

「そう?……そうだっけ?」

「夢を叶えたのね?」

「え?　どうして?」

「だって、その上着」

今更ながらに、自分の格好に照れる。職場の作業着だ。ショッキングピンクという色だけでも照れるのに、胸には、職場の社名がロゴになって大きく貼り付いている。

「すごいわ。ずっと前から、この仕事に憧れていたじゃない。ちゃんと夢を叶えたのね」

そう言いながら微笑む弥生は、ひどく美しかった。もともと端正な顔立ちだったが、垢抜けて、どこぞの女優かモデルかと見紛うばかりの美しさだった。押し込めていた弥生に対する思いが、一瞬にして爆発する。

しかし、彼女の左薬指には金の指輪。

「結婚……したんだ?」

「え？」

「指輪」

「ああ、これ。……うん、結婚はまだなんだけど、……婚約中というか」弥生の言葉が淀む。

「体育会系でちょっとがさつなところがあるけれど、とても頼りになる人。きっと、いい旦那様になると思う。……でも、まだ迷っているの」

＊

「えっと、……そう、そう。あれは、平成十四年九月二十四日のことです」晴彦は、手帳をぱらぱら捲りながら、言った。

「なるほど。その日、偶然奥さんと再会したわけですね」

「はい」

「それにしても、すごいですね」

「え？」

「いや、日付を正確に覚えていらして」

「ええ、まあ。日記代わりに手帳になんでも記録をとっておく癖があるもんですから」

「そうですか。でも、助かります。いえ、実は、こうやって取材させてもらっていると、記憶違いや思い込みっていうのが多くて混乱することが多いんですよ。人の記憶って、あいまいなものでしょう？　他からの影響で記憶そのものが捏造されてしまうこともあるわけで。えっと、確か、……そうそう、ソースモニタリングエラーっていうんですって」

「そうですね。記憶なんて当てにならないものですよ。所詮、主観的なものですから。ですから、僕は、こうやって、日付と出来事だけを記録しているんです。感想や主観は書かないようにしています」

「なるほど。それで、奥さんと再会したあとは——」

質問を続けようとしたとき、階段のほうからどたばたと音がしてきた。撮影が終わって、新城たちが下りてきたのだ。

「では、次に、病院のほうでもお話を伺いたいのですが、よろしいでしょうか？」

稔は、スタッフジャンパーのファスナーを首元まで上げると、ソファから腰を上げた。

「はい、よろしくお願いします」

晴彦も、勢いをつけて立ち上がった。

本当に協力的な人だ。いや、自分から依頼してきたのだから協力的なのは当たり前なのだが、それにしてもフットワークが軽い。さらに、あれもこれもと積極的に情報も提供してくれる。新城たちが二階で撮影している間にも、晴彦は、高校時代の卒業アルバムとか妻とやりとりしていた交換日記とか結婚式のビデオとか新婚旅行の写真とか、次々とテーブルの上に並べていった。さらにそれを全部貸してくれるのだという。持参した紙袋はすでにぱんぱんだ。

ここまで協力的だと、逆に、いろんなことを勘繰ってしまうのが、稔の悪い癖だ。人間、後ろめたいことがあると必要以上に親切になるものだ。前にも同じようなことがあった。夫のＤＶに悩まされる主婦からの依頼で、夫に悪霊が憑いているかもしれないから取り上げてくれというのだ。が、実際は、暴力を振るっていたのは妻のほうで、離婚を有利に進めるために番組を利用したのだった。あのときも、妻は積極的に協力してくれたものだ。

いやいや、深く考えるのはやめよう。稔は頭の中でぷかぷかと浮かんでいる疑念を振り払うと、

「では、行きましょうか」

と、次の現場に意識を切り替えた。

「ご主人ですか？　あのご主人は、本当に、いい人ですよ」

前田弥生が入院している病院の看護師を捕まえて質問してみると、彼女もやっぱり、そう答えた。〝やっぱり〟というのは、これで六人目なのだが、その前の五人も、まるで判で押

したように〝いい人〟と、前田晴彦のことを評したのだった。

「この半年、毎日のように病院に来ています。お仕事だってあるだろうに、『営業職なので、融通がきくんです』とかおっしゃって。そして一時間は、必ず、奥様に話しかけているんですよ。できるものじゃありません。本当に奥様を愛してらっしゃるんでしょうね。

それだけじゃありません。奥様が好きだったという小説や雑誌を持ち込んでは、読み聞かせをしているんです。先週なんか、〝フレンジー〟で連載中の小説を読み聞かせていて、……聞いている私まで、泣いてしまいました」

「ふれんじい？」記憶のなにかが不意に刺激されたような気分になって、稔は聞き返した。

「〝フレンジー〟、ご存じないんですか？」看護師が、きゅっと視線を上げて、軽蔑したかのように言う。「テレビのお仕事しているわりには、流行に疎いんですね」

「いやいや、知ってますよ。……うちの嫁も、好きですよ」

言ってみたが、そうだっただろうか？　少なくとも、家にはそんな雑誌、一冊もない。読んでいるのも見たことがない。いや、でも、仕事先で読んでいたのかもしれない。だから、持ってこいとあんなに、しつこく。

「絶対だからね、最新号、持ってきてね！」

仕切板に貼り付く般若のような顔が浮かんできて、稔はぶるぶると身震いした。

「弥生さんは、本当にもう見込みはないんですか？」稔は急いで、話題をつなげた。

「……ええ、残念ながら。このまま生かしておいても、一生、紙おむつとチューブの生活です。当病院でも倫理委員会を何度も開き検討しましたが、奥様の人間としての尊厳を守るためにも、そして、ご主人のためにも、尊厳死を選択することが最善だろうという結論に達しました。なにしろこのままだと、経済的にも相当な負担ですし。……ご主人、ずいぶん悩まれていたようですけれど、ここにきて、ようやく決心されたようです。それで、おたくのテレビ出演にも承諾されたんだと思います。……あの、実は、私も天照ヒミコ先生の大ファンなんですけど。……あの、ついでに、私のことも霊視してもらえないかしら？」

「いや……、それは」

私も私もと、どこからともなく看護師たちが現れて、まるで閑散期のキャバクラに行ったときのように稔は女の子たちに囲まれた。

「いやー、困ったなー」

悪い気もしないので、へらへらと対応していると、

「よし、次に行こう」

と、今までどこにいたのか、新城が声をかけてきた。

次？　次って、今日はこの病院で最後じゃなかったっけ？

「近所の人たちの反応も、一応、撮っておこうと思って」

「ああ、そうか。でも、それって必要？」

「オシドリ夫婦ぶりをいろんな角度から撮っておきたいんだ」

「うん、分かった」

と、歩き出したところで、「あれ？」と、稔はなにか違和感を覚えた。なにか、ひっかかっている。なんだろう？　歯と歯の間に肉のスジが挟まっているようなすっきりしない気分。

稔は、舌の先をその部分に擦り付けた。これだ。たぶん、昼に食べた焼肉定食の肉だ。舌の先に力を込め小刻みに動かしてみるも、なかなか取れない。……ま、いいか。稔はロケバスに乗り込んだ。


「オシドリ夫婦？」前田夫妻の近所に住む主婦が、奇妙な笑みを浮かべた。

「ええ。前田ご夫妻は大変仲が良かったと聞いています」

「あら、そう？」主婦は、またもや意味ありげな笑みを浮かべた。銀色のかぶせものをした犬歯が、鈍く光る。

「違うんですか？」

稔が問うと、主婦は右手を口に当てながら、小声で囁いた。

「あの旦那様、人当たりのいい、いかにも実直な好男子って感じでしょう？」

「ええ、まあ、そうですね」

「でも、違うのよ。結構な亭主関白。外面はいいんだけど、家ではかなり横暴だったみたい。おい、エアコンの温度を下げろ。おい、テレビの音を大きくしろ。おい、チャンネルを変えろ。おい、おい、おい……。奥さん、私は主人のリモコンなの、なんて、言ってましたよ。一度なんか、玄関の照明が切れていたというだけで、すごい叱られたって」

「へぇ。……そうなんですか」やっぱり、そういう一面があったのか。なるほど。なんか、裏がありそうな気がしていたんだ。

「どうも、……浮気、してたみたいですよ」主婦は、ますます声を潜めて、言った。「私、見ちゃったんです。もう、結構長いみたいです。はじめに目撃したのが一年ぐらい前。そして、最近では……」主婦は、指をひとつひとつ折っていった。「一、二、……そうそう、半年前。七月の十日、午後の三時過ぎ。間違いありませんよ、ＰＴＡの会合に行った日ですから。私、記憶力には自信があるんです」

「で、なにを見たんですか？」

「だから——」と、言いかけたところで、主婦の携帯が鳴った。「あら、ごめんなさい、娘からだわ。塾に迎えに行かなくちゃ」

そして、主婦は、駆け足で自宅へと戻っていった。

稔のひっかかりが、さらに強くなった。舌の先ではもうどうにもならない。爪楊枝で根こそぎ取り除いてしまいたい。

「七月十日、午後の三時過ぎ。ご主人はなにをされてましたか？」

すべての取材が終わり、最後に前田邸を訪ねると、稔は晴彦に単刀直入に訊いてみた。

「なに言っているんだ？」新城が慌てて、稔の腕をとる。

「七月十日、午後の三時過ぎ、ですか？」

しかし、晴彦は特に慌てず、むしろ堂々とした様子で手帳を捲りはじめた。

「七月十日は、妻があんなことになる六日前ですね。……ああ、この日は出張で、仙台の営業所に行っています。午後一時から午後四時まで、営業会議に出ています」

「間違いないですか？」

「おい、やめろって」新城が、稔の腕を強く引っ張った。

しかし、当の晴彦は余裕しゃくしゃくの様子で、「うちの会社に問い合わせていただければ、裏はとれると思いますよ」と、笑みまで浮かべた。

稔の歯にひっかかっていた肉の破片が、ぽろりと抜けた。が、もやもやは取れない。稔は、晴彦の笑みを見守った。植物状態の妻を熱心に看病する夫。実にいい話だ。いかにも数字がとれる感動話だ。が、感動の裏には何かが隠されているものだ。逆をいえば、どんなに酷い話でも見方を変えてちょっと脚色をすれば感動話になってしまう。グリム童話の残酷な話が後年、めでたしめでたしの話に大変身したように。

所詮は、どのように料理するかなのだ。

「どう？　なかなか、いい感じに出来上がっているだろう？」

局の編集室、新城が満足気に笑っている。どうやら徹夜で編集したらしい。目が真っ赤に充血し、顔のほとんどの筋肉が重力に負けて垂れ下がっている。

放送まで残すところ二日。番組内で使用する再現ドラマがようやく仕上がり、たった今、簡単な試写会が終わったところだ。

「うん、いい感じだね。すごく、いい」

稔は、答えた。これは、世辞でも社交辞令でもない。本当にいい出来だった。ラストにはつい泣かされた。ここ最近では、いや、もしかしてこの番組がはじまって以来の最高傑作かもしれない。

「特に、ふたりが一度別れるところがいいね。音楽もいい。これ、〝木綿のハンカチーフ〟だろう？」

「そう。このシーンは、なにがなんでも、この曲を使わなくちゃと思って。ここでぐっと盛り上げておいて、そのあとの再会シーンにつなげる。ドラマチックだろう？」

確かに、ドラマチックだ。気持ちがぐっと引き寄せられる。が、番組全体のことを考えれば、もっと淡々としたものでもいいのではないかという気もする。なにしろ、これは作り物のドラマではない。前田晴彦と弥生夫妻の出会いから今までをまとめた再現ドラマに過ぎないのだ。でも、まあ、こんなことを言って新城の苦労に水を差すのも大人げないと思い、稔は、本音は言わないでおいた。その代わり、

「じゃ、それ、一本、ダビングしておいてくれる？　天照ヒミコにバイク便で送るから」

「うん？　もう送っておいた」

「なんだよ、気が利くな」

「ついでに、おまえが集めた資料もいくつか送っておいたよ」

「なんだよ、どうしたんだよ」

「だって、おまえ。……プライベートでいろいろと大変なんだろう？」

稔は頬をぴりぴりと痙攣させた。妻のことは大っぴらにはしていないが、なにかと仕事を抜け出して面会に行っているものだから、家庭でなにかあったようだと、どうやら噂が立っている。今日も、三時間遅れての出社だ。妻に頼まれた〝フレンジー〟がなかなか見つから

ず、あちこちの本屋を探してようやく見つけて持っていったのに、それは最新号ではないと、逆に叱られた。

「分かっているよ、こういうときは、お互い様だよ」新城が、できもしないのにウインクをして稔を励ます。「でも、明日は遅れるなよ。いよいよ、天照大先生の霊視の本番だ」

そうだ。明日は、いよいよ、天照ヒミコの登場だ。今頃、彼女は、本番のために猛予習中だろう。あの巨体を揺らしながら必勝と書かれた鉢巻をして机に向かう天照ヒミコの映像が浮かんできて、稔はつい、噴き出した。

さて、天照ヒミコは、一体、どんな茶番――いや、霊視を繰り広げるのだろうか。


機材の使用を最小限に制限された病室には、家庭用ハンディカメラだけが許された。スタッフもカメラマンの入室だけが許され、あとは、夫の晴彦、主治医、看護師一名、そして天照ヒミコ。稔たち他のスタッフは別室に設けられたモニターで病室の様子を見守った。

ヒミコの霊視は、もうすでに一時間にも及んでいた。自分たちの過去をことごとく当てられてびっくりするやら感動するやらで忙しい晴彦の顔は、すでに涙でぐしゃぐしゃだ。

「それで、ヒミコ先生。妻は、妻は、今、なにを思っているのでしょう？」

「それを、聞きたいですか？」

「はい」

「どうしても？」

「はい」

「それでは、本人の口から言ってもらいましょう」

「え？」

ヒミコが、その巨体を揺らしながら、ゆっくりと立ち上がる。そして、生命維持装置の傍までいくとスイッチをオフにし、さらには人工呼吸器まで外してしまった。

「なにをするんですか！」

「黙って」

ヒミコが言うと、病室の誰もが石のように固まった。奇妙な時間が流れる。モニターを見つめる稔たちも動きを封じ込められ、誰も動こうとはしない。

「あっ」誰かが、叫んだ。それを合図に、一同の視線が、ベッドに横たわる弥生に集まった。

植物状態の体がひくひくと動いている。

「あっ」また誰かが叫んだ。弥生の右手がピーンと跳ね上がり、天井をさしたのだ。

「死の直前には体がああやって動くもんなんだよ。一種の反射作用だ」

と、誰かが、目の前の現象に説明を与える。しかし、その両の目が開いたときには、それを説明できる者はいなかった。

「奇跡だ」誰かが、呟いた。「奇跡だ」他の誰かも同調した。「奇跡だ！」そして、ついには合唱となった。

弥生の両の目が、きょろきょろと、病室を見回す。そして、その視線が、夫の前で止まった。天井を向いていた弥生の右手がゆっくりと下ろされ、そして人差し指が、夫をさした。

「あなた、私を殺そうとしたわね」


うわ。体が大きく跳ねて、その刺激で稔の両瞼がぱちりと開いた。

「なんだ、夢か」

いや、しかし、あながち夢だとは言い切れない。正夢になるかもしれない。

あの旦那は怪しい。ものすごく、怪しい。外面はいいが家では相当な亭主関白、しかも、浮気までしていたというじゃないか。

「うん、近所の人が目撃しているんだ。あの旦那は、奥さんが事故に遭う六日前にも……」

でも、その日の旦那にはアリバイがある。あの後、それとなく旦那の会社に問い合わせてみたところそれは間違いなかった。

「いや、あの近所の人が日付を間違えただけかもしれない。半年も前のことだし。人の記憶なんて、当てにならないもんだ」

それにだ。奥さんが事故を起こした状況があまりに不自然だ。というか、よく分からない。

「なんで、食事の支度中に電球を替えるんだよ。しかも、二階の」

「食事の支度をしていたら、唐突に、二階の電球が切れていたことを思い出したんだそうです」

稔の疑問に答えたのは、天照ヒミコだった。

今、ヒミコの霊視の真っ最中。といっても、今回の対象は植物状態とはいえ生きているのだから、厳密には〝霊視〟とはいわないのだろうが。

撮影は、稔が見た夢とまったく同じ状況で行われた。家庭用ハンディカメラを持ったカメラマンだけが病室への入室を許され、他のスタッフは別室に設けられたモニターで病室の様子を見守った。

病室はというと、夫の晴彦と主治医と看護師、そして巫女装束の天照ヒミコ。生命維持装置のチューブと人工呼吸器につながれた弥生を囲んでいる。

「妻は、どうして、唐突に電球のことを？」

夫の晴彦が恐る恐る、質問する。はじめはどこか横柄な態度だったのだが、天照ヒミコに自分たちのことをことごとく当てられて、今は小動物のように謙虚だ。

「あなたのことを思ってのことです。あなた、前に、玄関の電球が切れていて、奥さんをひどく叱ったことがありますね？」

「あ、それは――」

「また、叱られると思って、奥さん、慌ててしまったのでしょう。だから、あなたが帰ってくる前にと」

ああ、なるほど、そういうことか。しかし、さすがだ。天照ヒミコのブレーンは、ちゃんとそこのところも調べているんだ。

「奥さんは、あなたのことをとても愛していました。でも、叱られてばかりで自信を失くしていたのです。今も、奥さんの霊体があなたを不安げにみつめていらっしゃいます」

「妻の霊体？」

「そうです。今の奥さんの状態を簡単に説明すれば、魂が肉体から抜けている状態なのです。魂が抜けた肉体は、本来は〝死〟を迎えます。が、いまだ完全に死に切れていないということは、奥さんの魂が抜け切れていないからです。あの世とこの世の境でさまよっている状態なのです。なぜだと思いますか？　それは、あなたを愛しているからです。だから、完全に肉体を捨てることができないのです」

「その霊体というのは、今、ここにいるのですか？」

「いらっしゃいますよ。あなたのすぐ後ろにいます」

「後ろに？」夫はぶるっと体を震わせ、恐々（こわごわ）と首を後ろに回した。「事故に遭われたときと同じ姿、からし色と苔色の、……そう、縞模様のエプロンをして、そこに立ってらっしゃいます」

「からし色と苔色の……エプロン？」夫の目つきが変わった。「縞模様のエプロン？」

「そうです。縞模様のエプロンで――」

天照ヒミコが言い終わらないうちに、晴彦がうおぉぉぉぉという地響きのようなうなり声を上げた。見ると、その目から次々と涙があふれ出ている。

「弥生は、弥生は、僕にどうしてほしいと言っていますか？」

「それはあなたが決めてください、と言っています。あなたの決断に従いますと」

うぉぉぉぉ、と再び唸ると、晴彦はベッドに横たわる妻にしがみ付いた。

「許してくれ、許してくれ、許してくれ……」

結局、晴彦は、尊厳死を見送ることにした。

「妻は、間違いなく生きているのです。肉体と魂が離れ離れになっているだけで、間違いなく生きているのです。だから、どんな形であれ、生きていてほしいのです。このまま意識が戻らないとしても」

涙ながらにそう自分の決断を告げる晴彦の姿に、スタッフと一緒にモニターを見ていた看護師たちもすすり泣いている。

「よかった、よかった。本当によかった」

「本当に。前田さん、この霊視を引き受けて、本当によかったわね」

「はじめは、馬鹿馬鹿しい、なんて言っていたけれど。……やっぱり、天照ヒミコ先生はホンモノなのよ。引き受けてよかったわ」

え？　稔のひっかかりが蘇った。〝引き受けて〟ってどういうことだ？　これって、前田氏が局に依頼したんじゃないのか？

看護師のひとりを捕まえると、稔は疑問をぶつけてみた。

「前田さんが霊視を引き受けたって、どういうことですか？」

「えぇぇ？」看護師は、何をいまさらというように、稔を見上げた。「ですから、そちらのほうから出演を依頼してきたんじゃないですか」

「そう……なんですか？」

「どこで聞いたのかは知りませんが、うちの病院に電話があって。『そちらに、尊厳死を検討している患者がいるようですけれど、よかったら取材させてください』って。はじめはドキュメンタリーかなにかの取材かと思って前田さんも了解したんですけれど、フタをあけてみたら天照ヒミコの番組で、前田さん、そんなのには協力できないってはじめはつっぱねたんですよ。けれど、ディレクターって人に説得されたようで」

ディレクター？　新城？　そんなの、初耳だ。いつものように視聴者からの依頼だと思っていたのに。

……てっきり、あの前田氏が邪魔な奥さんを殺害して、でも、奥さんは完全には死んでくれなくて、いろいろと考えた挙句、天照ヒミコの番組を利用して悲劇の夫を強く印象付け、そして尊厳死という方法で合法的に妻を殺害する……つもりだと思っていたのに。

違うのか？

「僕、謝らなくてはいけませんね」撮影の翌日、稔は晴彦から電話をもらった。「あなたを疑ってました」

「いえいえ、謝るだなんて。それはこっちの台詞です」

「え？　なんであなたが僕に謝るんですか？」

「いえ、それは……」

「それにしても、びっくりしました。霊能力というのは、本当にあるんですね」

「は？」

「僕が、電球が切れたことについて妻を叱ったことがあるとか」

いや、それは、事前にブレーンが調べて……。

「妻が、倒れたときに着ていたエプロンまでちゃんと言い当てて」

いや、だから、それは……。

「僕は、こういう番組って、実はあらかじめスタッフがリサーチして、その情報を霊能力者に伝えているんだとばかり思ってました」

なんだ、この人、分かっているんじゃないか。

「でも、あのエプロンのことは誰も知らないんです。だから、リサーチできるはずもない」

「どういうことですか？」

「あれは、病院に運ぶときに、僕が脱がしたんですよ。妻が倒れていて動転した僕は、咄嗟に、エプロンをとったんです。ほら、意識を失っている人がいたら気道を確保するためにとりあえず衣服を緩めなさい、とか、よく言うじゃないですか。あれを思い出して。まあ、今思えば、エプロンをとったぐらいでは大した効果はなかったんでしょうけど。でも、そのときは本当に慌ててしまって、僕、救急車を呼ぶ前にエプロンを脱がしたんです」

「じゃ、そのエプロンのことは、あなた以外には」

「はい、知っている人はいません。それを言い当てたのだから、あの天照ヒミコはホンモノなんでしょうね。感服いたしました」

ホンモノ？

本番直前まで必死でリサーチ内容を暗記している、あの大仏パーマのおばさんが？

〝植物状態の妻からのメッセージ！　夫が選んだ感動の結末！〟

と題された番組は、番組史上最高視聴率を叩き出した。視聴者からの反応も凄まじく、放送中から電話が鳴りっぱなしだった。スタッフたちの興奮も最高潮、が、稔だけは、腑に落ちない気分で沈み込んでいた。

その夜行われた打ち上げでも心ここにあらず状態で、ひとり、首を傾げていた。

「天照ヒミコって、もしかして、ホンモノなのかな？」

そんなことを呟いては、「なーに、言ってんだよ」と、傍にいるやつに小突かれていた。

「そうだよ、ホンモノだよ」ろれつの回らない舌でそう言ったのは、局プロデューサーだった。「ヒミコのバックにいるブレーンたちは、正真正銘、ホンモノのプロだ」

「そのブレーンって、具体的にはどんな人たちなんでしょう？」

「詳しくは知らないけど、噂では、元警察官だとか公安の工作員とか、……ネットハッカーなんかもいるらしいよ」

「すごい、メンツですね」

「なーんていうのは冗談で、ヒミコ信者の主婦たちって噂だよ。まあ、主婦の情報網はバカにできないからな、警官や工作員なんかよりもすごいかもしれない」

　ふーん、主婦か。確かに、主婦の情報網はバカにはできない。うん？　主婦？


　翌日、稔は、晴彦の浮気現場を目撃したという例の主婦を再度訪ねてみた。

「前田晴彦さんの浮気について、詳しくお訊きしたいんですが」

「あら、いやだ。浮気していたのは、旦那様じゃないわよ。奥さんのほうよ」

「え？」

「旦那様が留守のときを狙っては、家に来てたわよ、その浮気相手。……これは、ある人から聞いたことなんだけど、どうも、学生時代に付き合っていた元カレみたい。なんでも、奥さん、それまで付き合っていた人に振られて死んでしまおうと思うぐらい思いつめていた時期があったんですって。そんな奥さんを熱心に慰めてくれた人がいて、お付き合いしたみたい。でも、結局は別れて、今の旦那様と結婚して」

浮気していたのは奥さん？　相手は結婚する前に付き合っていた元カレ？　稔が混乱している間にも、女の話は続いた。

「でね、……これは、私の想像なんだけど」女は、声のトーンを落とした。「事故が起きたあの日も、その浮気相手、来てたんじゃないかしら？」

「どうして、そう思うんですか？」

「いや、だって。前田さんちからドミグラスソースの匂いがしたから。浮気相手が来ているときは、いっつもそう。きっと、その人の好物を作っていたのね。その日の朝も奥さん、庭に出てハーブを摘んでいたわよ。ブーケガルニを作っていたみたい」


その日、天照ヒミコの助手だという人物から、稔は紙袋を渡された。貸していた、前田夫妻の経緯(いきさつ)をまとめた再現テープと資料だ。他の番組の打ち合わせで局に来たから、ついでに返しにきたのだという。助手は、ワイドショーの観覧にきた一般視聴者かと思うほど、なんの変哲もない、フツーの中年の女性だった。天照ヒミコのブレーンは主婦たちだというのは、ただの噂ではないようだ。

「とても助かりました。ありがとうございました」

腰も低い。

そういえば、天照ヒミコも、数年前まではただの主婦だったと聞いた。

「特に、この手紙には、ヒミコ先生、とても感動されていました」助手が、紙袋の中から封書を取り出した。「入院中の奥様に書かれた旦那様のお手紙だと伺いました」

手紙？　そんなの、あったっけ？　助手からそれを受け取ると、稔は目を通してみた。


——弥生。本当に、ごめんね。倒れている君を見たとき、どうしていいか分からず、ただ、動揺してしまった。だから、ぼくは……逃げてしまった！　ぼくは、本当に、臆病者だ、卑怯者だ！　こんな弱い自分が許せない！

だから、君が生きていると知って、本当に嬉しかった。それは、本当だ。とても、嬉しかった。

弥生。君に生きていてほしい。どんな形であれ、どんな姿であれ、生きていてほしい。

きっと、君は、長い長い夢の中にいるだけなんだ。だから、いつまでも、生きていてほしい。その夢の中に、ぼくがいなくても。


「この手紙をご覧になって、ヒミコ先生は、尊厳死ではなくて生かす選択を旦那様に促したんです。この手紙こそが、旦那様の本心だろうからと」助手は、小声で言った。

なるほど、そうなのか。だから、あの旦那は土壇場になって生かす選択をしたのか。

……でも、この手紙、なにか違和感がある。本当に、あの旦那が書いたものなのか？

というか、こんな手紙、俺は知らないぞ。あの旦那から預かってないぞ、と、顔を上げると、もうそこには助手はいなかった、代わりに、

「あ、それ、例の再現ですか？」

と、稔と助手のやりとりを見ていた局アナウンサーの新人が、声をかけてきた。

「よかったら、ダビングしてもらえます？　私、見逃しちゃって」

「ああ、いいよ。今日は暇だし」

それに、自分ももう一度、見ておきたい。あの再現は、本当に素晴らしかった。


あれ？

ダビングしながら再現を見ていた稔は、その内容が自分が知っているものと違うことに気がついた。稔が知っている内容とは、新城にはじめに見せてもらったもので、イコールそれはテレビで放送されたものだ。が、このテープは、違う。無論、出演している役者も大筋も同じなのだが、細かいところで違うのだ。

一番の違いは、事故に遭ったときの弥生の姿だ。からし色と苔色の、縞模様のエプロンを

している。というか、こんなシーン、はじめて見たぞ。背ラベルを確認すると「ボツ」とある。

「ちょっと間違ってね。だから、本番用にはそのシーンは抜いたんだよ」

いきなりの気配に、稔はぎょっと身を竦(すく)ませた。

そこにいたのは、新城だった。

「昼は？　まだだろう？　ビーフシチュー食べないか？　あの洋食屋の」

あの洋食屋とは局近くの店で、新城のお気に入りの場所だ。あそこに行くと、新城は必ずビーフシチューを頼む。ビーフシチューはその店の名物だ。でも、ここのビーフシチューよりおいしいところを知っているよ、と、いつだったか新城が嬉しそうに言っていたことを思い出す。

「う、うん、そうだな。……でも、今はいいや、腹、減ってないし」

稔は、応えた。

「そうか。なら、ひとりで行ってくるよ」

そう言うと、新城は、局の社名ロゴが貼り付いているスタッフジャンパーを着込んだ。胸元にご飯粒がついている。いつもは冗談のひとつも飛ばしながら指摘してやるのだが、今日はそんな気にはなれない。

部屋を出て行くショッキングピンクのジャンパーを見ながら稔は、頭の中で散乱する情報をどうまとめればいいのか、途方に暮れた。

デジャヴュ

【デジャヴュ】既視体験。初めて見た光景、人物などを、以前どこかで見たことがあると感じる記憶錯誤。疲労時にあらわれることが多い。

〈二〇〇三（平成十五）年　春〉

「まったく使えないな！」

男の怒鳴り声に、軽い眩暈を感じた。受話器を落としそうになる。このまま電話を切ってやろうかと手に力を込めるが、なけなしの理性が受話器を耳に戻した。だが、電話は切れていた。

体が、震えだす。絵美は、受話器を叩きつけた。

いくつかの視線が飛んできたが、それはすぐに元の位置に戻った。しかし、派遣嬢だけがタイミングをはずしたようで、目がかち合った。真っ青なアイシャドー。でも、それ、似合わないって。どうせ、あのファッション誌の受け売りでしょう？　表紙のモデルと同じ色だもん、でも、いくらなんでも濃すぎるよ。その髪型もさ、どうにかならないわけ？　確かに今の流行かもしれないけれど、どう考えたって職場には合わないくるくるのカールにラメいりの真っ赤なカチューシャ。その爪もさ、ネイルアートかなんか知らないけれど、全体がピンクで先っちょだけ黒だなんて。なんか、不潔な感じなんですけど。いずれにしても、どんなにおしゃれをしてもお決まりの真っ赤なジャンパーを着用しなくちゃいけないんだから、台無しよね。まったく、おそろしいほどにダサいこのジャンパー。

絵美は、ぼんやりオフィスを見渡した。赤いかたまりのような背中が、それぞれ仕事に勤(いそ)しんでいる。オフィスの壁が白いせいか、日の丸がいくつもはためいているようにも見える。

うん？　今日は、人が少ないな。ホワイトボードを見ると、五人の営業スタッフが外回り、ひとりが早退、ひとりが欠勤だった。

内山、欠勤なんだ。

連絡、あったっけ？　壁の時計を見ると、もう五時半になろうとしている。視線を戻す途中で、また派遣嬢と目が合った。今日は、これで五度目だ。何よ。私を監視しているつもり？　確かに、私は新参者で、あなたのほうが古いわよ。

絵美が、この営業所に所長待遇で異動してきたのは、半年前。営業スタッフ十二人、事務スタッフ三人。いずれも契約社員で、半年以内にここに配属された者がほとんどだ。派遣歴一年の派遣嬢が、最古参ということになる。といっても、まだ若い。二十五歳にもなってないはずだ。絵美より二十歳以上若い。娘といっても、おかしくはない。

娘か。なるほど、それで、彼女は反抗的なのかもしれない。私に母親を重ねているんだ。

……考えすぎか。単に、あの年頃の娘は私のような女管理職が気に入らないだけなのだ。あれこれと欠点ばかりを探し出して「あんなふうにはなりたくない」なんて、一方的に反面教師にするのだ。でも、結局は、そのなりたくないものになるのがオチだ。ご愁傷様。

……はあ。お腹すいた。

そういえば、お昼、食べてない。引き出しから見え隠れしているのは、準備OKとばかりに出番を待つ、煙草と財布。

しかし、まだ処理が終わってない。パソコンの画面には、顧客データが並んでいる。先月の契約分だ。目標の五十パーセントにも達していない。

はあ。ため息が止まらない。

本社の所長会議で、また、あの体育会系の営業部長にこてんぱんにやられるんだろう。前田部長。三十歳そこそこの若い男だが、とにかくやり手だ。どこぞのベンチャー企業の役員だったのを人事が引き抜いてきたらしい。入社一年にもなっていないが、いまや社長をねじ伏せるほどの発言力を持つ。若い子にも大した人気だそうだ。カリスマ部長と持ち上げる者も多い。この営業所の女の子も、部長の名前が出るととたんに色めく。あんな男のどこがいいんだか。ただの、がさつな男だ。

やっぱり、お腹すいた。胃がちくちく痛い。なんか買ってこようかな。ダメダメ、スタッフの目がある。管理職である私が、こんな中途半端な時間に席をはずしたら、たちまち規律が乱れる。終業時間まで、我慢。あと、三十分。あと二十分、あと十分、あと一分……。

……終業ベル代わりのいつもの音楽が鳴り、絵美は腰を浮かせた。

*

あれ。この感じ、前にも。

会社近くのコンビニ。絵美は、棚の前で、軽い眩暈を感じた。なんだか、体中がふわふわしていて、力が入らない。やっぱり、お昼を抜いたのがいけなかったのか。朝も、ビスケットしか食べていない。あ、駄目、ふらふらする。しっかり食べて、体力を取り戻さなくちゃ。野菜ジュース、海鮮サラダ、キムチおにぎり、豚骨ラーメン、プリン、それから……。あ。〝フレンジー〟が発売されている。そうか、今日は発売日の十五日。もう、三月も半分過ぎたのか。…………。絵美は、そのファッション誌をぺらぺら捲ってみた。もちろん買うつもりだが、一刻も早く確認しておきたいものがある。連載小説『あなたの愛へ』。先月からはじまったこの小説は、絵美のツボを直撃した。売れないお笑い芸人川上孝一と売れっ子作家ミサキの切ない恋の物語。ああ、本当に、榛名ミサキの小説はおもしろい。甘酸っぱくて、ちょっと痛々しくて、でも優しくて。読みだしたらとまらない。さてさて、いったんは別れた孝一とミサキは、今月号ではどうなるんだろう？

あれ？　下腹が、なんとなく痛い。十五日といえば、もうそろそろか。アレ、買っておくか。……レジには、男の子がひとりだけ。どうしよう。ま、いいか。絵美は、それをカゴの奥に沈めると、〝フレンジー〟を載せた。

しかし、レジの男の子は、おかまいなく、〝フレンジー〟を乱暴に取り上げ、それを露わにする。「なに？　そんな歳になってもまだ必要なわけ？」とでも言いたげに、絵美をちら見ながら、嫌味なほどゆっくりとした動作で、それを紙袋に詰める。

なによ、さくさくっとやりなさいよ。早く！　恥ずかしいじゃないの。

「コンビニで生理用品買うようになったら、女もおしまいだよ」

あ。この場面、前にも。

違う。これは、あいつに言われた言葉だ。前の旦那だ。二年前に別れた。なのに、いまだにそうやって、私の行動を縛り付ける気？　いいじゃないの、私が何をどこで買おうと。

千五百六十八円でございます。

レジ袋の取っ手部分をくるくると三回転させて、男の子は言った。その首は少し傾いている。なんて、目つきの悪い子。さっさと金出せよと威圧しているのか。ちょっと待ってよ、財布、えーと、財布。ああ、こんなところにあった。ジャンパーの内ポケット。あれ、違う。これは煙草。財布、財布。もしかして、忘れた？　やだ。そんな目で見ないでよ。だから、ちょっと待ってよ、確かに持ってきたんだから。あ、この手触り。絵美は、祈りを込めてジャンパーの右ポケットの奥から、それを引きずり出した。小さく折りたたんだ五千円札。助かった。

自動ドアを抜けると、雨が降っていた。

参ったな、結構降っている。なら、一服していくか。コンビニ前の駐輪場、ゴミ箱横に、灰受スタンドが置いてある。全面禁煙のオフィスから追い出された愛煙家たちの、ちょっとしたオアシスだ。

煙草は、少し湿っていた。そのせいか、いつもと違う味がする。

吐き出した煙の向こう側に、帰るべき雑居ビルのシルエットが見える。照明はほとんどついていない。そりゃそうだ。今日は土曜日。他の会社は休みだ。そういえば、もう何日休んでないだろうか？　一応月曜日と火曜日に定休をもらっているが、ここのところ出勤続きだ。クレーム対応、管理組合の説明会、チラシ配り……、次から次へと仕事が飛び込んで、休んでいる暇はない。なのに、給料は横ばい。それどころか、残業代がつかなくなったものだから、収入は減った。肩書きのせいだ。

「ふん、何が、所長よ」絵美は、吐き捨てた。

所長待遇といっても、名刺での肩書きには「代理」がついている。そう、代理なんだ、つまり、無理やり肩書きを持たせて各種手当てを取り上げようというのが会社の魂胆。しかも、こんなところに飛ばされて。確かに、この街は大きい、マンションも多いし、住宅も次々と新築されている。顧客開拓を狙うには、もってこいの場所だ。実際、ライバル会社も我先にと進出してきている。だが、どれも臨時の陣営にすぎない。あと一年も経てば、撤退するだろう。うちも例外じゃない。一年後。自分のいる場所が想像できない。

コンビニから出てきた初老の女と目が合う。「やだ。こんなところで煙草……」とばかりに老女はじろっと睨みつける。何よ、なんでそんな目で見るのよ？　ここは喫煙スペース、煙草吸って何が悪いの？　絵美は、灰受けに、煙草を放り投げた。

雨は、やみそうにない。

だからといって、ここでビニール傘を買うのも馬鹿馬鹿しい。営業所に戻れば、置き傘もあるというのに。もうしばらく、ここで雨宿りするか。絵美は、もう一本煙草を引き抜いた。

まったく使えないな！

男の怒鳴り声が、鼓膜に蘇る。先月、契約がとれた客だ。とにかく、横暴な男だ。

「そもそも、内山の初期対応が悪かったのがいけないんだ」

怒りがこみ上げてくる。

「もっと、ちゃんとやっていれば、あそこまでこじれることもなかったのに」

絵美は、火を点けたばかりの煙草を、灰受けにねじ込んだ。銀色の灰受けは、まるであの男の頭のようだ。…………。

＊

男は、ベートーベンのような銀髪を撫で付けると、これ見よがしに、煙草を捻りつぶした。悪徳業者の虚勢そのものだ。この後は、お決まりの脅しがはじまるに違いない。

「工事、早くしてもらえるっていったじゃない」

しかし、男は落ち着いた調子で言った。「先週末には工事して、今週には開通するって言ったよね？」男は、キッチンに入ったきり出てこない妻に向かって、声を上げた。「なぁ、君も聞いているだろう？」

ええ、そうね……。

か細い声が、よろよろと飛んでくる。絵美の隣に座っていた内山の真っ赤なジャンパーが、「え？」と抗議の姿勢をとった。絵美は、袖をくいくいっとひっぱって、それを抑えた。しかし、〝ジャパン光〟と印刷された背中は抑えきれず、プルプル震えている。それにしても、センスのかけらもないジャンパーだ。こんなもの、一秒だって着ていたくない。だが、スタッフは着用が義務付けられている。あの体育会系部長の提案だ。このデザインも部長が決めたそうだ。本人は大いに気に入っているらしく、自宅にいるときもこのジャンパーを着ているという。それにしても、最悪なセンスだ。この赤も、大嫌いだ。内山のような若い男なら、まだ若さで着こなすこともできるだろうが、自分は……。サイドボードのガラス戸に映る姿は、さながら、ダルマだ。

「今週には開通するっていったよね？」ベートーベンは厭味ったらしく、繰り返した。

「はい、ですから、分譲マンションにおいては、管理組合の承諾が必要でして、工事の前に、集合住宅の場合は、説明会を開催して」我ながら、滅茶苦茶な日本語だ。

「管理組合の承諾？　説明会？　ねぇ、君、そんな話、聞いていた？　聞いてないよね？」

ええ、そうね……。

内山の腰が浮いた。絵美は再びそれを押し戻す。

「工事が速いって言うから、おたくに決めたのに。本当は、違うところにするはずだったんだよ。あそこの電力会社は速度が業界一だし、あの電話会社は低価格」

ベートーベンは、ライバル会社の名前を次々と挙げていった。

「おたくの取り柄は、迅速な対応と工事じゃなかったの？　ホームページにはそう書いてあるよね？　すぐにでもインターネットが使えるようなことが」

「ええ、そうです、工事の速さでは、他の社には負けません。しかし、それ以前に……」

「誇大虚偽広告ってこと？」

ですから！　今度は、絵美のジャンパーがふわっと浮いた。しかし、ガラス戸に映った自身の姿を見て、それを抑え込んだ。

「でも、もう仕方のないことですから……」男の妻が、お盆を持ってようやくキッチンからでてきた。「もう少し、待ちましょうよ」

妻は顔を伏せたまま、ティーカップをテーブルに並べていった。

*

そもそもだ。あの奥さんが元凶じゃないか。こちらが説明したことをまったく旦那に伝えていない。内山が契約をとってきたときから、何かいやな予感がしていたんだ。あの分譲マンションは、もうすでに二社のブロードバンドサービス事業者が入り込んでいる。これ以上の飛び込み営業は無理だと思われていた。しかし内山は、うきうきと契約脈ありの報告をしてきた。どうやら、奥さんと話をつけたらしい。よくあることだ。訪問者を追い返すことができない優柔不断夫人、ノーが言えないのだ。これは必ずトラブルになるだろうと思っていたら、案の定、早速旦那から電話がかかってきた。そら来たと身構えたら、予想に反して、正式に契約したいということだった。思えば、それが、泥沼の入り口だった。二日後には自宅に呼び出され、深夜まで延々と厭味を言われ続けた。

それからも、工事が遅い、料金体系が分かりづらい、速度がでない、などのクレームがひっきりなしだ。昨日から今日にかけては、お気に入りのサイトになかなかつながらない、なんとかしろ。そんなことはこちらの責任ではない、と何度言っても分かってくれない。挙句に、「使えないな！」と、電話を一方的に叩き切る。まったく、成績不振の上に、変なやつにロックオンされたもんだ。この調子では、一年も待たずに、またどこかに飛ばされるだろう。飛ばされるだけならまだしも、もしかしたら――。

雨がやんだ。青信号が点滅している。絵美は、ダッシュをかけた。ここのスクランブル交差点は一度つかまるとなかなか脱出できない。そのせいか、事故も多い。前に一度、ここでバイクと接触しそうになったことがある。最近も何か事故があったのだろうか。横断歩道のラインが、こすれている。


営業所は、真っ暗だった。ご丁寧に鍵までかかっている。今日は、みんな帰りが早い。っていうか、私がまだいるじゃない。ったく、暗証番号は……、えっと、８８２３３、ハッパフミフミっと。

照明をつけると、ホワイトボードには〝直帰〟の文字が並んでいた。すべて派遣嬢の字だ。

彼女は気が利く。連絡をよこさなくても、時間がくれば外回りスタッフの名前の横に〝直帰〟の文字を書く。スタッフたちもそれをよく心得ていて、最近では連絡をよこす者のほうが少ない。このルーズさは日に日にひどくなる。今度、ビシッと言ってやらなくては。……でも、効果はないのだろう。

そんなことより、なんで、私まで直帰になっているのよ。しかも、他の〝直帰〟より、汚くて乱暴だ。

絵美は、自分の名前の横に書かれた〝直帰〟を、拭き取った。

まったく。これは、何かの嫌がらせ？　そうかもしれない。私は、彼女に嫌われている。悪口を言っているのを聞いたのも一度や二度じゃない。他のスタッフはどうだろう？　好かれていないことは確かだ。バカにされているのかも……情けない。

あ。また眩暈。とにかく、何か食べよう。思い悩むのはそれからだ。レジ袋からキムチおにぎりを取り出したところで、絵美の動作は止まった。

あ。下腹が。もしかして、そろそろやってくる？　いやいや、その前に、報告書を片付けなくちゃ。トイレはそのあとゆっくりと。

「っていうか、まさか、パソコンも落とされている？　入力途中だったのに」

真っ黒な画面、しかしマウスを動かすと、見慣れたグラフが表示された。さすがに、あのお節介な派遣嬢も、パソコンまでは落とさなかったらしい。

本社からメールが届いている。営業部長からだ。

――クライアントからクレームあり。十八時三十分に、自宅マンションに来てほしいとのこと。私も同行する。マンション前で待っている。絶対、遅れないこと。時間厳守。

絵美の体が海老のように跳ね上がった。部長が直々に？

なんてこと！

ベートーベンだ。あの男が、本社にまで連絡を入れて、部長を引っ張り出したんだ。十八時三十分？　今、何時？　六時十六分。嘘。もう一度、壁時計を凝視してみる。針は、間違いなく六時十六分をさしている。そうこうしているうちに、一分、進んだ。絵美の全身から汗が噴き出す。頭は氷のようにひんやりしているのに、顔は熱湯のように熱い。とにかく、行かなくちゃ。あのマンションなら、車を飛ばせば、十分でなんとか辿り着く。信号につかまらなければの話だが。とにかく、急がないと。あの部長は、ベートーベン以上に手ごわい。

しかし、所定の場所にキーがない。

「ったく！」

絵美の怒鳴り声が、静まり返ったオフィスに、埃を散らせた。

まただよ！　そのまま車で帰ったやつがいるな。どいつもこいつも、営業車を公私混同して！　フックに唯一ぶら下がっている自転車の鍵をひっつかむと、絵美は、大急ぎでオフィスを出た。

自転車は、鈍い騒音を長々と吐き出しながら、ようやく止まった。

マンションに到着したが、人影はなかった。そんなに遅れてはないはずだ。信号も人もすべて無視して、ぶっ飛ばしてきた。もしかしたら、早く着いたのか？　腕を持ち上げてみたが、そこには時計はなかった。ああ、忘れてきた。きっと、机の引き出しの中だ。仕事中は、気にならないように腕時計をはずしている。

それとも、部長、もう部屋に行っているのかも。それは考えられる。あの部長はせっかちだ。なにしろ体育会系。後先考えないで行動に出るところがある。えーと。何号室だっけ？　確か、五階、五〇六？　ううん、縁起のいい数字だった。七、そう、五〇七号室だ。部屋番号を入力して呼び出しボタンを押してはみたが、インターホンから応答はなかった。どうしよう。そうだ、携帯、電話してみよう。

これも、忘れた。

ああ、もう！

腕を大きく振り上げようとしたとき、人影が現れエントランスのオートロックのドアが開いた。見覚えがある。えーと。ああ、六〇七号室の奥さんだ。先日、チーズケーキをご馳走になった。ゴミ袋をぶら下げて中から出てきた奥さんは、幽霊を目撃したかのように、目を瞬かせた。こんな夕方にゴミ捨てなんて、うちのマンションだったら間違いなく注意している。ここは、規則がゆるいのか。ま、ドアを開けてくれたのだ、ありがたく、その恩恵を受けよう。絵美は、ドアのすき間にすばやく体を潜り込ませた。

それにしても、今度はどんなクレームなのだろうか。わざわざ、本社にまで連絡して。どのみち、こちらには非がない。おかしいのは、あっちのほうだ。もう、下手になんかでない。堂々と渡り合おう。部長なんかも怖くはない。ええ、会社なんか辞めてやりますよ、バツイチの冴えない四十路女だけれど、貯金ならある。これを資金に、小さい頃からの夢だった喫茶店を開くのもいい。全面喫煙ＯＫの、愛煙家のための喫茶店だ。そこで思う存分、煙草を楽しむんだ。

絵美は、その部屋の前で、大きく深呼吸した。指をそろそろとドアホンのボタンに置く、そして、一気に力を込めた。予想以上に大きな呼び出し音に、首の後ろの毛穴が、きゅっと縮まる。

あれ？

ドアが、わずかに開いている。

あれ、この状況。前にも、確か。

首筋から後頭部にかけて、鈍痛が走った。それを合図に、下腹にも鈍痛が走った。

やだ。もしかして、はじまった？　股間をきゅっと締めてみる。しかし、間に合わず、足首に向かって、生温かいものが流れてきた。生理、来ちゃった？

やだ、こんなときに。どうしよう。

……とにかく、お手洗い、借りよう。

しかし、ドアホンをいくら鳴らしても、一向に気配はしない。

「すみませーん、ジャパン光の者ですー、お世話になっていますー、すみませーん」

絵美は、玄関ドアの隙間から部屋の中をそっと覗き込んだ。玄関から続く廊下の先にはリビングがある。その横には六畳の和室。

あれ、この光景。やっぱり、以前、どこかで。間違いない、どこかで、見た。デジャヴュってやつ？

そんなことより、お腹が信じられないぐらい痛い。脚を伝って、生ぬるいものが次々と流れ落ちてくる。絵美は、ほとんど涙声で、叫んでみた。

「ごめんくださぁい。誰か、いらっしゃいますかぁ？」

しかし、相変わらず、静まり返っている。

確か、玄関を上がってすぐ右横がお手洗いだったはずだ。上がっちゃおうか？　いやいや、だって、やっぱり、家人の承諾を得なくては。

「ジャパン光です。旦那様の御用で伺いました。上がりますよ、上がっちゃいますよ」

絵美は、ノブにそっと手を置いた。

ぎぃいぃいぃい。

玄関ドアが、いやな音を立てて、ゆっくりと開く。

湿った空気がひとつ、流れてきた。コーヒーとバタークリームを混ぜたようなにおいが、鼻の周りに漂う。絵美はそれを振り払うように、勢いをつけて、ドアを半分まで開けてみた。

なに、あれ？……やだ、……血！

心臓が飛び上がる。絵美は、顔を覆ったが、それがスクリーンセーバーの真っ赤なバラだと気づくと、静かに手を下ろした。

リビングのテーブルに、ぽつんとノートパソコンが置いてある。

絵美が玄関ドアを閉めると、その振動があちらにも届いたのか、スクリーンセーバーは解除された。

何か入力されている。なんだろう？　視力はもともといいほうだ。目を凝らせば、ここからでもなんとか読むことはできそうだ。えーと、なに？　ああ、やっぱりここからでは無理か。うーん？　ああ、なんとか読めそうだ、なになに？……。

絵美の鼻腔に、今度は、耐え難い臭いが忍び込んできた。それは、足元からだった。え？……なに？　何かぬるっとしたんだけど。……いったい、何？　視線を下に向けてみるが、でも、下を見るなと、意識のどこかが怯える。一方で、確認してみろと、理性とも好奇心ともいえない反射が絵美の首を静かに動かす。

ひぃ。

絵美の頬が極限まで強張る。目を閉じようにも、閉じられない。

絵美は、それをしばらくの間、見つめた。喉の奥で、行き場を失った声が、何度も行ったり来たりしている。

死んでいる。人が、死んでいる！

あ。この場面、前にも。うん、確かに、以前にも同じことが。それとも、デジャヴュ？

そんなことどうだっていい。デジャヴュだろうがなんだろうが、とにかく、人が死んでいる。どうしよう、どうしよう、電話、一一〇番？　それとも一一九番？　それとも？　電話、携帯電話……、ああ、そうだった、忘れてきたんだ！

あ、そうだ。

廊下の壁にインターホンがあるのを見つけた絵美は、警報ボタンを押してみることを思いついた。それを押せば、警備会社のオペレーターとつながるはずだ。絵美は、足元の死体に触れないように全身をこれ以上ないというほど緊張させて、壁伝いにインターホンを目指した。

いったい、何がどうなっているのよ。あのベートーベンに呼び出されて、ここに来ただけなのに。そもそも、部長はどこに行ったのよ、そうよ、部長は？

「とにかく、死んでいるんです、早く来てください、死んでいるんです！」

絵美は、受話器に向かって、叫んだ。なのに、相手は、むかつくほど冷静に質問する。そこはどこですか、あなたは誰ですか？　誰が死んでいるんですか？

「えーと、ここは、……」

リビングのレースカーテンがふわっと浮いて、サッシ窓に真っ赤なジャンパーが映りこむ。

私？

絵美は、インターホン横の壁鏡を覗き込んでみた。焦点をゆっくりと、鏡の中の自分に定める。それを手助けするように、カーテン越しの光が、徐々に増す。

え？　これ、私？　嘘。だって、なんで。

顔は腫れ上がり所々絆創膏が貼られている。頭には包帯。

ジャンパーを捲ると、その下には、見覚えのない寝巻き。合わせからは、血で塗れた痛々しい絆創膏、そこから、血が滴り落ちていた。もしかして、さっき脚を流れてきたのは、これ？

なに？　私、どうしちゃったの？

カーテンの光が部屋いっぱいに行き届いたとき、どこからか、男の声が響いた。

「おはようございます。ニッポンのみなさん、今朝も元気にお目覚めですか？」

何？

恐る恐る声の方向に視線を飛ばしてみる。リビングのほとんどを占領している大きな液晶テレビ。画面左上に小さく〝オンタイマー7：00〟の表示。

「三月十六日。雨も上がり、気持ちのいい日曜日です」

おはようございます？　日曜日？

絵美は、受話器を持ったまま、思考を停止させた。

＊

「今日が何日か分かりますか？　西暦から答えてください」

「えーと、二〇〇三年……平成十五年三月……」

よく分からない。頭がガンガンする。私、どうしちゃったの？

「あなたは、交差点で事故を起こしたんですよ」

不機嫌そうな看護師が、説明をはじめた。

「そして、この病院に運ばれました。三月十五日、昨日の夕方のことです。幸い、事故はたいしたことなかったのですが、腹部に負った傷の出血が少々ひどく五針縫いました。そのあと麻酔が効きすぎたのか、あなたは眠り続けましたが、早朝、病室をのぞきましたら、あなたの姿はなく、壁にかけてあった赤いジャンパーもなくなっていて、ちょっとした騒ぎになりました」

看護師の口調は明らかに怒りが滲んでいた。騒ぎはちょっとしたことではなく、かなりのものだったのだろう。しかし、絵美には事故の記憶はなく、だから病院を抜け出した記憶もないのだ。覚えているのは、終業を知らせる音楽が鳴ったあと、夕食を買いにコンビニに行こうと、腰を浮かせたところまでだ。

「ま、一種の記憶喪失でしょう」

看護師は、そっけなく言い放った。なるほど、これが記憶喪失なのか。でも、イメージしていたものとはだいぶ違う。

「あなたのは一過性健忘症ってやつです。何かの衝撃や過度の興奮によって、記憶を司（つかさど）る海馬への血液循環不全が起こり――、ま、つまり、酔っ払っているときの記憶がまったくないというアレに近いものです。何も、私は誰？　ここはどこ？　的な深刻なものではありませんので、ご安心ください」

　看護師は、少々の冗談を交えて説明してくれたが、しかし、その顔は相変わらず険しい。

「つまり、私は昨日、三月十五日の夕方から十六日の朝までの記憶を失っていたってことでしょうか？」絵美がおどおどと問うと、

「そうです。その間の記憶がすっぽり抜けて、そのため、目覚めたあなたは三月十五日の夕方のある時点に遡り、その続きからリピート行動にでたのでしょう。ここに運ばれたとき、あなたはしきりに『遅れる、急がなくちゃ、遅れる』と呟いていましたので、よほど気になることがあったんでしょうね」

　なるほど。と素直に合点できないのはなぜか。絵美は、病室を見回した。個室のようだ。

　絵美は、腹部をさすった。

「はじめは慣れないかもしれませんが」言うと、看護師は、無表情で尿瓶を掛け布団の中に入れてきた。「傷口が塞がるまでの辛抱です。さぁ、肩の力を抜いて――」

　看護師の言葉に従って、力を抜く。じわじわと、下半身から解放感が上ってくる。ふわっと意識が頭から抜けていきそうだ。このまま眠ることができたら、どれだけ気持がいいだろ

う。しかし、まだそれには早い。放尿が無事済むと、絵美は再び質問をはじめた。

「私は、どうして事故を起こしたんでしょうか？　相手は？」

「ガードレールに突っ込んだんです。スピードの出しすぎです。しかし、幸い、あなた以外に怪我人はいませんでした。よかったですね。これで誰か巻き込んでいたら、あなた、豚箱行きですよ」看護師が、にやりと笑う。「ま、それでも、警察からは根掘り葉掘り訊かれるでしょうが。どうします？」

「え？」

「警察の人が、話を訊きたいと、待っているんですが」

「事故について？」

「いいえ、あの部屋について」

ああ。そうだった。人が、死んでいたのだった。それなら、はっきり覚えている。でも。

「誰が殺されたんですか？」絵美が言うと、「あら」と看護師の表情が妙な具合に強張った。それを見て、絵美はとっさに状況を飲み込んだ。

「もしかして、私に疑いがかかっているんですか？」

絵美は声を上げた。それを合図とばかりに、ふたりの男が入ってきた。ポマードできっちりと髪をかためた三つ揃いの中年男と、ハードワックスでつんつんに髪を立てた三つボタンブレザーの若い男。

「違います、違います、私はやってません」

絵美は、声を絞り出した。

「いやいや、それをはっきりさせるためにも、いろいろとお話をうかがいたいと。なにしろ、あなたが第一発見者ですから」ポマードが、誠意のない笑顔を浮かべた。「で、なんで、あの部屋に行ったのですか？」

問われて、絵美は、頭を整理してみた。なんで、私、あそこに行ったんだっけ？　後頭部にずきずきと鈍痛が散る。部長。ああ、そうだ、部長。

「部長に呼ばれたんです。六時三十分、あのマンション前で待っているからと、メールがあって。でも営業車がなくて、だから、自転車を飛ばして――」

あ、違う。それは、看護師いわくリピート行動に出たときのことで、三月十六日の朝方のことだ。その前日、三月十五日の夕方まで遡らないと。絵美は、瞼を閉じた。三月十五日、三月十五日。絵美の頭の中に、ホワイトボードに〝直帰〟と殴り書く自身の姿が浮かんできた。

＊

「お出かけですか？」帰り支度をしながら、派遣嬢が声をかけてきた。

「そう。たった今、部長からメールが来た。あのベートーベンのところに行くから、一緒に来いって。帰りはいつになるか分からないから、一応、直帰にしておくよ。戸締り、お願いね」

そして絵美は、営業車のキーを所定のフックから引き抜いた。車で飛ばせば、ぎりぎり間に合うだろう。


十八時三十分。間に合った。しかし、マンション前には部長はいない。もう中に入っているのか。電話してみる？　ダメだ。慌てていたせいで、携帯電話を忘れてきた。そういえば、パソコンの電源も落とすの忘れた。ま、それはいいや。

さて、どうしよう？　いろいろと選択肢を思い浮かべてみたが、インターホンを押してみるのが一番いいだろうと結論を出す。部屋番号は……と。五〇六？　いいや、確か、縁起のいい数字。五〇七。しかし、応答はない。もしかして、間違った？　ともう一度ボタンに指を置いたところで、スピーカーから声が聞こえてきた。

たすけて――。

*

頭痛が、激しくなってきた。後頭部から前頭部にかけて、槍で突かれている感じだ。これ以上、頭を上げていられない。重力にまかせて、上半身がベッドに沈み込む。意識が、フェードアウトしていく。

その様子を見ていた看護師が、刑事たちに向かって言った。

「今日はもう無理なようです。日を改めてお越しください」

ふたりの靴音がUターンする。ドアが開き、閉まる音。そして、ドア越しに遠ざかる靴音。この感覚。前にも、確か、経験した。誰？　あなたたち、誰？　誰？

誰！

絵美の体中に細かい恐怖が走る。汗が幾筋かの流れを作って、脇と背中を濡らす。しかし、その像が結ばれたとき、絵美はほっと、体をベッドに預けた。スプリングが、大袈裟な音を出して軋む。

派遣嬢だった。

彼女は、病院にはとても似つかわしくない襟ぐりがざっくりあいた金のラメ入りのカットソーと、流行のフレアスカート姿でそこに立っていた。手には、ユリの花束。これも病室には相応しくない、というかタブーだろう。しかし、派遣嬢はおかまいなしに、花束を絵美の鼻先にまで持ってきた。きつい香りが、ちりちりと頭痛を誘発する。まったく、この子は。

気が利くのか、気が回らないのか、よく分からない。

「記憶、失っていたんですって？」派遣嬢は言った。「看護師が言ってました」あの看護師か。べらべらと。守秘義務はどうした。

「あの人、私のこと身内だと勘違いしているみたいで、だからいろいろ話してくれたんだと思います」

いろいろって、あんたはいったい何を聞いたのよ。

「……大変でしたね」

派遣嬢の真っ青なアイシャドーが、含みを持ってこちらを見る。

あ。まただ。頭痛がはじまった。頭の後ろから眼球にかけて、鉄の棒を差し込まれたような感じだ。絵美は、その重さに耐えかねて、起こしかけていた体を再びシーツに戻した。

*

たすけて——。

その声は、冗談でも嘘でもない、まさに断末魔にいる人間の唸りだった。その声は二回繰り返され、二回目のとき、エントランスのオートロックドアが開いた。

どうしよう。なにかとんでもないことが起こっている気がする。この中に入ったら、自分は取り返しのつかない事態に巻き込まれそうだ。このまま、帰ろうか。でも、何かが起きていたとしたら、何かしなくては。それが人の道だ。とはいっても、私なんかに何ができるんだろう？　いや、人が助けを求めているんだ。ここで見殺しにしたら、そっちの方が面倒だ。世間に非難され、「許せない、ジャパン光の社員、瀕死の市民を見殺しに！」なんてマスコミなんかにも取り上げられるかもしれない。そしたら、完全に失業だ。どうする？　どうする？　エントランスのドアは、もう閉まりかかっている。

よし。閉まる直前に、絵美の靴は中へと進んだ。

五〇七号室の前は、意図的に誰かがそう強制しているかのように、静けさに満ちていた。ドアホンを押してみる。応答はない。念のためもう一度押してみる。やはり、なにも返ってこない。帰ろう。やるべきことはやった。ここで帰っても、誰も咎めないだろう。踵を返そうとしたとき、何か音が聞こえた。それは悲鳴のようにも聞こえた。音は、なおも続いた。何か重たいものが壊れるような、それとも崩れ落ちるような鈍い騒音。

何？　防衛本能に近い反射で、絵美はドアノブにすがった。

ドアは、簡単に開いた。

かすかに、コーヒーとバタークリームを混ぜたようなにおいがする。リビングから、流れているようだ。絵美は、廊下の先を見つめた。あの向こう側がリビングで、その横が和室だ。

誰かいる。それも、複数人。絵美の直感がうずく。このまま逃げろ。その一方で、理性が命令する。事態を確認しろ。二つの思考のせめぎあいの中、絵美は靴を脱ぎ、廊下を進み、リビングまでやってきた。和室に続く引き戸が開いている。絵美は、息を殺して、中を覗き込んだ。

何？

男？……男が、倒れている！

*

ユリのきつい香りに急かされるように、絵美は短い失神から戻ってきた。

派遣嬢が、ユリを生けているところだった。

「花瓶、借りてきたんです。でも、小さいのしかなくて」

派遣嬢は、最後の一本をむりやりねじ込んだ。ユリの群れが大きく揺れる。花粉が、シーツの端を黄色く染めていく。

「着替えとか日用品とか、何か必要なものがあったら言ってくださいね。あ、〝フレンジー〟の最新号はもうご覧になりました？　よかったら、お持ちしましょうか？」

今日の派遣嬢は、ひどく親切だ。本当は心の温かい、いい子なのかもしれない。

「ありがとう。でも、〝フレンジー〟は……」買ったんだっけ？　ああ、たぶん買った。キムチおにぎりと一緒にオフィスに置きっぱなしだ。

「うん、〝フレンジー〟はもう買ったから、大丈夫よ」

「そうですか？　でも、最近の〝フレンジー〟はあんまりおもしろくないんですよね。特に、先月号からはじまった小説。全然おもしろくない。しかも、作者とヒロインが同じ名前なんて、違和感ないですか？」

「そう？」自分が気に入っているものを強く否定されて、絵美は少々気分を害した。でも、この子だって悪気はないんだ。

「しかも、ヒロインの恋人の名前があるお笑い芸人と同姓同名なんですよ、おかしくないですか？」

「偶然じゃないの？」

「ふたりの恋仲を邪魔するマイコだって……」

そうそう、あのマイコのせいでミサキと孝一は別れるハメになったのよ。ほんと、憎たらしい子、マイコ。

「営業所のほうはどんな感じ？」

絵美は、それとなく話題を変えた。

「大丈夫です。いつもの通りです。ただ、内山さんが、今日も欠勤です」と派遣嬢は、腕時計を見ながら言った。「内山さん、どうしちゃったんだろう。二日連続で、無断欠勤」

「連絡ないの？」

「はい」

「……昨日も？」

「はい。……あ、もうそろそろ職場に戻んなくちゃ。お昼休みを利用して来たんです」

貴重なお昼休みを使って、来てくれたんだ。……この子ったら。やっぱりいい子だ。

それにしても、内山、連絡ないんだ。絵美は、誰もいなくなった病室で、ひとり、天井を仰いだ。

＊

内山！

リビング横の琉球畳で仰向けになっている男を見て、絵美は叫んだ。傍らには、ベートーベン、そして、奥さん。その立ち位置とそれぞれの表情から、状況はすぐに判断できた。三角関係のもつれだ。いうまでもなく内山が間男で、奥さんといちゃついているときに、旦那が帰ってきてひと悶着あり、たった今、内山が殴られたところなのだろう。

「違うのよ、違うのよ」しかし、奥さんはどうしても否定したいようだった。そんな半裸の姿では、まったく説得力はないが。

「何が違うんだ。このメールはなんだ！」ベートーベンは、リビングのテーブルに置かれたノートパソコンを指差した。「内山様。今日もお待ちしております……だ？　これが動かぬ証拠だ、はじめからおかしいと思ったんだ。最近、めっきり化粧も濃くなって」

なるほど。ベートーベンは、はじめから奥さんと内山の関係を勘ぐっていて、その腹いせに、嫌がらせに近いクレームを次々と言ってきたのか。

「あんたもあんただ！　部下をちゃんと教育しないから、こんなことになるんだ。これだから女は――」

え？　私のこと？　絵美は、お笑い芸人のボケのようにきょとんと自分のほうを指差した。

「ああ、おまえだよ、おまえのことだ、この能無し女、おまえがちゃんと管理しないからこんなことになるんだ！」

ベートーベンは、絵美がどうしてここにいるのかという疑問をぶつける前に、怒りをぶつけてきた。いや、それとも、自分がここにこの時間来ることは分かっていたのかもしれない。

絵美は、とっちらかった頭の中を整理した。この時間に奥さんが間男を部屋に誘い禁断の愛を育もうとしていることをベートーベンは察知し、その現場を押さえようと、間男の上司である私とさらに本社の部長をここに呼びつけた。

なるほど、そういうことか。……、しかし、部長は？　前田部長は？

「僕たちは、真剣に愛し合っているんだ！」

トランクス姿の内山がよろよろと立ち上がり、ベートーベンの足に絡みついた。しかしベートーベンはそれをかわし、内山の顔に蹴りを入れる。内山の顔からいつもの優男風味が消え去り、野性の炎が噴き出した。

「この種無し野郎！」内山が飛びかかると、今度はベートーベンの顔から炎が噴き出した。内山に一撃を食らわせると、次に「貴様！」と、うずくまっていた奥さんの髪を鷲掴みした。

「おまえらふたりで、俺のことを馬鹿にしていたんだろう！　種無しって。そうだろう！」

「違います、違います」

「ちきしょー！」

ベートーベンの拳が、奥さんの頬に食い込む。口元が見る見る赤く染まる。その間から、白いものが、ぽとりと落ちた。歯が折れたようだ。それを見てますます興奮したベートーベンは、奥さんの顔を両手を使って殴りはじめた。奥さんの顔が見る間に、深海に棲む生き物のように腫れ上がる。

これは、やばい。このままでは、奥さん、死んでしまう。しかし、絵美の体は動かなかった。こんな気迫に満ちた暴力を前にして、「やめなさい」と止められる人なんかいるんだろうか。こんな場面を目の当たりにしたら、傍観するのがせいぜいだ。

「やめろ！」しかし内山は、叫んだ。

見直した。あんたにそんな男前なところがあるなんて思ってもなかったよ。今風のちゃらちゃらした、面倒大嫌いな男かと思った。でも、やるときはやるんじゃん。でも、こういうときは、ヘタに介入しないほうがいいんだよ。収拾つかなくなる。ほら、ベートーベンの興奮がさらに燃え上がっちゃったじゃない。畳に転がり落ちた奥さんの腹めがけて、ガシガシと蹴りを入れはじめた。なんか、いやな音がした。あばら、折れちゃったようだ。

「やめろっ、このＤＶ野郎！」内山が、ぜえぜえ言いながらベートーベンに飛びつく。が、それもあっさり撥(は)ね退けられた。腕力では勝てないと思ったか内山は、言葉の攻撃に出た。ありとあらゆる屈辱の言葉を次々とベートーベンに浴びせる。ベートーベンの顔が赤から青に変わり、ぎらぎらとした視線を内山に投げつける。そして、内山の顔面にきついパンチをひとつ。さらに、鳩尾(みぞおち)に二発。あーあ、もうこうなったらベートーベンを誰も止められない。最悪の結末を迎えるまでは。座卓を見ると、リンゴとみかんが籠に盛られている。お決まりで、果物ナイフも。なんで、ナイフなんてあるかな……。予想通り、奥さんが座卓によじ登り、籠からナイフを摑み取った。

奥さん！

目を開けると、不機嫌顔の看護師。この表情は、もしかしたらデフォルトなのかもしれない。

*

「何か、思い出されました？」

「はい。まだ断片なんですが。でも、なんとなく、辻褄はあってきた感じがします」

「それは、よかった。あの刑事さんたちが、またいらっしゃっているんですよ。まったく、仕事熱心というか、しつこいというか、せっかちというか。どうしますか？」

「あ……でも、まだお話できるまでは――」

しかし、ポマードとワックスは、ずかずかと入室してきた。

「どうしてあの部屋にいたのか、思い出しましたか？」

ポマードがスツール椅子に座るなり、聞いてきた。

「いえ、はい、っていうか。どこからお話しすれば……」

「お辛いでしょうが、思い出してください。事件解決に、ご協力ください」

だから、そんなに急かさないでよ、絵美は、額を両手で押さえ込んだ。

えーと、だから、だから――。

＊

奥さん！

絵美は、叫んだ。それははじめちくりとした小さな違和感だったが、その小さな点から痛みがじわじわと、放射線状に体中に広がっていった。

奥さん！　絵美はもう一度叫んだが、二度目のそれはどうやら声にはならなかったようだ。その代わり、奥さんの悲鳴が四面の白い壁を揺るがした。それをベートーベンと内山が羽交い絞めして抑えこむ。真っ赤に染まったナイフが、ぽとりと、畳に落ちる。

「私は知らないわよ、だって、この人が勝手に飛び込んできたのよ、私、悪くないわよ！」

そうだ、飛び込んだ私がいけないんだ、私ったら、なんでヒーロー風を吹かせて、飛び込んでしまったのよ、私らしく、傍観してればよかったんだ。

「私、悪くない、私、知らない」

「落ち着け、いいから、落ち着け」

「私、殺人者？　いやよ、そんなの」

「いいから、落ち着け、お前が殺人者なら、俺は殺人者の夫だ。それは困る」

ちょっと、何言ってんのよ、生きているわよ、だから、早く、なんとかしてよ、救急車呼ぶとか、なんとかしてよ！

「ダメだ、呼吸してない。死んだかもしれない」

内山、何、適当なこと言ってんのよ！

「いやぁぁ。私の人生これで終わりだわ！」

「落ち着け、いいから、落ち着け」

「そうです、奥さん、落ち着くんです。とにかく、警察に電話しましょう」

「警察はダメだ！」

「そうよ、警察なんて、ダメよ！　警察が来たら、内山さん、あなたも共犯者になるのよ！」

「それは、いやです」

ちょっと、何よ、なんでみんなそんな後ろ向きなのよ！　人が怪我したら、警察か救急車、これ常識でしょっ。

「――とにかく、隠そう。山か海か。とにかく、どこかに隠そう」

「なら、樹海がいいですよ。車ごと放置しておけば、まず見つからない。見つかったとしても、自殺だと判断される」

ちょっと、内山、あんた、何、仲間に加わってんのよ！

「でも、まだ今は人目がある。実行するなら、深夜を待って――」

「でも、死体と一緒にいるなんて、いやよ、気味の悪い」

「それもそうだな。じゃ、ファミレスにでも行って、時間を潰すか。腹も減ったし」

ちょっと、さっきまであんなに険悪だったのに、なんでそんなに団結してんのよ！　って
いうか、腹空かしている場合じゃないでしょうがっ！

「そうですね。この死体をどうするか、メシでも食いながらゆっくりと話し合いましょう」

内山、……あんた、なんて冷たい言い方すんのよ、上司を捕まえて、死体って。

「とりあえず、ここを出よう」

「ええ、そうね」

「それがいいですね」

ちょっと、行かないでよ、今回のことは黙っておく、警察になんか言わない。だから、助
けてちょうだい。痛いのよ、傷がとても痛いの、どくどくと、体中の血がそこから抜けてい
くの。だから、お願い、助けて。

＊

「ふーん。つまり、あなたを刺したのは、五〇七号室の奥さんということですね」ポマード

の目が、絵美をのぞき込む。「で、あなたはそのあと、どうしたんですか？」

「すみません……、それから先はどうしても思い出せません。ただ、状況から判断すると──、三人が部屋を出て行ったあと、私は部屋から逃げ出し、乗ってきた車で営業所に向かった。なんで営業所に向かったのかは分かりません。動転していたのでしょう。そして、営業所前の交差点で事故に遭った。あそこ、普段から事故が多いんです。前にも、バイクと接触したことがあって」

そして。頭を打っていたことや麻酔が効きすぎたせいもあって、記憶が飛び、看護師の言葉を借りるならリピート行動に出た自分は、病室を抜け出して営業所に戻り、性懲りもなく、再びあのマンションの五〇七号室へと向かった。

そしたら、人が死んでいて。インターホンの警報ボタンを押して。リビングのサッシ窓に赤いジャンパーが映りこんで。テレビのオンタイマーが始動して。夕方だと思っていたら朝だということが分かって、朝日が部屋いっぱいに差し込んで──。

＊

「どうしました？　聞こえますか？」

受話器からは、相変わらずの冷静な声。オペレーターがマニュアル通りの質問を繰り返す。

「誰が、死んでいるんですか？」

絵美は、玄関先に横たわるその姿を、もう一度見てみた。

…………、奥さん！

＊

「あ、私、思い出しました。死んでいたのは、五〇七号室の奥さんですね！」

「ええ、そうですよ」ポマードは、何をいまさら、というふうに、答えた。「殺されていたのは、あなたを刺したその人です」

ポマードは、意味ありげに、繰り返した。

「あなたを刺した人が、殺されたんですよ」

「い、い、い、い、い、い、い、い、い、失礼します」

さらさらヘアの若い男が部屋に飛び込んできた。どうやら三人目の刑事らしい。彼はポマードをドア付近まで呼び出すと、ひそひそ声で用件を告げた。しかし、さらさらヘアの声は大きかった。ところどころ漏れ聞こえる。

「今、連絡がありました。……さんと……さんの遺体も発見されたそうです」

え？　誰と誰が殺されたって？

「そうか。結局、犠牲者は三人か」ポマードはしばらく厳しい顔でどこか一点を見つめていたが、絵美のほうに体を向けると、少しだけ表情を和らげて、言った。

「今日は失礼しますよ。また、明日改めてうかがいます。あなたには、まだまだ訊きたいことが山ほどある」

「あの……、どなたの遺体が発見されたんですか？」

絵美が問うと、三人の刑事の視線が、一斉に集まった。

「あなたが、知っている人ですよ」

ポマードが、不自然な笑顔を作りながら言った。

「私の、知っている人？」

まさか、……内山と、ベートーベン？

そうだと、ポマードが軽く頷く。

「え、だって、あの三人は……、っていうか」

壁にかけられた赤いジャンパーが、ふと、視界に入る。

あ。

その直後、絵美は重大なことを思い出した。突然に現れたその記憶はあまりに恐ろしく、しばらくは口がきけないほどだった。それでも、絵美は、訊かないではいられなかった。

「……それで、その三人を殺害したのは……誰なんですか？」

ユリの花びらが、ぱさりと音を立てて、床に落ちる。刑事三人と看護師の視線が、じりじりと絵美を射る。

違います、違います、私じゃありません！　本当です、私、思い出したんです、私、見たんです、〝あの人〟を見たんです。〝あの人〟が……。

しかし、それは言葉にはならず、絵美はゆっくりとベッドに沈み込んでいった。

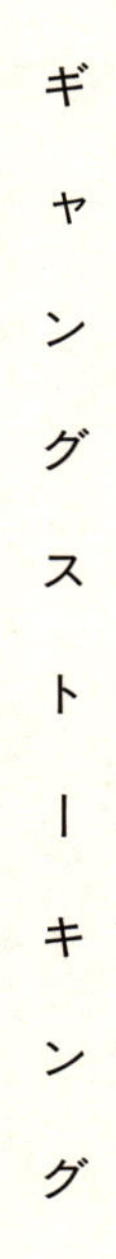
ギャングストーキング

【ギャングストーキング】集団ストーキング。人を雇って、標的となる人物（ターゲット）の妄想、悪評、トラブル等を捏造または演出し、社会的評価を失墜させたり病院送りにしたりする行為。……ただし、被害者の妄想である場合が多い。

「ね」

Aさんがにやつきながら近寄ってくる。奈々子は体を後退させた。

「ね」

しかしすぐに追いつかれ、左の腕を摑まれた。きりきりと食い込む爪の先。痛い。

「ね。〝フレンジー〟っていうファッション誌に載っている『あなたの愛へ』、あれいいよね」

そして、Aさんはにかりと笑った。

Aさんは、簡単にいえば、牢名主だ。K警察署留置場、三号房。益田奈々子がここに入れられたとき、Aさんはまるで何年も定住しているというような顔で奈々子を迎えた。実際、もう半年近くいるという。留置場にそんなに長く勾留されるなんてこと、あるんだろうか？と思っていたところ、

「まあ、普通は最大で二十三日だけど。でも、私の場合は何度も再逮捕されているから。勾留も次々と延長されちゃったのよ。まあ、警察がよく使う手よ」

とあっけらかんと説明してくれた。何度も再逮捕って。いったい、なにやらかしたんだ、この人。……やっぱり、あの話は本当なんだ。三日前までここにいたもうひとりの同居人Bさんのしゃがれ声が、耳の中で再生される。

「あの人、マジでヤバいから。根っからの犯罪者だから。目を付けられたら最後だから。前にCという子がここに入れられてたんだけどね——」

死体となってここを出て行ったそうだ。原因はAさんだという。ありとあらゆる陰湿な手口でCを苛め抜き、自殺に追い込んだのだそうだ。

「窃盗の容疑でここに入れられた若い子だったんだけどね。初犯だったしすぐにでも出られる様子だったのに——」

彼女は舌を嚙み切り、死んだのだという。Bさんは布団の中でその一部始終を見ていたが、見て見ぬふりをしているのが精いっぱいだったそうだ。

まさか、そんな。

とても信じられなかったが、Bさんがここを出て行くときに囁いた言葉が忘れられない。

「とにかく、逆らわないこと。うんうん言うことを聞いていれば、なんとかなるから。命は大切にね。じゃ、お先に」

そしてBさんは、脱兎の勢いでここを出て行った。

「ね。〝フレンジー〟っていうファッション誌に載っている『あなたの愛へ』、あれいいよね」

　Bさんが出て行ったその日、Aさんは言った。

「え？」

「榛名ミサキの小説よ。やだ、もしかして、読んでないの？」

「いえいえ。読んでます、読んでます。あれは、おもしろいですねー、どきどきしますねー、次が待ち遠しいですねー」

「だよねー。あれって、実話らしいよー。すごいよねー、私もあんな恋愛してみたいなー。で、今月号は読んだ？」

「あー、……はいはい、もちろん」

「どんなだった？」

「え？　えーと。……そうそう、前の号では記憶喪失になった孝一が人を殺してしまって……、で、最新号では……、そうそう、服役した孝一とヒロインのミサキが刑務所の面会室で再会するシーンからはじまって……」

「それから、それから？」

「えーと。……ミサキが涙ながらに言うんです。孝一くん、あなたの心の闇を……」

「私の光で照らしてあげたい。光こそが、愛。光の世界こそが、あなたへの愛」

「そうそう、それです」

「決まり文句だもんねー。いい言葉だよねー。光こそが、愛。うーん、心に響くよねー。で、それで？」

「え？」

「だから、それからどうなるの？」

そのあとは読んでいない。そもそも、ヘアサロンでさらっと眺めただけだ。

「えーと、えーと、えーとですね……」

「やっぱりいい、話さないで！」Aさんが、いきなり耳を塞ぐ。「楽しみが半減しちゃう！」

「あ、はい」よかった、助かった。

「その代わり、最新号の〝フレンジー〟、取り寄せて」

「は？」

「先月号はBさんに頼んだんだけど、もう、あの子、いないから。今月号は、あんたが持ってきて」

Aさんが、じわじわと迫ってくる。奈々子は逃げたが、すぐに壁に邪魔された。

「ここよ、ここでCは死んだのよ。ほら、見てみて。血痕のシミがまだ残っているでしょう？」

Bさんの言葉が再び蘇る。言われてみれば、確かに、なにかシミが――。

「はい、分かりました！　分かりました！　稔くん……じゃなくて旦那に言って、差し入れてもらいます！　たぶん、明日も面会に来ると思うので……」

「あら、ダンナ様がいるの」

「ええ、……まぁ」

「なにやっているの？」

「え？」

「だから、ダンナ様の仕事よ」

「ああ。……えーと、テレビ局で……」

「えっ、すごい！　テレビマンなの？」

「いや、テレビマンというか、なんというか」

「いいダンナ様持ったね。勝ち組じゃん。大切にしなくちゃね」

「いや、勝ち組っていうか……」

「じゃ、〝フレンジー〟の最新号、よろしくね」

しかし、Aさんは〝フレンジー〟の到着を待たず、ここを出て行った。たぶん、拘置所に移送されたのだろう。

「はぁぁぁ。助かった」奈々子は、へなへなと畳に座り込んだ。なにしろ、稔が差し入れてくれた〝フレンジー〟は最新号ではなかった。こんなのをAさんに渡したりしたら……。あ。奈々子は腰を浮かせた。畳がぶにょぶにょになっている。Cが、死んだ場所だ。咄嗟に体を逃がしたが、すぐに壁にぶつかった。たったの三畳。どこにも逃げ場はない。……もう、いやだ、こんなところ、もういやだ！　早く、出して！　早く出して！

「どうかした？」

鉄格子越しに看守が声をかける。

「いえ、……なんでもありません」

「だったら、ちゃんと座っていなさい」

「はい」

「ひとりなのも今日だけだから」

看守の予言通り、翌日、新しい人が入場してきた。三十代半ばぐらいの、髪の長い女だ。なにやったんだろう、この人。

女は、しばらくはなにもしゃべらなかった。部屋の中央に正座し、じっと奈々子を見ている。その視線に居たたまれず、奈々子は口を開いた。

「よろしく……お願いします」

「こちらこそ、よろしくお願いします。私、ミサキと申します。……ハルナミサキです」

「ハルナ？　ミサキ？」

「はい。榛名ミサキです」

奈々子は、Aさんに渡すはずだった〝フレンジー〟の表紙を見やった。

『人気沸騰！　傑作大長篇恋愛小説　あなたの愛へ　——榛名ミサキ』

榛名ミサキ。……奈々子は、もう一度、前に座る女を見た。女はにこりと笑うと言った。

「そう。それを書いたの、私なんです。実話なの。で、あなたは？」

「え？」

「だから、あなたのお名前は？」

「……奈々子です。益田奈々子」

「ああ、あなたが、マイコさん」

「は？」

「あなた、マイコさんよね？」

「？」

「マイコよね？」

「いえ、違います、私は――」

「やだ、今月号、読んでないの？」

榛名ミサキの視線が、〝フレンジー〟を捉える。そしてそれを手繰り寄せると目にも留まらぬ早わざでそのページを開いた。

「ほら、これ。マイコ」

指が置かれたところには、確かに、〝マイコ〟の文字が。

「ほんと、マイコっていやな女。コウたんと私の邪魔ばっかり。マイコのせいで、コウたん、濡れ衣を着せられて、刑務所送りにされたのよ！　許せない、許せない！」

「あ、あの……」

「あなたのこと言ってんのよ」

「は？」

「お願い、もう、私たちの邪魔はしないで、コウたんをこれ以上、追い詰めないで！　苦しめないで！　裁判がはじまったら、ちゃんと真実を証言して！」

奈々子は、じりじりと後ずさった。が、榛名ミサキも負けじと追いかけてくる。

「私が、なぜここに来たか、分かる？　コウたんを救うため。あの女の魔の手から。今、コウたんは闇の中。私の光で照らしてあげたい。光こそが、愛。光の世界こそが、あなたへの愛」

変だ、この人、絶対変だ。Aさん以上に変だ！　っていうか、榛名ミサキが、なんでこんなところにいるのよ⁉

＊

「欠陥マンション？」

レジュメを手に取った構成作家の小暮が顎ひげを擦る。

バラエティ番組の打ち上げ、局近くの飲み屋で、益田稔は隣に座っていた小暮に企画案を見せてみた。

「うん、それが原因でマンション住人たちがトラブっているみたい」

「欠陥マンションに住人トラブルか。……おもしろそうじゃん？」言いながら、小暮はレジュメの一枚目を捲った。レジュメは全部で五枚、それをすべて読み終えると「なるほどね」と、腕を組んだ。

「これは、かなり、ドロドロしてんな。要するに、欠陥マンションとして業者を訴えたい住人と、そんなことをされちゃ資産価値が下がると反対している住人の争いか」

「そう。これが、送られてきた手紙なんだけどね」稔は、手紙の原本をファイルから抜き出した。

「うわっ、随分と厚いねぇ。見るからに、なんていうか、こう、ものすごいパワーを感じるよ。……うん、うん、おもしろそうじゃん」小暮は、今一度、レジュメを捲った。そしてしばらく考え込むと、言った。「……、でも、やっぱり、難しいかな」

「やっぱり、そう思う？」

「業者vs住人なら悪玉が明確だから、訴求ポイントも絞れて視聴者に分かりやすいものが撮れるけど。こういう複雑な対立構造はリスクがでかいよ。最悪、俺たちが槍玉に挙げられちゃうぜ」

「そうなんだよな」

「それと、ドロドロしているわりには決定的な何かが足りないんだよ、決定的な、何か。例えば事件とかさ、あればいいんだけど。そしたら、それを切り口に構成することができるんだけど」

「事件か」

「そう、事件」

「事件なら、あるっスよ！」

ピン芸人の〝ひとりでヤルモン〟が、テーブルを越えてこちらにやってきた。かなり酔っている。

「マジで、事件っスよ！　ヤバいっすよ、ヤバいっすよ」

ヤルモンが、ビールを注ぎながらそんなことを繰り返す。

「マジ、ヤバいっスよ」

「なに、どうした？」

「俺、結婚するんスよ！」

「マジで？」

「うぃっす。落ち着いたら入籍するっス」

「どんな子？」

「まあ、見せびらかすほどではないっスけどね」

言いながら、ヤルモンは携帯の待ち受け画面を見せた。

「なんだよ、かわいい子じゃない！　どうやって知り合ったの？」

「俺のファンだったんスよ」

「そうか、いい子をゲットしたな。で、名前は？」

「マイコ」

「マイコちゃんかー。そっか、そっか、おまえもとうとう大黒柱かぁ」

「大黒柱にはほど遠いっスけど。なにしろ、あっちの稼ぎのほうが多いし。まあ、今のところ、食わしてもらっている状態っス」

「なにやっているの、奥さん」

「フツーの派遣社員っス」

「そっか。おまえも早く前説芸人を卒業して、雛壇芸人ぐらいにはならないとな」

「うぃっス！　なにか仕事があったら、ぜひ呼んでください！」

　そしてヤルモンは、「仕事くださーい」とビールを持って違うテーブルに行ってしまった。

「大丈夫かな、あいつ」小暮は、苦笑しながらビールをあおった。「あいつ、あっちこっちに女がいるって噂なのに」

「あっちこっちに？」稔はピザを摘んだ。「テレビにもほとんど出ていない、売れない芸人が？」

「売れていない芸人のほうが、熱狂的なファンがつくもんなんだよ。マイナーマニアってやつ。それに、あいつ、芸風はアレだけど、なかなかのイケメンだろう？　グルーピーみたいなのもいるらしいよ」

「グルーピーまで？」

「それで、以前、ちょっとした問題になったんだよね。あいつ、グルーピーのひとりに手を出してさ、でもその相手がヤバい筋の女で、一時は業界を干されてた」

「それはまた、運のない」

「そうなんだよ、運がないんだよ、あいつ。特に女運が。あの事件がなかったら、今頃はブレイクしてたかもしれないのに。……ま、そんな話はどうでもいいや」

小暮は、レジュメを今一度、捲った。

「マンション抗争か……。一度、取材に行ってみるか？」

*

「ね、ね。昨日、なんだか怪しいワゴン車が停まっていたんだけど」

班長の木村さんが、目を輝かせながら言った。

「もしかしたら、テレビ局かな？」

今日水曜日は、〝生協の日〟だ。そう勝手に仲間内で呼んでいるだけで、生協に注文したものが届けられるというだけのことなのだが、もちろん、品物を受け取って終わりというわけにはいかない。昼食を済ませた午後一時に集まって、四時ぐらいまで、おしゃべりが続く。おしゃべりといっても十人も集まるとちょっとした寄り合いという感じだ。寄り合いといえばお茶請け、それぞれ持ち寄るのが暗黙のルールだが、これがバカにならない。はじめはそれこそ百均で売っているような駄菓子や家の余り物を持ち寄っていたが、誰かが頂き物の高級チョコレートを持ってきた半年前あたりから、様子が変わってきた。チョコレートは大評判でみんなが口々に褒めたものだから、それを持ってきた奥さんと少しギクシャクした関係にあった別の奥さんが翌週、それを上回るチョコレートを持ってきたのだ。そうなると、じゃあ私もということになり、一カ月もするともう安物や余り物を持っていくわけにはいかなくなった。他よりももっといいものを。要するに見栄の張り合いなのだが、これがいったんはじまると止まらない。

山岡美津子も馬鹿馬鹿しいとどこかで思いながらも、率先して見栄の張り合い大会に参加していた。最近の傾向は〝手作り〟で、先日、「どんなに高いものでも、結局、オンリーワンではないのよね。ナンバーワンより、オンリーワンよ、やっぱり」などと、最近流行っているポップスの歌詞を引き合いに出して班長の木村さんが手作りのケーキを持ってきたものだから、それからはハンドメイドバトルがはじまった。手作りクッキーからはじまり、ケーキ、パイを経由して、最近では、動物や花などを象った飾り菓子が主流だ。もちろん、ラッピングにも手を抜かない。

今日も、いろとりどりの手作り菓子をテーブルに並べ、一通り品評会が終わったところだ。美津子は、バラの花をデコレーションしたチーズケーキを持参したが、一日かけて作ったわりには「あら、素敵」の一言で済まされてしまって、少し落胆していた。そういえば、つまみ食いした夫も特に感想を言ってくれなかった。「なんか、ますますヒートアップしているな」そう、苦笑しただけだった。

まったく、これだから男は分かっていない。

「そもそも、注文したものを取りにいくだけなのに、なんでこんなに大騒ぎなんだ？」

夫はそんなことを言うけれど、注文したものを取りにいくだけなら、個人宅配にする。実際、パートをはじめたことを口実に、個人宅配に切り替えた人もいる。しかし、個人宅配だと手数料がかかるのだ。それは少額なのだが、塵も積もればなんとやらで、班単位で注文するのが定番となっている。班を結成して複数人で一括注文すると手数料諸々が無料になるからだ。

「でも、班長のお宅に品物を取りにいくんだろう？　その手間を考えれば、個人宅配のほうが……」

だから、男は何も分かっていないのだ。集合住宅に住んでいて、しかも子供がいて仕事も持たない主婦にとって、一番大切なのは近所付き合いなのだ。同じマンションに住んでいて、誰かが生協をやっているのならば、それに参加しないわけにはいかない。もちろんそれでもわが道を行くというような一匹狼タイプはいるだろうが、自分のようなどちらかというと引っ込み思案でその他大勢キャラは、付き合いをマメにして群れておかないと、何を言われるか分からないのだ。それでも構わないなどと強がりを言ってもいられない。なにしろ、子供に影響してくる。近所付き合いが希薄になっただの、人情が薄くなっただの嘆いているのは現場を知らない世間知らずのお偉いさんばかりで、実際は、鬱陶しい付き合いというのは、脈々と続けられているのだ。

「そんなものかな。そんなの、個人の自由だと思うんだけど」

ああ、だから、男はちっとも分かっていない。私だって、子供がいなかったら、近所付き合いなんか適当にしているわよ。私だって、面倒なのよ。できれば、こんな付き合い、やめてしまいたい。でも。

「あー、あたしも見たー、黒いワゴン車だよねー」そう声を張り上げたのは二〇五号室の奥さんだった。「ゴミ置き場横の駐車場に停まってたー、やっぱー、テレビ局じゃん？　五〇七号室の仕業じゃん？」

二〇五号室の奥さんは、まるでコギャルのような言葉遣いで、まくしたてた。中学生の娘さんがいるこの奥さんは、どんどん言葉が乱れてきている。このグループの中でも一番の若作りだが、実は最年長の四十八歳。なのに、若者を意識したそのしゃべり言葉に、美津子は嫌悪しか感じない。しかし、木村さんとは仲がいいので、その嫌悪を顔に出したことはない。

「だってぇ、五〇七号室のダンナってぇ、出版社勤務じゃん？　きっと、テレビ局に手を回したんだよー」

「覆面取材ってこと？　ああ、それはあるかもね」木村さんがお茶をずるずるっと飲みながら、言った。「そういえば、今日、なんだかセールスの人が三人も来たのよ。あれ、案外、テレビの人だったのかも」

セールスの人？　そういえば。午前中、うちにも来た。赤いジャンパーを着た女性で、インターネットがどうとかって言っていた。

「ま、いずれにしても、五〇七号室には要注意よ」

木村さんの声が尖る。

「なにしろ、欠陥マンションだって言い出したの、あそこのご主人だから。上の階の音が信じられないぐらい煩い、これはマンションに欠陥がある証拠だ……って、管理会社にクレームを言ったのがはじまりなんだから」

「五〇七号室の上って、誰だっけ？」二〇五号室の奥さんが、美津子のほうを見た。それにつられて、全員の視線が美津子に集まる。

「……あ、は……い、すみません、私です。きっと、うちのせいです……」美津子は、体を小さく丸めた。

「あら、そんなの、気にすることないのよ」木村さんが、美津子が作ったチーズケーキを頬張りながら言った。「こういう集合住宅に騒音はつきものなのよ。うちだって、上の階の足音がものすごく響くもの。でも、そんなの気にしていたら、キリがないでしょう？　マンションに住むなら、ある程度は覚悟しなくちゃ。なのに、欠陥だなんて言い出して、五〇七号室のご主人のほうが変なのよ。たちの悪いクレーマーなのよ」

ぎぇぇぇぇえ！　ぎゃゃゃゃゃゃ！

どたどたどたばったんばったんききききぃがちゃりんどたどたどた、ばったーん！

またか。また、ふたりが喧嘩をはじめた。いつものことで、友里（ゆり）があれこれとお姉さん風を吹かせて、はじめは黙って聞いていた弟の翔（しょう）がいきなり切れる。姉が口で応酬し、弟が体で対抗するという図式だ。小学二年生と一年生。煩い盛りではあるが、ここ最近は度が過ぎている。

「静かにしなさい！」

美津子は叫んだ。が、こんなことで終わる喧嘩ではない。とっととご飯を食べさせて、寝かしつけないと。七時。夫の帰りを待って鍋にしようと思ったが、もう限界だ。きっと、夫は今日も遅い。美津子は、白菜を水にくぐらせた。

どたどたどたばったんばったんききききぃがちゃりんどたどたどた、ばったーん！

「だから、煩いっていってるでしょ！　やめなさい！　静かにしなさい！　もう、本当に、お願い、静かにして！」

ふたり目ができたとき、上の子がまだ小さくて出産を悩んだけれど、やっぱり産まないほうがよかったのだろうか？　年子は、なにかと苦労が多い。あの子たちが生まれてこの方、気が休まることがない。なんだか、一日中、怒鳴ってばかりだ。これが人里離れた一軒家であれば、気の済むまで喧嘩させるのだが。……ここでは、そうもいかない。

「煩い！」まな板に包丁を突き立てながら叫ぶと、子供たちは「あ」とお互いの顔を見合って、途端にしゅんとおとなしくなった。そして、今までの喧騒が嘘のように、ふたり仲良くテレビを見はじめた。画面には、知らないお笑い芸人。ちっともおもしろくない。なのに、ふたりはぴくりともせず、見入っている。

ったく、はじめからそうしていればいいのよ。はじめから。美津子は、白菜に包丁を入れた。

じじじじじ。

え？　何かが聞こえた気がした。

じじじじじ。

なに?……気のせいね。

一度片付けた食材を再びテーブルに並べると、美津子は、力なく座っている夫の顔をちらりと見た。今日も疲れている様子だ。最近、夫の帰りが遅い。残業続きだ。子供がすっかり寝入った頃、夫は帰ってくる。美津子はカセットコンロに火をつけると、土鍋をその上に置いた。新たに切った白菜とシイタケとねぎを次々と入れていく。そして、冷蔵庫の中から鶏ひき肉を取り出した。

「今日は鍋か」夫が、ようやく口を開く。

「今日は早いって言ってたから、久しぶりにみんなでって思ったのよ」

「みんなで?……そっか。ごめん。急な仕事が入っちゃってさ」

商社に勤める夫は、以前から残業は多かった。しかし、ここのところ連日だ。そのせいか、最近、言葉数も少なくなった気がする。本来、女性顔負けのおしゃべり好きで、その明るい性格が気に入って付き合いはじめ、そして結婚した。自分がどちらかというと口下手で引っ込み思案な性格だから、夫の性格は憧れでもあった。一緒にいるだけで、こちらまでほぐされて自然と笑顔になる。対人関係は鏡のようだと誰かが言っていたが、夫といるとそれが実感できる。夫と向き合っていると、その笑顔が自然と自分の表情に映される。結婚して以来、表情が柔らかくなったねと、知人からもよく言われる。しかし、最近は、夫から笑顔が減ったように思う。これはそのまま、自分からも笑顔がなくなっていることを意味する。鍋の中を覗き込む夫の顔は、無表情で固い。目には力がなく、疲労がその目の下を大きく弛ませていた。まるで別人のようだ。顔の造作というのは作りそのものよりも表情のほうに左右されることを思い知る。表情がない夫の顔は、どちらかというと冷たく怖い。

「なにこれ」

夫が、ふいに、ソファの上にあったパンフレットを摘む。

「あ、それ。なんか、今日、セールスの人が来たのよ。インターネットがどうのって」

スプーンで鶏団子を作りながら、美津子は赤いジャンパーの女のことを説明した。

「部屋に上げたの？」

「だって。……女の人だし」

「おまえは、そういうところが駄目なんだよ。簡単に知らない人を部屋に上げちゃ駄目だって。男も女も関係ないよ」

「でもね、その人ったらね――」

「気をつけろ」

そして、夫の注目はテレビに移った。その横顔は、まるで別人のようだ。前なら、私の話もいろいろと聞いてくれたのに。今は、私の欠点をわざわざ見つけてそれを一方的に批難して、こちらの反応を見ることもなく自分の世界に戻っていく。

以前は、違ったのに。全然違ったのに。……今は、まるで別人。本当に別人。

……というか、誰、この人？

え？　本当に、誰？　その目、その鼻、その唇、全然知らない人。いやだ、あなた、誰？

なんで、ここにいるの？

「おい、どうしたんだよ？」

いやだ、こっちに来ないで、あなた、誰、あなた、誰？

「おい、鍋」

え？　見ると、鍋が狂ったように沸騰している。慌てて、コンロの火を小さくする。

「しっかりしてくれよ」

その顔は、いつもの夫の顔に戻っている。

じじじじじ。

え？　まただ、また、あの音。

じじじじじ。

「今度の日曜日、どこかへ行くか？」

夫が、先ほどまでのつっけんどんが嘘のように、優しく語りかけた。

「たまにはさ、どこかに行こうよ。どこに行きたい？」

じじじじじ。

夫の視線が、ちらりと斜め上を見た。それは一瞬だったが、何かを確認しているようにも見えた。

美津子は、その視線の先を追った。白い壁、でも、よくよく見ると、なにか小さなシミがある。……なに？

＊

「それに気付いたのは、本当に偶然だったのよ」

榛名ミサキは、奈々子に体をぴったりとつけて、耳元で囁いた。奈々子はなんとか離れようと体をズラすのだが、榛名ミサキは追いかけてくる。ぐにゃり。あっ、と、奈々子は腰を浮かせた。……Cが自殺したという場所だ。日は当たらないわ、風通しも悪いわで、すっかり畳が腐っている。なのに、榛名ミサキは囁きを止めない。

「ある日、私、集団ストーカーにあっていることを知ったのよ」

「……集団ストーカー？」

「そう、探偵とかを使って、ターゲットを社会的に抹消する行為」それから榛名ミサキは、なにかを朗読するように次々と言葉を連ねていった。

「人を雇ってターゲットに嫌がらせをするのよ。ガスライティングって知っている？　標的となる人物の人生を、思い通りのレベルまで破滅させ、自殺または病院送りに追い込む手口なの。ネットを使って悪評を立てたり、ターゲットに成りすまして他の人の悪口を言って、ターゲットの人間関係を破壊したり孤立させたり。ほら、最近でもあったでしょう？　北海道屋っていう会社の悪口をネットで言いふらして、信用を失墜させようとした事件」

　奈々子は、体を硬直させた。まさに、それをやったのは自分だ。

「まったく、犯人は誰か知らないけど、ひどいことするわよ。私、北海道屋のメンチカツ、大好きなのに」

　奈々子の体がますます硬直する。……いや、でも、自分の場合は、ちょっとした勘違いだ、意図的にやったわけじゃない。悪意はない。

「ネットだけじゃないわ。すれ違いざまにターゲットに関係のあるキーワードを囁いたりするのよ。仄めかしっていうんだけど、この手口は一番恐ろしいの、これをやられたら、ターゲットは途端に頭がおかしくなる」

「仄めかし？」

「そう」

「すれ違いざまに？」

「そう。全然知らない人が、すれ違いざまに、その人しか知らないようなことを囁くのよ」

「……そんなこと、できるんですか？」

「できるわよ。っていうか、そういうことするから、集団ストーキングっていうんじゃない」

「あ、はぁ……」

「直接本人には言わず、芸能人やアナウンサーに間接的に言わせるっていう手口もあるわ」

「い、いや……、それは、いくらなんでも……」

「知ってる？　テレビ業界にはね、昔から裏のアルバイトがあるのよ。そのキーワードをテレビで言うと、一回につき三万円とか十万円とかもらえるアルバイトよ。それを斡旋したり仲介したりする業者も存在するのよ。私もやられたわ。テレビを見ていたら、いきなり『あなたは魚が嫌いですね』って、言われたのよ。ぞっとしたわ。魚が嫌いっていうのは、まさに、私のことだもの」

　い、いや、それはただの偶然では？　というか、そんな曖昧な言葉、テレビを見ていればかなりの確率で耳にするだろう。

「ね、留置場のお弁当ってどんな感じ？　魚も入っているのかしら？」

「……ええ、まあ」

「ほら、やっぱり。ここにも敵は送られてきているんだわ。私が嫌いな魚を、ちゃんと知っている。魚を出して、私を絶望させようとしているんだ。でも、私、そんなことでは負けないもん！」

　こ、この人、本当に大丈夫なんだろうか？　とても、まともとは思えない。

「あなたも、気をつけないと」

「え？」

「あなた、全国から狙われているわよ」

「な、なんで、私が？」

「だって、あなた、マイコじゃない」

「いや、ですから、私は──」

「分かっている。あなたがホンモノのマイコじゃないってことは。ホンモノのマイコなら、こんなところにいるはずはない。あなたは、ホンモノのマイコにハメられて、ここに入れられたのね。……気の毒に。あなた、マイコの身代わりになったのよ」

「は……？」

「だって、あなた、どうして自分がこんなところに入れられたのか、よく分かってないでしょう？」

「ええ、それはそうです」

そうだ。私、なんでこんなところに入れられたんだろう？　私、なんか悪いことした？　ちょっと勘違いしただけじゃない。私と同じような勘違いをしていた人は、他にもいた。それなのに、私だけがこんな三畳間に監禁されて、二十四時間監視されて、警察や検察の人に散々責められて、……そこまで悪いことしたとは、正直、今でも思っていない。

「マイコのせいよ。マイコは、手段を選ばないわ。盗聴でも盗撮でもなんでもする。私も、それでやられたのよ。私が魚嫌いなことも、盗聴で知ったのよ。……ね、あなた、ここに入れられる前、なにかおかしいことはなかった？　いつもとは違うこと」

「いつもと違うこと？」

奈々子は、自分が匿名掲示板に〈北海道屋〉のことを書き込んだ日のことを思い出した。いつもと違うこと、いつもと違うこと……。

「ああ、いつもは午前様の稔くん……旦那が、私より早く帰ってた」

「ダンナさんは、そのとき、なにかやってた？」

「……携帯をいじっていたようだったけど……」

「それだ！　それに間違いない。ダンナさんも、敵だったのよ！」

「あはははははは。……まさか」

「ダンナさんも、マイコの協力者だったのよ、間違いないわ」

〝マイコ〟のことはこの際横に置いておいて、……確かに、あの日、稔の様子はおかしかった。携帯をずっと握り締めて、なにか懸命になっていた。そうだ、思えば、ここのところ、稔はひどくよそよそしかった。こちらから話しかけないとしゃべらないし、あっちのほうもずっとご無沙汰だったし。

「あ」榛名ミサキが、すくっと立ち上がった。そして、耳に手を添えると、言った。

「聞こえない？　ほら、じじじじじって。……ほら、聞こえるでしょう？」

＊

じじじじじ。

あ、まただ。美津子は、音が聞こえる方向を見た。が、今度は違う方向から聞こえてくる。そちらを見ると、また別の方向から聞こえてくる。音との追いかけごっこをしばらく続けていると、天井近くの壁に、小さなシミを見つけた。

正午。掃除を済ませて一息ついているときだった。美津子は今まで経験したことがないような強い不安に駆られた。

あのシミはなに？　あれは、なに？

ひっ！

いきなりの大音量に、美津子の体が大きく跳ねた。

見ると、電話機が点滅している。恐る恐る、受話器をとってみる。……木村さんからだった。

「今日の一時、集会を開きたいんだけど、大丈夫かしら？」

「ええ。はい。大丈夫です。……なにかあったんですか？」

「それは、あとで詳しく話すわ。じゃ、一時、一階の集会場で」

一時？　いやだ、もう一時間もない。支度しなくちゃ。

美津子は慌ててワードローブを開けた。たかがマンションの集まり、しかもマンションの外に出るわけではない、でも、ちゃんとした服を着ていかないと何を言われるか分からない。

美津子は、それから二十分かけて服を選び、三十分かけて化粧をした。


集会場に集まった顔ぶれは、いつもの生協のメンバーだった。

「いよいよ、敵が動き出したわよ」

木村さんは言った。〝敵〟とは、欠陥マンションを訴えている人たちのことである。メンバーは五〇七号室を中心に、十二戸の世帯。

「ううん、十五世帯よ。四〇七号室、七〇四号室――」

どうやって手に入れたのか、木村さんは欠陥マンション派の署名を机に置いた。

「二〇五号室も、あちらの手に落ちたわ」

二〇五号室？　あの若作りの奥さんだ。

「そうよ、あの奥さんも、落ちたのよ。信じられない、昨日までニコニコしながら私たちと一緒にお茶を飲んでいたのに。……あの裏切り者、人でなし、性悪女」あんなに仲がよかったのに、いや、仲がよかったからこそなのだろう、木村さんは般若のような顔で言った。

「みんなは大丈夫よね？　裏切ったりしないわよね？」

　集会場に緊張が走る。

「裏切らないわよね？」

　木村さんが念を押すと、「ええ、もちろんよ」「裏切りなんてもってのほかよ」などと、声が上がった。その声はしだいに大きくなり、ついには、二〇五号室の奥さんの悪口大会となった。

「だいたい、あの人、私、嫌いだったのよ。服はアレだし、言葉も下品だし」「あそこの娘さんも……ちょっとアレよね。挨拶もしないし」「うちの娘が同じクラスだわ。人の話を聞かないしジコチューだから苦手だって言ってた。……イジメとかもしているみたい」「ああ、その話、聞いたことある。クラスの裏番だって」「いやだわ、うちの子がイジメられたらどうしよう」「距離を置くのが一番よ」「そうね、距離を置いたほうがいいわね。うちの子に言っておくわ」「そうよ、無視するのが一番」「そうねそうね、それが一番ね」

*

「今日の夕食、魚は入ってなかったわね」

洗面台、歯を磨いていると、榛名ミサキが囁いた。「きっと、私たちの会話を聞いて、あえて魚を入れなかったんだわ。……それどころか私の大好物のメンチカツだなんて、敵もなかなかやるわね」

夜の洗面時間が終わり、収納室から布団を取り出して敷いている間も、榛名ミサキはずっと囁き続けた。

夜九時、消灯時間になっても、榛名ミサキの囁きは止まらない。

奈々子は適当に相槌を打ちながら、眠ることに専念した。瞼をぎゅっと瞑(つむ)り羊を数える。

羊が一匹、羊が二匹、羊が三匹、羊が……。

「コウたん、今頃どうしてるかしら」

榛名ミサキの顔がいきなり覆いかぶさってきて、奈々子は、「ひぃ」と声を上げた。歯磨きのミントの匂いが、直接顔にかかる。

「き、きっと、あなたのことを思って、泣いているんじゃないかしら？」

奈々子は答えた。榛名ミサキと一緒になって、もう三日。反論したり疑問を投げかけたりする余裕などとっくの昔になくなっている。

「あなた、私のこと、信じてないでしょう？」榛名ミサキの顔が、すぐそこまで来ている。すでにその唇が耳に接触している。

「そ、そんなこと、ないですよ」

「面倒くさいから、適当に話を合わせているだけなんじゃない？」

……こういうことは、鋭い。実際、榛名ミサキは、〝コウたん〟と〝マイコ〟以外の話は至極まともで、話も理路整然としていた。

「当たりまえじゃない。だって、私は正常だもの」榛名ミサキが囁く。「狂っているのは、世間のほう。間違っているのは、世間のほう。世界は敵の手に落ちた。世界中、敵の監視の目が光っている。……ほら、聞こえるでしょう？　ほら、耳を澄ましてみて。ほら、監視カメラの音よ。それとも、盗聴器？」

＊

じじじじ。

あ、まただ。

おやつを用意していると、またあの音が聞こえてきた。耳鳴りの一種なんだろうか？　そうだ。きっと耳鳴りなんだ。気にしない。

リビングでは、友里と翔が遊んでいる。食べ物限定のしりとりで、友里が〝ツ〟で終わる言葉ばかり出すので、〝ツ〟を出し尽くした翔は、今にも切れそうだった。

「お姉ちゃん、もっと他の言葉にしてよ」

「なんで？」

「だって、遊びじゃん。遊びなんだから、もっと続くものを出してよ」

「遊びでも、勝負だよ。だから、勝たなくちゃ意味がない。じゃ、次行くよ、〝メンチカツ〟」

「また、〝ツ〟だよー、ムカつく。もう、だから、お姉ちゃん、嫌いだよ」

「何でよ」

「だって、全然空気読んでくれないんだもん。自分のことばかり」

「そんなことないもん」

「ううん、お姉ちゃんはママに似たんだよ。木村さんが言ってたもん、あなたのママは空気読めなくて疲れるわって」

え？　私が空気読めない？　だから疲れる？

「それに目立ちたがり屋だって。生協の集まりだって、みんな普段着なのにひとりおしゃれな服を着てきて、お菓子だって、手作りのすごいチーズケーキ持ってきて、みんな、引いているって」

え？　みんな、引いている？

……引いているの？

じじじじじ。

あ、まただ。美津子は、顔にまとわりつくコバエをはらうように頭を振った。その拍子に、シュークリームを載せた皿が台から滑り落ちた。

「どうしたの？　ママ」

友里と翔がこちらを振り返った。さっきまで喧嘩していたのが嘘のように、ふたり、ぴったりとくっついて、こちらにやってくる。

「来ないで！」そんなつもりもないのに、つい怒鳴り声になる。「……お皿の破片が散らばっているから来ちゃだめ!……あっちにいってなさい。おやつ、すぐもって行くから。宿題、終わらせなさい」

「宿題は終わった」

「え? 終わったの?」

「うん。ドリル、終わった」

「嘘いいなさい」

「本当だよ。ほら」

*

「嘘よ」

榛名ミサキは、囁いた。

「世の中は、嘘だらけ。信じちゃ駄目。母親だと思った人が実はまったくの別人だったり、夫だと思っていた人が全然知らない人だったりするの。……弁護士だってそうよ」

さきほど弁護士と接見を済ませたばかりの榛名ミサキは、「あの弁護士は、マイコの息がかかっている」と、何度も繰り返す。「あの弁護士は偽者なのよ。私には分かるのよ。だって、出鱈目ばかり」

本当に、うんざりだ。奈々子は耳を塞いだ。が、その手を榛名ミサキがはらう。

「あなたは？　誰も面会に来ないの？」

……そういえば、ここのところ、稔が面会に来ない。前は、毎日のように来てくれたのに。

「あなた、本当にダンナさんなんかいるの？」

榛名ミサキが囁く。「本当は、いなかったんじゃないの？　全部、あなたの妄想なんじゃない？」

どんなに馬鹿馬鹿しいことでも、こんな環境で言われると、もしかしたらそうなのかもしれない、と思う瞬間がある。

「いますよ、います！　稔くんは実在します！　れっきとした夫です！」奈々子は自分に言い聞かせるように声を荒らげた。「稔くんは、私の夫です！」

「しぃっ」榛名ミサキが、奈々子の口を塞ぐ。「駄目よ、盗聴器に声を拾われるわ」

＊

「盗聴器？」

買い物の帰り、管理人室を通りかかると、八〇一号室の奥さんに声をかけられた。他にも、三〇三号室、四〇九号室の奥さんもいる。みな、生協メンバーだ。

「そう、なんでも、盗聴器をしかけられた部屋があるみたいなのよ！」三〇三号室の奥さんが、おどろおどろしい声で囁く。

「どういうことですか？」

「ほら、テレビとかでやっている盗聴器発見業者ってあるじゃない？」

「ああ。街を巡回して、盗聴器の電波を拾ってやつですか？」

「そうそう、それそれ。その業者がね、うちのマンションの近くを通ったみたいなのよ。そしたら、このマンションから電波が出ているらしいって」矢継ぎ早にそう言ったのは、四〇九号室の奥さん。「木村さんが言ってた黒いワゴン車って、その車だったのね」

「……本当なんですか？」

「うん。管理人さんに連絡があったらしいのよ」

管理人のほうを見ると、彼女は難しい顔をしてうんうんと頷いた。「でも、ひとつひとつ部屋を調べるわけにもいかないので、そのときはそのまま帰ってもらったんですが。……どうしたもんでしょうね？　総会で取り上げたほうがいいですかね？」

「そうね」「それがいいわ」「次の総会で」などと頷いていると、

「いや、ちょっと待って」と、八〇一号室の奥さんが声を潜めた。「……もしかして、あちら側の仕業かも」

「あちら側？」

「だから、欠陥マンション派よ。あのベートーベンなら、やりかねないわ。私たちの動向をチェックするために、盗聴器をしかけたのかも」

ああ、なるほど。一同が頷いた。

ベートーベンというのは、五〇七号室のご主人だ。ベートーベンのような髪型をしているところから、そんなあだながついた。とにかく煩い人で、管理組合総会でもなんだかんだと人の揚げ足をとるものだから、ちっとも話が進まない。しかも、すぐに人を恫喝する。それこそ総会屋のような人だ。

「ほんと、あのベートーベン、エラぶっちゃって」「何様だと思ってんのよ」「いつでも上から目線で」「そのくせ、ルールをちっとも守らなくて」「ゴミの分別だって全然しないのよ」「それなのに、文句ばかり」「奥さん、よくあんな人と結婚したわよね」「あの奥さんも、なんだかちょっと変な噂あるわよ」「次から次へと若い男を引っ張り込んでいるって」「虫も殺しませんって感じのおとなしい人なのに」「そういう人ほど裏でなにやっているか分からないものよ」…………。

それにしても、盗聴器だなんて。……まさか、うちに？　エレベータを待っていると、赤いジャンパーを着た若い男性が隣に並んだ。「こんにちは」と挨拶をされたので、こちらも「こんにちは」と返す。エレベータが来た。なにかいやな感じがしたが、美津子はその男とともに、エレベータに乗り込んだ。

男が、美津子の前に立つ。ジャンパーには、〝ジャパン光〟とでかでかと印刷されている。そういえば、前にうちに来た女性も同じジャンパーを着ていた。……しかし、あの女性、図々しかった。「間に合っています」とどんなに言っても、なんだかんだ言って、とうとうリビングにまで上がりこんでしまった。挙句、ケーキまでぺろっと平らげて。まあ、ケーキを出す私も私だけど。だって、ちょうどチーズケーキを作っていて、「まあ、おいしそう」なんてあからさまに褒めるものだから、出さずにはいられなかった。

あ、ちょっと待って。

美津子は、その赤いジャンパーの女性が来た日のことをなぞってみた。

そうだ。あの人がうちに来たあとから、変な音が聞こえるようになった。あの人、インターネットがどうの、電話回線がどうのって言いながら、家じゅうの電話回線をチェックしていた。

まさか、あの人が……。

エレベータが止まった。階数表示は、〝5〟。ジャンパーの男が、「失礼します」と会釈しながら降りていく。美津子は、咄嗟に［開］ボタンを押した。押したまま、エレベータの陰から男の動向を見守った。男が、五〇七号室の前で止まった。インターホンを押す。すかさずドアが開き、奥さんの白い横顔がちらっと見えた。男はなんの躊躇いもなく、それが当然とばかりに、部屋に入っていく。

……なに？　あれ。

美津子は、再び強い不安に襲われた。エレベータに戻ると、階数ボタンの〝1〟を押す。

「あの、管理人さん」

管理人室に行くと、彼女の肩がびくっと震えた。慌てて何かを隠すが隠しきれず、その雑誌がばさりと床に落ちる。ファッション誌の〝フレンジー〟だ。

「まあまあ、いやんなっちゃいますね、こんないい年して、こんな雑誌読んでるなんて、おかしいでしょう？　でも、連載小説がなかなかおもしろいんですよ、一度読んだら、続きが気になって、ですからね……」

そんな必要もないのに、管理人は言い訳を続ける。

「盗聴器」美津子は言った。「盗聴器、もしかして、うちに仕掛けられているのかも」

「どうして、そう思うんです？」

「最近、なにか、変な音がするんですよ。じじじじじって」

「耳鳴りじゃありませんか？」

「私もはじめはそう思ったんだけど。でも、今回の欠陥マンション騒ぎは、うちが原因だから。子供たちが煩いんです。いくら注意しても、駄目なんです。きっと、下の階の方はとても不快な思いをしていると思うんです。だから、その仕返しに、うちに仕掛けられたんじゃ――」

「お子さんが……煩いんですか？」

「はい。注意しても、注意しても、言うことを聞いてくれなくて」

「……お子さんが？」

「年子なものですから、本当に手がかかるんです。もう、本当に参っているんです。下には迷惑かけたくないし、でも子供たちをのびのびと遊ばせたいし」

「奥さん、しっかりしてください、奥さん」

「盗聴器だけじゃなくて、カメラなんかも仕掛けられているんじゃないかしら？」

「なぜ、そう思うんですか？」

「だって――」

＊

「ほら、あそこのシミ。見てみて」

　榛名ミサキが、指差す。その先に目を凝らすと、確かに、なにかシミのようなものがある。

「でも、シミじゃないのよ。あれは、カメラ」

「カメラ？」

「そう。あそこから、私たちの様子を観察しているのよ」

「誰が？」

「だから、実験者よ。私たちは彼らの被験者で、私たちは終始観察されているのよ。スタンフォード監獄実験って知っている？　無作為に選んだ一般の被験者に囚人と刑務官という役割を与えて、大学内に作った擬似監獄でその役を演じさせたのよ。その実験から、元々の性格や人柄とは関係なしに、特殊な肩書きや地位を与えられると、人間はその役に合わせてそれらしく行動してしまうことが証明されたの」

「じゃ、私たち、〝囚人役〟なんですか？」

「そうよ。私たちは、〝役〟を与えられているだけ。その役に相応しい行動をしているだけ」

「……はははは、まさか、そんな」

「あなた、まだ分かってないのね。……かわいそうに。自分がどんな目にあっているか、全然、理解していない。あなたは、ハメられたのよ」

「誰にですか？」

「だから、敵よ。あなたの場合は、ダンナさんにハメられたのね」

「稔くんに？」

「ううん、あなたの知っている稔くんはもうこの世にはいない。……消されたのよ」

「……消された？」

「そうよ。そして、まったく知らない他の人が成りすましているのよ。それとも。……ダンナさんもグルなのかもしれない。敵に洗脳されてしまっているのかも」

*

「ですから、今度、盗聴器の業者さんが来たら必ず声をかけてくださいね。よろしくお願いします」

管理人にそう伝えると、美津子はエレベータに急いだ。もうこんな時間だ。早く、夕飯の支度しなくちゃ。子供たちがお腹を空かせている。

エレベータが六階に到着すると、六〇八号室の奥さんが待っていた。隣の人だ。この人は、生協メンバーでもなければ、欠陥マンション派でもない。扉が開く。「こんにちは」会釈をすると、奥さんは一瞬、目を逸らした。そして、少し間を置いてから、「こんにちは」と呟いた。……この奥さんも苦手だ。なにかいつもおどおどしていて、つかみどころがない。

「メンチカツ」

すれ違いざま、奥さんは囁いた。

「え？」振り返ると、奥さんがにやつきながら、こちらを見ている。美津子は、レジ袋を持ち直した。レジ袋の中には、まさにメンチカツの材料が入っている。友里と翔がいきなり「メンチカツ食べたい」と言い出して、あまりに煩いので、今日の夕飯はメンチカツにすることにした。

なぜ、それを知っているの？

体が、震えだす。

やっぱり、やっぱり、うちに盗聴器がしかけられているんだ！


「ママ、どうしたの？」

娘の声に、はっと我に返る。見ると、電話、コンセント、テレビ、インターホン、ラジカセ、パソコンが、バラバラに分解され部屋中に散らばっている。

じじじじじ。

「ママ、どうしたの？」

息子の声に、美津子は、「あっ」と体を翻した。

「駄目、しゃべっちゃ、だめ！」

そうよ、盗聴器はまだこの部屋の中にある。そのありかが分かるまで、うかつにしゃべってはいけない。しゃべれば、その内容がマンション中に知れ渡ってしまう。

「宿題しなさい」美津子は、チラシの裏にマジックでそう書き殴ると、子供たちを子供部屋に閉じ込めた。

ああ、それにしても、いったい誰が？　誰がうちに盗聴器なんか？

……やっぱり、あの赤いジャンパーの女だ。あの女しか考えられない。もしかして、今もどこかで聞かれているかも、見られているかも。……窓、窓が開いている、早く閉めなくちゃ。

あ。

窓の外、赤いジャンパーが見えた。身を乗り出して見てみると、間違いない、エレベータで会った赤いジャンパーの男だ。エントランス前の空地をせかせか歩いている。もじゃもじゃ頭の男も一緒だ。五〇七号室のベートーベンだ。奥さんもいる。やっぱり、あの人たち、あの赤いジャンパーとグルだったんだ！……あの人たちの魂胆はなに？　私の秘密を探って、それをもとに恐喝するつもり？　そして、私を欠陥マンション派に引きずり込むつもりね。

他の奥さんたちもそうやって引きずり込んだのね。それとも、お金を強請るつもり？　それとも、週刊誌のネタにするつもり？　あのベートーベン、出版社に勤めているといっていた。そうか、マンショントラブルをおもしろおかしく記事にするつもりなのね！　なんて悪趣味なの！　冗談じゃない。私を甘く見ないで。逆に、私があなたたちの悪事の証拠を掴んで、暴いてやる！

美津子は窓から落ちそうな勢いで身を乗り出したが、赤いジャンパー、ベートーベン、奥さんの三人は、なにか慌てた様子で駐車場に消えていった。

今だ、今しかない！　証拠を掴まなくちゃ。

ベランダに出ると、美津子は避難ハッチを開けた。年一回の防災点検でもう何度も説明を受けている。このレバーを押せば下の階まで避難はしごが落ちる。それに従って下りれば、容易く五〇七号室のベランダに侵入できる。美津子は、周囲を見渡した。幸い、ここは死角になっている。しかも、もう暗い。美津子は「よし」と気合を入れると、レバーを押した。

五〇七号室の窓は、開いていた。

チャンスだ！　証拠を、証拠を探さなくては。盗聴器の証拠を！

あ。なに？　何かが横たわっている。……赤いジャンパー？　ひぃっ。

美津子は、咄嗟にカーテンの陰に隠れた。

「……なんなの？　あれ？」

足が、がくがくと震える。いやだ、嘘、人が死んでいる、死んでいる！　いや、でも、なんか動いた！　なに？　生きているの？　死んでるの？　どっち？　どっち！

美津子は、そこに落ちていた血まみれのナイフを拾うと、身構えた。きっと、このナイフでやられたんだ。仲間割れしたんだ。この赤いジャンパーは、たぶん、あの女だ。うちに来たあの図々しい女だ！　いやだ、いやだ、どうしよう？　次は私の番？　そうよ、私の番よ、あのベートーベンは、次は私を狙っているのよ！

なに？

玄関から、なにか聞こえる。美津子は、再びカーテンの陰に隠れた。

その人影は、ゆっくりとこちらに歩いてくる。誰？　誰？　美津子は、ナイフを握り締めた。カーテンの隙間から洩れる街灯が、その顔を青白く照らす。……奥さん？　そうだ、五〇七号室の、奥さん！

「あなた、……六〇七号室の、……山岡さん？　なんで、あなたが？」

ああ、どうしよう、きっと、次は私がやられる、私がやられる！　だって、奥さん、こんなに殺気立っている。手にはナイフ。きっと、誰かを殺してきたんだ！

「山岡さん、見ちゃった？」

美津子は首を横に振った。

「見ちゃったんでしょう？　この赤いジャンパーの人、刺したの、私なの。ちょっとしたアクシデントだったのよ。私、夫と恋人も殺しちゃった。これも、ちょっとしたアクシデント。だって、私を責めるんだもん。やっぱり自首しろって煩いんだもん。今、マンションの裏庭に隠してきたところ。……あなたも、死んでくれる？」

それからどうやって、自分の部屋に戻ってきたのかはよく憶えていない。ただ、憶えているのは、五〇七号室の奥さんより早く、自分のナイフが奥さんの腹部を抉ったことだった。

これは、夢でも幻でもない。

この手についた血痕がなによりの証拠だ。洗っても、洗っても、落ちない。

「おい、おまえ、なにやっているんだ？」

夫が、声をかける。今日も遅くて、さっき帰ってきたばかりだ。

「おい、美津子」

「メンチカツ」

「え？」

「メンチカツ、作ろうと思ったんだけど、なんだか、うまくいかなくて」

「そ、そうか」

「友里と翔の大好物だから」

「そ、……そうだね。それより、ごめんな。今日はどこかに行こうって言っていたのに。急に休日出勤になっちゃって」

「ううん、いいの。いつものことだもの。ね、お腹、空いたでしょう？　お夕食、もう少し待っていて。今すぐ準備するから。すぐよ。あとは油で揚げるだけだもの。……すぐよ」

「ああ、じゃ、できたら声をかけてくれよ。ベランダで煙草吸っているから」

「ダメ！」

「え？」

「ベランダはダメ、行かないで、ベランダはダメ！」


「六〇七号室の、ご主人。……山岡さん」

　その朝、管理人室前で呼び止められて、純一(じゅんいち)は足を止めた。管理人が、複雑な表情で手招きしている。

「お急ぎのところ、すみません。あの、ちょっとお耳に入れておきたいことがありまして」

「なんでしょう？」

「……おたくに、盗聴器がしかけられているようなんですよ。盗聴器発見の業者がうちに来ましてね、このマンションから怪しい電波が出ているって。はじめは特定できないって言っていたんですけど、どうやら、おたくじゃないかって、昨夜、電話があったんです。……奥様もそんなようなことをおっしゃっていたので、間違いないんじゃないかと」

「ああ」純一は苦笑した。「そう、そうです。それ、うちです」

「え？」

「僕が、しかけたんですよ」

「なんで、また？」

「……うちの嫁が、最近おかしくて。変なことにならないように、動向を監視していたんですよ」

「ああ、……そういうことですか」管理人は、なるほど、というように頷いた。「ご主人も、ご苦労ですね。ところで、おたくにお子さんっていらっしゃいましたっけ？」

「いえ」純一はまた、苦笑いを浮かべた。「うちは、いません。……昔は二人いたんですけど、六年前に、……事故で亡くしました」

＊

「はい、OK！」

ディレクターの声がかかり、「お疲れ」「お疲れ様でした！」とあちこちから声が上がる。

純一役の役者と管理人役の役者が、ふぅと肩の力を抜く。

「いやー、いいよ、いい！」

構成作家の小暮が、『Tマンション殺人事件の真相！　再現ドラマ用』とタイトルが打たれた脚本を、くるくると丸めた。

「いやー、今度も、数字が取れそうじゃない。十八パーセントはかたいんじゃない？」

「だと、いいんだけど」まんざらじゃないという顔で、益田稔は答えた。

「いやー、しかし、あの未解決事件がこんな形で解決するなんてな。まさか、上の階の奥さんが犯人だったなんて」

「本当だよ。俺も驚いた」

「確か、犯人、旦那に付き添われて出頭してきたんだよな？　つーことは、旦那、気付いてたんだな、妻の犯行を」

「気付いていたもなにも、奥さんの犯行の証拠を隠蔽したのは、旦那みたいだよ」

「奥さんが避難ハッチを使って五〇七号室に侵入した証拠を全部消したというわけか」

「そう。改めて六〇七号室の避難ハッチを調べてみたら、ルミノール反応が大量に出たってさ」

「それにしても、今まで隠し通してきたのに、なんだって、今さら出頭したんだろうな？」

「ここだけの話、……実は俺、あのマンションに他の番組で取材に行ったことあるんだよね。そのとき、六〇七号室の旦那にたまたま話を聞くことができてね。……なんかひっかかったんだよね。旦那の様子が変だった。なんというか、妙に饒舌（じょうぜつ）で、ソースモニタリングがどうとか、ものすごく怪しかった」

「なるほど。テレビの取材とかが来ちゃって、もう隠しきれないって観念しちゃったってわけか」

「そうだろうね」

「それにしても、この短期間でよくここまで調べたよな。見直しちゃったよ」

「実はさ。ふと思い出したことがあるんだよ。前に、あのマンションの住人から手紙が来たことを。憶えてない？　ほら、五〜六年前。レジュメ、見せたじゃない？　欠陥マンションをめぐる住人トラブル。おもしろそうだから、取材してみるかってことになって、準備したじゃない。でも、その前に不採用になったけど」

「うーん、悪い、憶えてない」

「だよな。俺だって忘れてた。……で、手紙を段ボールの奥から引っ張り出してみたら、なんと、差出人が、あのマンションの六〇八号室の奥さん、つまり、犯人の隣人だったんだよ！　手紙には当時のごたごたがこと細かく書かれていて、各住人の家庭環境なんかもそりゃ詳しく書かれていてさ。もちろん、六〇七号室のことも。あれは一種ののぞき趣味だな」

「そういう悪趣味なおばちゃん、どこにでもいるんだよ。でも、ラッキーだったな」

「まあね。……不謹慎だけど」

「しかし、なんだ。この秋に起きた殺人事件とは無関係だったというのが、ちょっと残念だよ」

「出版社の編集者が殺されたやつだろう？　あれは、本当にただの偶然だったみたい。たまたま事件が起きた部屋を買って、そこでたまたま殺人事件が起きたってだけの話みたいだよ」

「そこが惜しいよなー。なんというか、こう、見えないなにかが裏で糸を引いているとか、知られざる因縁とか、そういうのがあればもっとおもしろかったのに」

「そしたら、天照(あまてらす)ヒミコの出番だったんだけど」

「……ところでさ」

「うん?」

「おまえの奥さんはどうなの?」

「え?」

「……いや、ちょっと噂を聞いて」

「うん。……弁護士さんは、不起訴になるだろうって」

「よかったじゃない！　そりゃ、めでたい！」

「そうでもないんだよね」

「なんで?」

「昨日、面会に行ったんだけどね。なんか、俺の顔を見て、『あなた、誰ですか?』だって。なんか、変なんだよ」

「まあ、気にすんな。慣れない環境で、一時的に混乱しているだけだから。留置場は異世界みたいなもんだからな。自分が誰かも分からなくなるなんてこともフツーにあるさ。でも、大丈夫。すぐに平常心に戻るから」

「だと、いいんだけど」

「なんだよ。……なにかトラブってんの?」

「いや。なんていうか。……あいつが逮捕されたの、俺の責任でもあるんだよね」

「確か、奥さん、ネット掲示板で食品メーカーを誹謗中傷して、名誉毀損だか業務妨害だかで逮捕されたんだっけ？」

「うん。……あいつがあんまり熱心に掲示板に書き込みしているからさ、俺、つい、彼女の意見に同意する内容を書き込んだんだよね。……携帯から」

「マジ？」

「だってさ、ホント、すごい剣幕だったんだぜ？　パソコンに向かって、死ねだの、ムカつくだの、私は間違ってない……だの叫んじゃって。一緒にいるこっちが胃に穴があきそうだったよ。だから、あいつの気持ちを鎮めようと、つい。でも、逆効果だった。火に油を注いじまったよ」

稔は、乾いた唇を舐めた。が、舐めても舐めても、その先から乾いていく。……本当のことを言ってしまおうか？　本当は、奈々子の書き込みに対して否定的なレスをつけていたことを。〝指入りメンチカツ事件なんてねーよ。適当なこと投稿してんじゃねーよ、このボケカス〟などと、攻撃し続けたことを。

「……そっか。でも、まあ。気にすんな。そして、このことは誰にも言うなよ。奥さんにも言うなよ。墓場まで持っていけ。その代わり、奥さんを大切にしろや」

「ああ、……そのつもりだよ。……一生、大切にするよ」

言ってはみたものの、我ながら形ばかりの言葉だなと、稔は乾いた唇を舐めながら思った。

と、同時に、大きなため息がこぼれて、稔は苦笑した。

フォリ・ア・ドゥ

【フォリ・ア・ドゥ】感応精神病、あるいはふたり狂い。妄想を持った人と親密になったり共同生活をしたりしているうちに、正常な人まで妄想を共有することをいう。こっくりさんや悪霊祓い、カルト宗教による集団ヒステリーも含む。実際に起きた事件では、藤沢悪魔祓いバラバラ殺人事件やヒル夫妻UFO誘拐事件などが有名。

ファクスが届いたようだ。

受信音に全神経を集中させる。

嘘、なによ、これ。

そして、吐き出される寸前のファクス用紙を、無理やり引き抜いた。

嘘でしょう？　嘘でしょう？　信じられない、あの女！　こんなの、嘘に決まっているじゃない！　嘘に決まっている！　いったい、なんなのよ、なんだって、ふたりを苦しめるの？　邪魔をするの？

狂っている、狂っている、あの女、狂っている！

こんなの嘘よ、嘘に決まっている！　あの女の妄想よ！　妄想に決まっているじゃない！

孝一が愛しているのは、ミサキだけよ！

＊

そのファクスを送ったことを、今では深く後悔している。川上孝一は、その翌日、刺された。

一命は取り留めたが、意識は戻らず、今も生死の境をさ迷っている。

そして、今日、被告人の初公判が行われる。麻衣子は裁判を傍聴しようかどうしようかギリギリまで悩んだが、結局、地下鉄に乗ってしまった。

霞ヶ関駅Ａ１出口。地上に出ると、生温かい湿った風が麻衣子のスカートの中にもぐりこんできた。手で押さえる間もなく、あてを失ったティッシュのようにそれはふわりと舞い上がった。振り返ってみる。人がいる。女の人だ。なかなかの美人。白いブラウスが、底なしの井戸から這い上がるように、一歩一歩、こちらに近付いてくる。目が合う。自然と鼓動が早くなる。が、その人はあっというまに地上に辿り着き、足早に自分を追い越していった。ほっと息を吐く。大丈夫、大丈夫だから。心臓あたりに両手を添えて、言い聞かせてみる。

だが、裁判所は相変わらずの国際空港並みのセキュリティチェック。引き返そうかと、弱気になる。

「大丈夫よ、見た目と違って、大したチェックじゃないもの。鞄の中味を簡単に見られるだけ。たとえナイフを忍ばせていたとしても、あれじゃ、見つからない。前のときだって――」

ここに初めて来たのは、二〇〇六年の秋。

あのときのことを思い出すたびに、いろんな感情が吹き荒れて頭がくらくらしてくる。

「悪くない。こうちゃんはなにも悪くないんだから」

麻衣子はそっと目を閉じた。被告席に座る孝一の横顔が浮かび上がる。青ざめた頰、揺れる長い睫(まつげ)、震える唇、形のいい喉の膨らみ。……守ってあげなくちゃ、私が守ってあげなくちゃ、と思った瞬間だった。

「そう、あれは、全部、あの女のせいよ」

あの女が一方的に横恋慕して、こうちゃんを追い詰めたから。だから、精神が錯乱してしまった。私が分からなくなるほどに。それだけでも許されないことなのに、さらに、さらに……。

「信じられない、こんなことになるなんて。あの女……狂ってる」

*

四二一号法廷。法廷は傍聴人でごった返していた。記者席以外は、ほとんど女性で埋め尽くされている。麻衣子は身を屈め、後ろから二番目の座席に、そっと腰を収めた。

いたっ。

肩に痛みが走る。見ると、今入ってきたばかりの女のショルダーバッグが、肩を通り過ぎたところだった。バッグからはファッション誌〝フレンジー〟がはみ出ている。

「あら、ごめんなさい」

女は軽く会釈すると、麻衣子の前に座った。白いブラウスが、視界いっぱいに広がる。麻衣子は、上体をずらして、柵の向こう側を見やった。

しばらくすると、刑務官ふたりに挟まれて、手錠に腰縄の被告人が入廷してきた。

レンガ色のジャージーの上下にサンダル履き。こんなにみすぼらしい格好なのに、頬はふっくらと健康そうで、唇は潤い、笑みまで浮かべている。……許せない、こうちゃんをあんな目にあわせながら、この余裕はなに？

三人の裁判官が入廷し、「起立」の声がかかる。立ち上がりながら、被告人が傍聴席を見回した。目が合う。麻衣子は、相手の視線以上に強い視線をぶつけた。なのに、相変わらず、被告人は笑みを浮かべている。

礼をして着席すると、早速、裁判長が被告人を証言台に呼んだ。被告人は、ゆっくりと、その体を中央の台に運んだ。

「氏名を述べてください」

「……です」

裁判長の顔が引きつる。弁護人が慌てて、「もっと大きな声で」と囁く。

「榛名……ミサキです」

「職業は？」

「……小説家です」

それから起訴状の朗読、黙秘権等の告知と続き、罪状認否では、被告人は「違います」と、はっきりとした声で答えた。弁護人が、「いえ、同意です。同意します」と慌てて訂正する。法廷に、どよめきが起こる。

なんなの？　この女。裁判を攪乱（かくらん）するつもり？……そうだわ、きっとそう。精神的混乱を演出して、無罪を狙っているのね。そんなことはさせない。絶対、そんなことはさせない。きっちり、筋を通してもらう。

どよめきが鎮まり、次に検察側の冒頭陳述がはじまった。事件のあらましが、次々と説明されていく。


「――榛名ミサキ、三十四歳。平成十三年、『優しさのプレゼント』で小説家デビュー。平成十五年、宝門社発行のファッション誌〝フレンジー〟にて『あなたの愛へ』連載開始。売れない芸人と売れっ子女流作家の恋愛物語で、二十代、三十代の女性に圧倒的な支持を受け、『あな愛』ブームを巻き起こす。小説は作者自身の経験を基にして書かれ、実際の恋人川上孝一さんは売れない芸人で――」

あ。麻衣子は腰を浮かせた。

違います、それ、全然違いますから。こうちゃんは榛名ミサキのことなんかまったく知らない。榛名ミサキが勝手にこうちゃんに熱を上げ、おっかけをしていただけですから！　小説は実話ってことになっているけど、あれ、全部妄想ですから！

抗議しようとしたが、裁判長が咳払いをしたものだから、麻衣子は渋々、椅子に体を戻した。

「——しかし、川上孝一さんは、仕事がうまくいかないことやファンとのトラブルで精神的混乱を繰り返し、平成十八年、恋人である榛名ミサキを喧嘩の末、刺した」

いや、だから、それもニュアンスが違うんですけど。っていうか、榛名ミサキは恋人ではありませんから。それに、こうちゃんがおかしくなったのは、榛名ミサキの執拗なストーキングのせいですから。小説やエッセイに自分のことを書かれて、それを抗議しようとしたのにどの出版社にも無視されて、精神衰弱に陥ったのよ。

「川上孝一さんには執行猶予がついたが、榛名ミサキには深い傷がのこった。それでもよりを戻そうと努力したが、川上孝一さんの熱狂的なファンのひとりであるマイコにことごとく邪魔され——」

熱狂的なファンのひとりであるマイコって、ちょっと、それ、まさか私のこと？　邪魔したって……冗談じゃないわよ、だって、私、こうちゃんの妻よ？　変な人に付きまとわれたら、それを追い払うのは当たり前じゃない！

「マイコは川上孝一さんと無理やり婚姻関係を結び——」

ちょ、ちょっと、嘘言わないでよ！　無理やりって何よ、無理やりって！

「マイコから『私は妊娠した。もうこれ以上付きまとうな』というファクスを送られた榛名ミサキは絶望し、川上孝一さん宅を訪問した」

やっぱり、あのファクスがいけなかったのね。でも、私は妊娠したのよ。これ以上あの女に付きまとわれたら今度は赤ちゃんが危ない。母親として、なんとしても赤ちゃんは守らなきゃ。そう思って、榛名ミサキに警告したのよ。

……でも裏目に出てしまった。今ではとても後悔している。もっと違う方法を模索するべきだったと。

「このままではふたりとも駄目になる。きっと、この世では結ばれない運命。ならば、あの世でと思いつめた榛名ミサキは——」

あの世に行ったって、結ばれるわけないでしょ。……え？　なに？　右隣を見ると、女がハンカチを目頭に当てている。その膝の上には、ファッション誌の〝フレンジー〟。左隣の女も、〝フレンジー〟を胸に抱きながら頬を濡らしている。そして、傍聴席のあちこちから、すすり泣きが聞こえてきた。

「あの世で結ばれるしかないと思いつめた榛名ミサキは、自分も死ぬ覚悟で川上孝一さんを刺し――」

麻衣子の瞼の裏に、血を流した孝一の姿が浮かんできた。

それは、信じられない光景だった。玄関ドアを開けたら、そこにいたのはナイフを持った榛名ミサキだった。その足元には、血まみれの孝一。

「こうちゃん！」

ふいに言葉が飛び出し、麻衣子は慌てて口を押さえた。被告人席の榛名ミサキが薄ら笑いを浮かべながら、こちらを見ている。怒りで、全身が震えてきた。

あんたのせいで、あんたのせいで、こうちゃんは！　あんたのせいで、あんたのせいで、私たちめちゃくちゃよ！　あんたのせいで！

ぐらっと視界が揺れて、鼻からなにかが抜けていった。麻衣子は咄嗟に頭を抱えた。

だめだめ、こんなことで熱くなっては。血圧が高いから注意してくださいって、お医者さんからも言われている。なるべく興奮しないようにって。

……少し、頭を冷やさなくちゃ。

席を立つと、麻衣子はいったん、法廷を出た。

「あなた、マイコさん？」

廊下で一息ついていると、声を掛けられた。女だった。

あ、あなたは、前に座っていた……。体が自然と退く。

「あなた、マイコさん？」

しかし、女はなおも問い続けた。目が血走っている。なにか、いやな感じがする。……無視よ、こういうときは無視が一番。

麻衣子は特に答えず、女の元を離れた。

*

法廷に戻ると、男が証言台に立っていた。どうやら弁護側が用意した証人らしい。

弁護側証人は、放送作家で小暮という男だった。

ああ、あなたが、小暮さん。あなたのことはこうちゃんからよく聞いています。いつもお世話になっています。

麻衣子は、懐かしい旧友にあったような気分になり、緊張を解いた。でも、すぐに疑問に思った。

なんで、小暮さんが弁護側の証人に？

「小暮さんと川上孝一さんとは、どのような関係ですか？」

「一緒に仕事をしました」

「仕事とは？」

「テレビのバラエティです」

「川上孝一さんは、どのような仕事をしていたのですか？」

「〝ひとりでヤルモン〟という芸名で、お笑い芸人をしていました。七年前、僕が担当する番組の前説を彼がすることになり、それからは毎週のように会っていました」

「前説とは？」

「テレビの公開番組などで、本番がはじまる前に観覧客に番組の主旨を説明したりフリートークなどをしたりして、スタジオの雰囲気を盛り上げる人のことです。彼はテレビに出演することはほとんどありませんでしたが、前説芸人としては人気があり、どこでも引っ張りだこでした。しかし、ここ二年ほどは、仕事で一緒になったことはありませんでした」

「それは、どうしてですか？」

「川上孝一さんが干されていたからです」

「どうして干されていたのですか？」

「彼が起こした事件のせいです」

「今回の被告人、榛名ミサキを刺した事件ですね」

「はい。執行猶予はつきましたが彼は事務所を解雇され、それでもひとりでいろいろと営業していたようですが、……テレビ界へのカムバックは絶望的でした。そのせいもあり、かなり落ち込んでいました」

「一緒に仕事をすることはなかったということですが、川上さんが落ち込んでいたのはどうして知ったのですか？」

「プライベートでは、何度か会っていましたので」

「川上孝一さんは、具体的にどんな様子でしたか？」

「以前の彼が思い出せないほどげっそりとやつれ、元気がなく、自分の殻に閉じこもっていました。心療内科にも通っていたようです。ただ、支えてくれる人はいたようで、それでなんとか営業だけは続けることができているということでした」

「支えていた人というのは？」

「それは、よく分かりません」

だから、それは、私よ、私。麻衣子は自分を指差した。

「川上孝一さんは、結婚されていたようですが、支えていたのは奥さんでしょうか？」

そう、当たり。

「いえ、それは違うと思います」

はあ？

「僕が思うに、川上孝一さんにとっては、不本意な結婚ではなかったかと」

はあ？　ちょっと、何言ってんのよ！

「確かに、以前は奥さんのことを愛していたようです。写真も見せてもらいました。結婚したんだって、嬉しそうに報告もしてくれました。が、そのあと、離婚——」

だって、それは仕方がなかったのよ。こうちゃんが榛名ミサキと浮気していると思ったから、私、許せなくて、感情に任せて、一度は離婚届を出してしまった。

「そのあと、前の事件の裁判中に復縁したみたいですが——」

ええ、そうよ。だって、支えてあげたかったのよ、妻という立場で。

「でも、その復縁を川上孝一さんが望んでいたかどうかは、疑問です」

だから！　なに言っちゃっているわけ？　あなた、私たちのなにを知っているっていうの？

「では、川上孝一さんは、結婚生活に不満を持っていたということですね？」

ちょっと、そこの弁護士、勝手に決め付けるのはよしてよ！　っていうか、なんで榛名ミサキの弁護なのに、私とこうちゃんの結婚生活の話が出てくるのよ？

「被告人榛名ミサキは、落ち込む川上孝一さんをどうにかして助けてあげたかった。その結果、このような事件が起きた……と考えることはできませんか？」

「はい。……あるいは、そうだったのかもしれません」

だから、出鱈目なことを言わないで！

……なるほど、分かったわ。私とこうちゃんがうまくいっていなかったことにして、榛名ミサキの奇行を正当化しようって魂胆ね。なんて、悪徳なの。

「さて、ここで、二年前に起きた事件についても触れておこうと思います」悪徳弁護士は体を傍聴席に向けると、芝居のモノローグのように説明を続けた。「平成十八年、川上孝一さんは榛名ミサキをストーキングの末、ナイフで刺しました」

違うわよ、全然違う。ストーキングしていたのは、榛名ミサキのほうよ！　そこんところ、間違えないでほしいわ。

「このときは、川上孝一さんの心神喪失ということで事件は解決しましたが――」

ええ、そうよ。榛名ミサキの執拗なストーキングに、こうちゃんの理性は完全に破壊された。だから、榛名ミサキを刺したのよ。

「しかし、それは、川上孝一さんの一方的なストーキングが原因なのでしょうか？」

だから、ストーキングしていたのは、こうちゃんじゃなくて――。

「榛名ミサキと川上孝一は、もともとの知り合いだったとは、考えられませんか？」

おい、こら、そこの悪徳弁護士！　なに言い出すのよ！

「はい。それは考えられます」

小暮！　あんたまで、いったいなにを！

「その、根拠は？」

「以前、川上さんがある女性と一緒に写っている写真を見たことがあるんです」

＊

「ヤバいっスよ、ヤバいっスよ」

打ち上げの飲み会、ヤルモンがビールを持って、向こうのテーブルからやってきた。

「どうした？　テレビ出演でも決まったか？」

「それなら、いいっスけどね」笑っているのか怒っているのか、ヤルモンは一方の眉毛を吊り上げ、もう一方の眉毛を情けなく垂れ下げた。「テレビなら、いいっスけど。……ネットなんスよ」

「ネット？　なんだ、ホームページでも立ち上げたか！」ほろ酔い気分の小暮は、意味もなく声を張り上げた。

「……いいえ。はい。……っていうか」しかしヤルモンは、死にかけの蚊のようにか細い声で、囁いた。「〝ウラモノ投稿天国〟っていうサイト、知ってますか？」

「ああ。素人が芸能人のスクープやら写真やらを投稿するやつね。しかし、すごい時代になったもんだよな。素人が芸能記者顔負けのスクープを垂れ流すんだからな」

「俺の写真がアップされているんスよ」

「へー。すごいじゃん」

「すごくないっスよ！　俺、前に盗聴器とかも送られてきたし。……誰かに狙われてんでしょうか？」

「盗聴器まで送られてきたか！　おまえ、なかなか人気あるじゃないか！　そういう嫌がらせは人気のバロメータだから、おまえもそろそろブレイクするかもな」

「冗談はやめてくださいよ。……俺、この業界には向いてない気がするッス。もう、なんだか、疲れたっス。嫁も口をきいてくれないし」

「なんだ？　奥さんと喧嘩でもしたか？」

「はい。……その写真のせいで、うちの嫁、カンカンなんッス。離婚だって」

「なんだよー、しっかりしろよ。芸人の嫁ならそれぐらいのことで怒るなと、逆に説教しなくちゃ」

「……俺、引退も考えているっス。なんだか、なかなか芽も出ないし、才能ないのかなって」

「この仕事辞めて、どうするの？」

「今やっているバイト、デパ地下でメンチカツを揚げているんですけどね、結構向いているかなって。店長も目をかけてくれているし。だから、そっちのほうで……」

「バカ野郎、もっと踏ん張れよ。投稿サイトぐらいで弱気になるなよ！」

と、言ったものの、家に戻ると小暮は早速、〝ウラモノ投稿天国〟にアクセスしてみた。

『ひとりでヤルモン』をキーワードに検索すると、その写真はすぐに見つかった。

「マジ？　……これは、ちょっと、シャレになんないな」

＊

「その写真は、ヤルモン……川上孝一さんが女性とあられもない姿で戯れている写真でした」

「その女性というのが、被告人の榛名ミサキだというのですね」

「はい。間違いありません」

だから！　麻衣子は、膝を叩いた。あれは、合成写真だっていうの！　榛名ミサキの自作自演よ！　盗聴器もそう。榛名ミサキの仕業。……確かに、あの写真はとても上手くできていた。私だって、それをはじめて見たときは、ホンモノだと思った。だから、私。……今ではとても後悔している。こうちゃんの弁解を真剣に聞いてあげればよかった。

「その写真を見て、川上さんと被告人はどんな関係だと思いましたか？」

「恋人どうしだと思いました」

だから、違うって！

ああああ、イライラする。なんで、私を証人にしないのよ。ああ、もどかしい。私が証人だったら、あの無能で悪徳の弁護士をギャフンと言わせてやるのに。

しかし、麻衣子の怒りはそのままに、次の証人が呼ばれた。今度も、弁護側証人だ。若い女性で、上野由香里と名乗った。

「あなたは、川上孝一さんとはどのような関係だったのですか？」

「はい。元同僚です。H市のデパート内に入っていた〈北海道屋〉で、川上さんと一緒に働いていました」

ああ、あなたが上野さん。噂はこうちゃんから時々聞いていたわ。ハム売り場のおばちゃんと仲がいいのよね？　所定の時間内に休憩から戻ったためしがない、そのせいで休憩シフトがめちゃくちゃになるって、こうちゃん、愚痴ってた。

「川上孝一さんの勤務形態を覚えていますか？」

「はい。最初は週三日のアルバイトだったんですが、段々出勤日が増えて、結局、フルタイムで働いていました」

「川上孝一さんがお笑い芸人だったということは知っていましたか？」

「いえ、知りませんでした。本人もそんなこと、一言も言いませんでしたし。それに、お笑い芸人なんて印象ではなかったし」

「では、川上孝一さんの印象は、どんな感じでしたか？」

「なにか、ミステリアスな感じがしました。無口になったかと思えば、おしゃべりになったり。そう、突然、スイッチが入ったかのように、おしゃべりになるんです。仕事中でも——」

＊

「なんか、最近、様子が変だよね、川上くん」同僚のひとりが、ガラス板向こうの川上孝一を顎で差した。店長とともにメンチカツを揚げている。本来は私語禁止のはずなのに、売り場のこちら側にも聞こえるほどの大きな声で、一方的に店長に話しかけている。

「例えば、小説に、自分のことが書かれていたら、どうしますか？」

「小説に、自分のことを書いてもらえるなんて、光栄じゃない」

店長が、顔を引きつらせながらも答える。びしっと注意できないのが、この店長の悪い癖だ。この優柔不断は、いつか彼を窮地に陥れるだろう。

「光栄……ですか？」

「なんか、偉人伝みたいじゃん」

「そうですか？」

川上孝一は、焦点の定まらない視線で、なおも訊く。「でも、自分のことですよ？　自分のことを、名指しであれこれと」

川上孝一のおしゃべりはおさまらなかった。さすがの店長も、

「仕事に集中しろよ！」

と、声を荒らげた。はじめてのことだ。売り場にまで緊張が走る。川上孝一はようやくおしゃべりをやめたが、それからは心ここにあらずで、この日だけで三十個のメンチカツを焦がした。

「川上くん、なんかヤバい感じ？」

「うん、ちょっとヤバいね」

「あの店長がキレたんだから、よっぽどだよね」

その日の休憩時間、売り子の話題は川上孝一のことで一色だった。

「もしかして、私のせいかも」

売り場のポスレジを担当しているデパート社員が、テーブルにつく。そして、ファッション誌〝フレンジー〟を、テーブルに広げた。

「これにね、『あなたの愛へ』という小説が連載されているんだけど。その主人公のひとりが川上さんと同じ名前だったもんで、見せてみたのよ。そしたら、次の日からなんかおかしなことを言い出して」

「あー、私、榛名ミサキ、大好き！」鮮魚売り場のおばさんが声を上げた。そして、ビニールの私物袋から単行本を取り出した。「今は、これを読んでいるところ。いいよねー、榛名ミサキ。なんか、切なくて、痛くて、でも、温かくて……」

「榛名ミサキって、売れているんですか？」由香里は、単行本を手に取ってみた。

「知らないの？　出す本出す本、みんなベストセラーだよ」

「へー」表紙を開くと、丸々一ページ使ったバカでかい著者近影。……照明が強すぎやしないか？　ほとんど陰影がなくて、真っ白だ。これじゃ、エリザベス一世の晩年の肖像画だ。

「榛名ミサキの小説って、みんな実話に基づいているんだって」レジ社員がそんなことを言う。

「ということは、『あなたの愛へ』っていうのも、実話？」

「そうじゃない？　なにしろ、〝榛名ミサキ〟って実名で登場しているぐらいだもん」

「じゃ、その恋人の売れないお笑い芸人の川上孝一って……」

「うん、私もそう思って、川上さんに小説を見せてみたのよ。まあ、力いっぱい否定されたけど」

「ただの、偶然の一致じゃないですか？」

「でも、小説の川上孝一って、とある東京郊外のデパ地下でアルバイトをしているって設定なのよ。で、メンチカツを揚げているの」

「やだ、それ、まんま、川上くんのことじゃない！」

「でも、川上さん、お笑い芸人じゃないですよ？」

「ところがね」ハムおばさんが声を潜めた。「うちの売り場の子が言ってたんだけど、川上くんそっくりのお笑い芸人がいるんだって。世間的には無名の芸人なんだけど結構コアなファンがついていて、ネットではちょっとした有名人なんだってさ。で、芸人の名前は〝ひとりでヤルモン〟」

「やだ、それって、小説のまんま！　小説でも、川上孝一の芸名は〝ひとりでヤルモン〟よ！」レジ社員が声を上げた。「じゃ……この小説に出てくる川上孝一って」

「川上くんのことなのかも。……っていうか、本人なんじゃない？」

*

「私たちの憶測を裏付ける出来事が、その日ありました」上野由香里は、小さいけれど、しっかりとした口調で証言を続けた。

「それは、なんですか？」

「その日の夕方、榛名ミサキがうちの売り場に来たんです」

嘘。榛名ミサキ、こうちゃんのアルバイト先まで行ったの？

「それは、間違いなく、榛名ミサキだったのですか？」

「はい。あの著者近影と同じ顔でした。エリザベス一世ばりの白塗り厚化粧」

「榛名ミサキに、川上孝一さんは気がつきましたか？」

「はい。なにしろ、川上さんが売り場に出ているときでしたので、鉢合わせでした」

「榛名ミサキを見て、川上孝一さんは何か言いましたか？」

「はい。いいえ。……えーと」

「はっきり答えてください」

「えーと……」

「なにか、言いませんでしたか？」

「えーと……、えーと……」

「川上孝一さんは、榛名ミサキを見て、ミサキ、と言ったのではないですか？」

「えーと……」

「ミサキ、と言ったんじゃないの？」弁護士の口調が、チンピラのように突然荒っぽくなった。「え？　どうなの？　え？」

証人の体が、ひくっと痙攣する。

「あ……、はい、いえ、えーと」

「どうなの？　え？」

ちょっと、そこのチンピラ弁護士！　これじゃまるで恐喝じゃないの！

「だから、どうなの？　え？　ミサキと言ったんでしょう？　え？」

「あ、はい、たぶん……。ミサキ、と言ったような」

「ミサキ、と呼び捨てにしたんだよね？」

「あ、はい。……たぶん」

そんなわけないでしょ！　だって、こうちゃんは榛名ミサキのこと、知らないのよ？　ちょっと、上野って人、しっかりしてよ、そんな脅しに負けないでよ！

「ミサキ、と呼び捨てにしたのですね？」弁護士の口調が、元に戻った。

「あ、……はい。たぶん。というか、もうかなり昔のことで……」

「ここは重要なところですよ。しっかり思い出してください。ミサキ、と呼び捨てにしたのですね？」

「あ、……はい」

「ミサキ、と呼び捨てにしたのですね？」

「あ、はい。そうです、呼び捨てにしました！」

「間違いありませんね」

「たぶん」

「間違いありませんね！」

「間違いありません！」

　ちょっと、ちょっと、ちょっと、チンピラ弁護士！　これは誘導尋問じゃないの！　裁判官もなんとか言いなさいよ！　これは明らかに、弁護士が証言を誘導しています！　強要しています！

「小説の通りだわ」左隣の女が、ハンカチを目に当てたまま呟いた。「マイコのせいで引き離されたミサキと孝一、でも、思い出のメンチカツ屋で、運命の再会を果たすのよ」

　右隣からも呟きが聞こえてきた。「それまで記憶を失っていた孝一が、ミサキの顔を見て反射的に『ミサキ』と呟くのよ。すると、たちまち記憶が戻るのよ」

んなわけ、ないでしょ！　こうちゃんは記憶なんて失ってないわよ！　あの小説は全部ミサキの妄想なのよ、実話でもなんでもない、ただの妄想なの！

「では、最後の質問です。そのとき、川上孝一さんと榛名ミサキは、どんな感じでしたか？」

「川上孝一さんはにこにこと、笑ってました。……なにか、親しい感じがしました」

だから、そんなわけないでしょう！　仮に親しい感じがしたとしても、それは客商売だもの、つっけんどんにするわけにはいかないじゃない、それなりの愛嬌は振りまくわよ。ね、そうじゃない？　そうでしょう？　上野さん、あなただって、お客には笑顔で接するでしょう？

「以上です」しかし、弁護士は締めくくった。

ちょっと、ちょっと、これで上野さんの証言は終わり？　こんなの、全然信用ならないじゃない！　こんな証言が採用されちゃ、たまったもんじゃないわ！

麻衣子の無言の抗議もそのままに、次の証人が呼ばれた。またまた、弁護側の証人だ。派遣会社〈パワーヒューマン〉のコーディネーター、鈴木美穂。

え、嘘。鈴木さん？　あ、本当に鈴木さんだ。鈴木さん、鈴木さん、私です、私。

麻衣子はそっと手を振ってみたが、彼女は特に応えず、証言台に立った。

「あのマイコって女だけは許せない！」鈴木美穂はいきなり叫んだ。しかし、すぐに声のトーンを下げ、「……と、山口聡美さんが言っていました」

「山口聡美さんというのは？」

「うちの派遣会社に登録している子で、ランクBプラス。登録年数は二年、主な職歴はテレコミュニケーター、携帯電話販売、そして事務スタッフ。正社員の経験はなし」

「では、マイコというのは？」

「旧姓戸田麻衣子。うちの派遣会社に登録していた人で、ランクはAマイナス」

そんなランクがあったなんて知らなかった。というか、なんで私の話になっているの？

「ランクAマイナスの、〝マイナス〟とはどういう意味ですか？」

「まあ、なんといいますか。難ありってことです」

「難ありっていうのは？」

「仕事が出来すぎて、敬遠されるタイプなんです。ときには正社員に意見したり、仕切ったりして、正社員が自信なくしちゃうんですよ。で、試用期間が終了すると切られることが多かったんです」

そういうことだったのね。どんなに実績積んでも契約更新がないから、不思議だったのよ。

「とにかく、完璧主義というか、潔癖主義というか、仕事はできるんですけど、トラブルメーカーだったんです」

「どのようなトラブルですか？」

「まあ、主に、人間関係ですね。……簡単にいえば、イジメです。私も最近まで知らなかったんですけど、彼女、注意というのを名目に、派遣社員イジメをしていたようなんです。山口聡美さんもそのひとりでした」

ちょっと、待った！　イジメ？　私がイジメ？　私はただ、全然使えない若い派遣を教育していただけじゃない、注意しただけじゃない！

「山口さんが言うには、その手口は相当陰湿だったといいます。山口さんが髪を切った翌日、トイレに呼び出されて散々いたぶられたとも聞きました」

だって、だって、あの髪型！　モヒカン刈りだよ？　あんな頭で出勤してきたら、誰でも注意するでしょう？　なのに、職場の正社員は誰も注意しない、見て見ぬふり。陰で「あれはないよな」「どういうつもりなんだ」「信じられないな」と愚痴っているだけで、全然行動しようとしない。だから、私が注意したまでよ。いたぶってなんか、いないわよ。口頭で注意しただけ。だいたい、あの職場でイジメのボスだったのは、山口さん本人だったんだから！　悪口を捏造するわ、あることないこと言いふらすわ、ロッカーから財布は盗むわ、それを人のせいにするわ、靴を隠すわ、作業着を破くわ、そんな古典的なイジメをしてきたのは、山口さんだったんだから！

「山口さんが言うには、悪口を捏造するわ、あることないこと言いふらすわ、ロッカーから財布は盗むわ、それを人のせいにするわ、靴を隠すわ、作業着を破くわ、……とにかくありとあらゆるイジメをしていたということです」

だから、それは、私じゃないってば！　それは、山口さんが、山口さんが――。

「やっぱり、マイコ、最低」後ろから、声が聞こえてきた。「小説通りの性悪（しょうわる）ね、マイコって」前からも聞こえてきた。「間違いない、マイコがミサキを追い詰めたのよ」斜め後ろからも聞こえてきた。「孝一もマイコに散々苦しめられてきた」斜め前からも。「マイコこそ、罰を受けなくちゃ」

マイコ、マイコ、マイコ、マイコ……。

なんで？　なんで、私が悪者になっているの？

マイコ、マイコ、マイコ、マイコ……。

だから、私は悪くないってば！

「静粛に」

裁判長の声が響く。そして、証言台に、またまたまた、弁護側証人が立った。いったい、何人連れてきているんだ。

標準体重の倍はありそうなその女性は、おしゃれなんだかやぼったいんだか時代遅れなんだか流行の最先端なんだか、よく分からないメイクにファッションだった。女性は、早乙女桃子と名乗った。

「職業はなんですか？」

「アートディレクターです」

「は？」

「だから、アーティストです」

「……美容師だとうかがってますが？」

「ええ、まあ、一般的にはそうとも呼ばれています」

「あなたとマイコさんとは、どのような関係ですか？」

「マイコは、私の名付け親です」

……は？　っていうか、あなた誰？

「マイコさんとはどのようにして知り合ったのですか？」

「ネットで知り合いました。ヤルモン……川上孝一さんのファンサイトで知り合ったんです」

　だから、あなた、誰？

「そのファンサイトは、誰が管理していたんですか？」

「はじめは、ヤルモン自身が管理していると思っていたんです。でも、違いました。マイコが勝手にサイトを立ち上げ、掲示板にもレスしてたんです。ヤルモンに成りすまして」

　だから、あれは。……こうちゃんがすっかりやる気をなくしているみたいだから、励ますつもりで、立ち上げたのよ。掲示板のことは悪いと思っている。でも、元気なところを見せておかないと、こうちゃんが忘れられると思って。引退の噂も流れていたし。だから、こうちゃんに成りすまして……。

「私、ヤルモン本人がレスしてくれていると思ったから、毎日毎日、掲示板に励ましのメッセージを書き込んだのに。ヤルモンの芸の足しになればって、ネタもばんばん投稿したのに」

　あ、あなた、もしかして、ピーチピチさん？

「私のハンドルネームも、ヤルモンが考えてくれたと信じていたのに」

　ああ、やっぱり、ピーチピチさん。うん、憶えている。あなた、毎日のように掲示板に書き込みしてくれたわね。いいハンドルネームをつけてほしいっていうから、ピーチピチってつけてあげたんだったわ。桃子の桃から連想してつけたのよ。我ながらいいハンドルネームだと思ったわ。あなたも、素敵なハンドルネームですって、喜んでくれたっけ。

「ピーチピチなんて、へんてこな名前をつけられて。でも、ヤルモンが名づけてくれたんだと思っていたから、我慢して使っていたのに」

やだ、そのハンドルネーム、気に入ってなかったの？

「なのに、ピーチピチって名づけたのは、マイコだったんです！　ひどいです、ひどいです！　ピーチピチなんて、ひどいです！　意地悪でつけられたんです、きっと、マイコは笑っていたんです、私、笑われていたんです！　ひどいです！」

いや、だから、あれはね……。

「ピーチピチなんて。ひどすぎる」傍聴席の前方から声が聞こえてきた。「あの体型にピーチピチなんて、洒落にならないわ。ほら、フレアのスカートがあんなにピチピチしちゃって、今にもはちきれそう」右のほうからも。「小説にあった通り、マイコは悪魔なんだ」左の向こう側からも。「ミサキと孝一だけじゃなく、他の人にも容赦ないんだ」

だから！

「では、ピーチピ……じゃなくて、早乙女さんは、今回の事件はどう思われますか？」

弁護士が問うと、早乙女桃子は、きゅっと顎を上げて、よく通る声で言い放った。

「マイコは意地悪な女です。悪意に満ちた女です。平気で嘘もつきます。人も陥れます。手段を選びません。そんなマイコに榛名ミサキは追いつめられたんだと思います。榛名ミサキは、孝一を救いたかっただけなんです。間違いありません」

ちょっと、なに勝手に断定しているのよ、それは、あなたの憶測じゃない。

ちょっと、検察官、なんとか言いなさいよ！　こういうときは、「異議あり！」とか言うもんでしょう？

しかし、おじいちゃん検察官は、ぼんやりと遠くをみつめているだけだ。

……この検察官、やる気あるのだろうか？　法廷は、すっかり弁護人の独壇場だ。なんだか知らないけれど、榛名ミサキ有利に動いている。なのに、検察側は反対尋問もしない。証人のひとりも呼ばない。……ね、検察官さん、今日は無理かもしれないけれど、次の法廷には、必ず、私を証人として呼んでください。私、証言しますから、真実を証言しますから。今日の証人は、みんな、偏（かたよ）っています、弁護士に洗脳されちゃっています、榛名ミサキの妄想に躍らされています！　こんなの、許されません！　真実を、真実を審（つまび）らかにしてください！　こうちゃんは榛名ミサキに刺されて重傷、今でも意識が戻っていません！

ああああ。こんなことになるなんて！　こうちゃんがこのまま目を覚まさなかったら、このまま死んじゃったら。……このお腹の子はどうなるの？　私たち、どうなるの？　こうちゃんが死んじゃったら。

……あの女だけは許さない。

あの女だけは！

麻衣子は被告人席を睨みながら、手を振り上げた。が、その途中で視界がぐらっと揺れ、振り上げた手はそのまま頭に載せられた。

ダメだ、血圧が。麻衣子は頭を抱えながら再び、法廷を出た。

「あなた、マイコさんですよね？」

廊下で、また、声をかけられた。さっきの人だ。……なんなの、この人。麻衣子は、「違います」とばかりに、目を逸らした。

「嘘よ、マイコさんでしょう？」

女が迫ってきた。麻衣子は、女の質問をかわそうと、体を捻った。

「待ってください、あなた、マイコさんなんでしょう？」

なのに、女は追いかけてくる。なんなの？　この人。女のバッグから、ファッション誌〝フレンジー〟がはみ出している。フレンジー Frenzy。その言葉の意味を、麻衣子は今更ながらに思った。……狂乱。

「マイコさんでしょう？　そうでしょう？」

女の白い手が伸びてきた。なに？　なに？　ちょっと、なに？

「だから、あなたが、マイコさんなんでしょう？」

そうよ、私が、マイコよ！　それがどうしたっていうのよ！

「ほら、やっぱり」

*

法廷に戻ると、早速名前を呼ばれた。証言台へと上がる。

と、同時に、弁護士が質問をはじめた。

「あなたの氏名は？」

「大林留美子（るみこ）です」

「職業は？」

「編集者です。以前は学術書の出版社で働いていましたが、昨年末に転職し……」

「手短にお願いします」

「あ、はい。……というわけで、今はファッション誌〝フレンジー〟の編集部で、榛名ミサキ先生の作品、『あなたの愛へ』の担当をしています」

「あなたが担当する『あなたの愛へ』は、どのような小説ですか？」

「素晴らしい小説です。人間の尊厳と愛の尊さに満ちた、そして勇気と感動と光にあふれた、大傑作です」

「『あなたの愛へ』は、実話といいながら実はただのフィクションなのでは、という意見もあるようですが」

「いいえ、それは、性根の捻じ曲がった心の汚い一部の人間の言い分です。『あなたの愛へ』は、間違いなく、榛名ミサキ先生と川上孝一さんの真実の愛の物語です。一点の穢れもない、清らかな愛の物語です。でなければ、あんな素晴らしい、奇跡のような、胸を打つフレーズは出てきません」

「そのフレーズとは？」

「光こそが、愛。光の世界こそが、あなたへの愛」

「なるほど、いいフレーズですね」

「口にすると、ますます輝く言葉です。胸に染みます。……光こそが、愛。光の世界こそが、あなたへの愛。光こそが――」

モーモーモー。

なに？　なんの音？　今、いいところなのに。

モーモーモー。

携帯だ。

誰？　電源を切っておかないなんて、非常識だわ！

記者席から、ひとりの若い男が慌てて外に飛び出した。

「……ところで」それまで沈黙を守っていた裁判長が、重い口を開いた。「ところで、証人。それは？」

「え？」

「あなたの右手に握られているそれは？」

「ああ、これは——」

「それに、そのブラウスはどうしましたか？」

「なにが、ですか？」

「その汚れです。……なにか血のような」

「ええ、ですから、これは——」答えようとしたその瞬間、

「ひぃぃっ」

という、籠った悲鳴が法廷に響いた。先ほどの記者の声だ。

「……そうです。おっしゃる通り、血です。失敗でした。白いブラウスなんて、着てこなきゃよかった」

「血？」

「はい。……これ、マイコの血です」

法廷に、今までとは違う緊張が流れる。

……あら、いやだ。なんだって、みんなそんな顔をしているの？　邪魔者のマイコに消えてもらっただけよ。だって、あの女がいる限り、ミサキと孝一は結ばれない。ハッピーエンドにならないのよ。それじゃ、ダメ。絶対、ダメ。

『あなたへの愛』は、必ず、ハッピーエンドじゃないと。そうでしょう？　榛名先生。そうでしょ？　みんな。ハッピーエンドでなければ、納得しないでしょう？　ラストは、ミサキと孝一の結婚式よ。北国の白い教会、そこでミサキと孝一はふたりきりの結婚式を挙げるの。永遠の愛を誓うの。そして、美しい口づけを交わすの。北国の青い空、祝福の鐘が鳴り響くのよ。このラスト以外は考えられない、このラストでなければ、許せない。そのためには、マイコには消えてもらわないと。あの女は、榛名先生だけでは飽き足らず編集部にまで変なファクスを送るような、頭のおかしい女よ。今までにももう何度も、ファクスが送られてきた。どれもこれも、みんな、マイコの妄想。その妄想ファクスのせいで、榛名先生は追い詰められて、こんな事件を起こしてしまったのよ。許せないわ、大切な時期なのに、ラストは目の前なのに、このままじゃ、『あなたの愛へ』はハッピーエンドにならない。妊娠？　そんなわけないじゃない。だって、孝一はミサキだけを愛しているのよ。榛名ミサキだけを。仮に本当に妊娠したというのなら、親子ともども消えてもらわないと。だって、『あなたの愛へ』には必要のない設定だもの、邪魔なキャラだもの。

……そんなことより、裁判、裁判を続けましょう。私、ミサキと孝一の愛が成就するためなら、どんな協力も惜しみません。素晴らしいハッピーエンドにするためなら、どんな証言だって、します。さあ、ですから、裁判を。裁判を続けてください。そして、必ず、愛ある勝利を。

しかし、女編集者の訴えは誰にも届くことはなく、その日の公判は閉廷となった。

「ホットリーディング」におきまして「尊厳死の選択肢もある」という表現がありますが、あくまで創作上のものです。日本においては二〇一六年十月現在、尊厳死（安楽死）は法的に認められていません。

この物語はフィクションです。実在の個人、団体等とは一切関係ありません。

〈参考文献〉

『ロマンティックな狂気は存在するか』春日武彦（新潮ＯＨ！文庫）
『実録！サイコさんからの手紙』別冊宝島（宝島社）

初出はすべて《ミステリマガジン》
「エロトマニア」　二〇〇六年七月号
「クレーマー」　二〇〇六年十月号
「カリギュラ」（初出掲載時タイトルは「心理的瑕疵物件」）　二〇〇七年二月号
「ゴールデンアップル」　二〇〇八年二月号
「ホットリーディング」　二〇〇八年五月号
「デジャヴュ」　二〇〇七年七月号
「ギャングストーキング」　二〇〇九年一月号
「フォリ・ア・ドゥ」　二〇〇九年二月号

この作品は二〇一一年十一月ハヤカワ文庫ＪＡに所収されたものです。

幻冬舎文庫

●最新刊
もしも俺たちが天使なら
伊岡　瞬

セレブからしか金を獲らない詐欺師・谷川涼一。〝ヒモ歴〟更新中の松岡捷。警察を追われた元刑事の染井義信。はみだし者三人が、柄にもなく、人助けのために命を懸ける！　痛快クライムノベル。

●最新刊
リバース
五十嵐貴久

医師の父、美しい母、高貴なまでの美貌を振りまく双子の娘・梨花と結花。非の打ち所のない雨宮家を取り巻く人間に降りかかる血塗られた運命。それは、「あの女」の仕業だった。リカ誕生秘話。

●最新刊
あの男の正体（ハラワタ）
牛島　信

瀕死のブランドを瞬く間によみがえらせた男は、社長へと一気に駆け上がる。しかし、それらはすべて、ある人物の大いなる陰謀に操られたものだった！　予想外の結末に突き進む傑作ミステリー。

●最新刊
不等辺三角形
内田康夫

名古屋の旧家に代々伝わる簞笥の修理を依頼した男、さらに簞笥修理の職人を訪ねた男が次々殺された。真相究明を依頼された浅見光彦は意外な人間関係にたどり着く。歴史の迷宮に誘うミステリ。

●最新刊
言わなかった言わなかった
内館牧子

人格や尊厳を否定する言葉の重みを説き、礼儀を欠く若者へ活を入れる……。人生の機微に通じた著者が、日本の進むべき道を示す本音の言葉たち。痛快エッセイ50編。

幻冬舎文庫

●最新刊
テンペスタ　最後の七日間
深水黎一郎

弟の娘を一週間預かることになった賢一。小学四年生の彼女に圧倒されながらの共同生活の先で待つ予想外の出来事とは？　二人の掛け合いと怒濤の展開に片時も目が離せない一気読みミステリー。

●最新刊
リケイ文芸同盟
向井湘吾

超理系人間の蒼太が、なぜか文芸編集部に異動になって。企画会議や〆切りなど、全てが曖昧な世界に苛立ちを隠せない蒼太はベストセラーを出せるのか。新人編集者の日常を描いたお仕事小説。

●最新刊
深海の人魚
森村誠一

高級会員制クラブ「ステンドグラス」の隠れた魅力は政財界の極秘交渉を後押しする特殊接待。だが、小弓ママが期待を寄せる新人ホステスが巻き込まれた事件が、店の運命を大きく変え始める。

●最新刊
光芒
矢月秀作

所詮ヤクザは堅気になれないのか⁉　伝説の元暴力団員・奥園が裏稼業から手を引こうとした矢先、ヤクザ時代の因縁の相手の縄張り荒らしに気づく。微かなノイズが血で血を洗う巨大抗争に変わる！

●最新刊
偽りのシスター
横関　大

容疑者を射殺してしまった刑事の楠見和也。しかし上長の指示で、後輩に罪を被せることに。兄にも真実を言えず、良心の呵責に苛まれるが、そこへ腹違いの妹と名乗る女が現れた。〝妹〟の狙いは――。

ふたり狂い

真梨幸子

平成28年10月10日　初版発行

発行人――石原正康
編集人――袖山満一子
発行所――株式会社幻冬舎
〒151-0051東京都渋谷区千駄ヶ谷4-9-7
電話　03(5411)6222(営業)
　　　03(5411)6211(編集)
　　振替00120-8-767643
印刷・製本―中央精版印刷株式会社
装丁者――高橋雅之

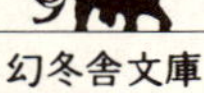

幻冬舎文庫

ISBN978-4-344-42537-8　C0193　　ま-25-3

幻冬舎ホームページアドレス　http://www.gentosha.co.jp/
この本に関するご意見・ご感想をメールでお寄せいただく場合は、
comment@gentosha.co.jpまで。